ANDREAS RUSSENBERGER

ANDREAS RUSSENBERGER

Paradeplatz

ROMAN

GMEINER

Personen und Handlung sind frei erfunden. Ähnlichkeiten mit lebenden oder toten Personen sind rein zufällig und nicht beabsichtigt.

Bei Fragen zur Produktsicherheit gemäß der Verordnung über die allgemeine Produktsicherheit (GPSR) wenden Sie sich bitte an den Verlag.

Immer informiert

Spannung pur – mit unserem Newsletter informieren wir Sie regelmäßig über Wissenswertes aus unserer Bücherwelt.

Gefällt mir!

Facebook: @Gmeiner.Verlag
Instagram: @gmeinerverlag

Besuchen Sie uns im Internet:
www.gmeiner-verlag.de

© 2020 – Gmeiner-Verlag GmbH
Im Ehnried 5, 88605 Meßkirch
Telefon 0 75 75 / 20 95 - 0
info@gmeiner-verlag.de
Alle Rechte vorbehalten
7. Auflage 2025

Lektorat: Claudia Senghaas, Kirchardt
Satz: Mirjam Hecht
Umschlaggestaltung: U.O.R.G. Lutz Eberle, Stuttgart
unter Verwendung eines Fotos von: © DSGNSR / stock.adobe.com
Druck: Custom Printing Warschau
Printed in Poland
ISBN 978-3-8392-2746-6

»Ich bin nicht stolz auf meine Taten. Aber ich bereue nichts.«

Philipp Humboldt, Hauptfigur

PROLOG

Die Luft im kleinen Raum ist abgestanden. Der Stuhl hart und unbequem. Philipp Humboldt erkennt nur die Umrisse der anderen Person, seine Augen haben sich noch nicht an die Dunkelheit gewöhnt. Das Kabuff erinnert Philipp an die kleine Vorratskammer in seinem Elternhaus, direkt hinter der Küche. Sein Vater hatte ihn dort bisweilen eingesperrt. Die Bestrafung für die meist harmlosen Streiche war ein für beide Seiten akzeptabler Kompromiss gewesen. Philipp durfte im Schein der Taschenlampe Comics lesen und sein Vater wahrte gegenüber der restlichen Familie so das Gesicht, indem er sanfte Entschlossenheit demonstrierte. Nur einmal – beim Vorfall mit der Katze – war die Situation außer Kontrolle geraten.

Heute jedoch sitzt Philipp nicht in der Vorratskammer. Es geht auch nicht um harmlose Jugendstreiche. Er spürt, wie ihm ein kleiner Schweißtropfen der Schwerkraft folgend die Wirbelsäule hinunterrinnt und erst auf der Höhe des Steißbeines vom Stoff des weißen Hemdes aufgesogen wird. Ein beklemmendes Gefühl schnürt ihm die Luft ab, der Puls hämmert in seinen Ohren. Reiß dich zusammen, denkt sich Philipp. Er stellt sich vor, wie er in seinem weitläufigen Garten sitzt. Ein frischer Wind weht sanft durch die Zweige der großen Tannen. Er zieht die kühle erträumte Luft tief in seine Lungen. Nur mit Mühe kann er einen Hustenanfall unterdrücken. Kopfschüttelnd denkt er an die angebrochene Packung Zigaretten in der Innentasche seines Jacketts. Die Ablenkung zeigt aber die erhoffte Wirkung. Puls und Atmung beruhigen sich wieder. Davonlaufen ist keine Option, unmöglich. Er hat sich entschlossen, die Wahrheit zu sagen. Nichts als die Wahrheit. So wahr ihm Gott helfe. Er faltet seine feuchten Hände wie zum Gebet. Er weiß, dass er schuldig ist. Dennoch – oder vielmehr deshalb – will er seine Geschichte erzählen und die Zukunft zurückgewinnen. Er ist bereit, die Konsequenzen zu tragen. Doch was ist, wenn seine Schuld nicht beglichen werden kann?

»Können wir beginnen?« Die Stimme aus dem Halbdunkeln klingt mehr nach einem Befehl als nach einer Frage.

Philipp atmet ein letztes Mal tief durch. Normalerweise ist er es, der die Befehle erteilt. Doch heute ist alles anders. »Ja, ich bin bereit.«

DAS BEWERBUNGSGESPRÄCH

»Also, Herr Humboldt, warum sind Sie heute hier?« Der groß gewachsene Manager war hinter seinem Schreibtisch sitzen geblieben und musterte mich mit seinen wachen blauen Augen. Die Frage überraschte mich, und ich geriet etwas aus dem Konzept. Ich hatte allenfalls mit einem Nein gerechnet, aber nicht mit einem Warum. Meine Anzughose begann unangenehm in den Kniekehlen zu kleben. Es war ein heißer Sommertag, und schon die Vorbereitung auf das Bewerbungsgespräch war alles andere als optimal verlaufen.

Hoffentlich hält das Tipp-Ex.

Unruhig rutschte ich auf dem Stuhl hin und her. Alle meine Sinne waren in Alarmbereitschaft, und ich versuchte das Gespräch in die richtigen Bahnen zu lenken.

»Vielen Dank, Herr Falkenstein, dass Sie sich Zeit nehmen für mich. Ich bin wegen der offenen Stelle in der Rechtsabteilung hier. Mein Headhunter hat den Termin mit Ihnen abgemacht.«

»So, hat er das?« Theatralisch drehte sich Falkenstein auf seinem Ledersessel weg und blickte auf die beiden Bildschirme vor sich auf dem Schreibtisch. Mit einem leichten Kopfschütteln wandte er sich wieder zu mir und hob entschuldigend die Hände. »Bei mir ist nichts eingetragen. Da muss es sich wohl um ein Missverständnis handeln.« Der Manager genoss die Situation offensichtlich. Unter dem feinen Schnurrbart formten sich seine Lippen zu einem Lächeln.

Ich spürte, wie das Blut in meine Wangen schoss. Meine rechte Hand ballte sich zu einer Faust. Ich umschloss sie unauffällig mit ihrem linken Pendant. »Ihre Sekretärin hat mir den Termin schriftlich bestätigt. Eventuell ist ein interner Kommunikationsfehler unterlaufen. Wenn es Ihnen recht ist, können wir das Gespräch aus Effizienzgründen dennoch führen. Sonst müsste ich Ihre Zeit ein weiteres Mal beanspruchen. Für mich wäre das natürlich kein Problem. Ich bin flexibel für Sie. Aber Ihre Agenda als Divisionsleiter ist sicher prall gefüllt.«

Der hohe Manager blickte mich lange an und nickte schließlich. Zweifellos war er Schmeicheleien nicht abgeneigt. Behaglich drückte er seinen Rücken durch. Dann nahm er ein Dokument in die Hand und setzte sich zu mir an den runden Gesprächstisch. Vor ihm lag mein Lebenslauf! Der gewiefte Stratege hatte mich also nur getestet. Er blätterte durch die Unterlagen. Eine Minute herrschte Stille.

»Nun, wenn Sie schon hier sind, erzählen Sie mir doch ein wenig über Ihren bisherigen Werdegang.« Falkenstein nahm sein Nokia 8110 in die Hand, öffnete die gebogene Schutzhülle und blickte scheinbar gelangweilt auf das bananenförmige Gerät. Dabei fläzte er sich weit in den Stuhl zurück und überschlug seine langen Beine.

Ich ließ mich durch das inszenierte Desinteresse nicht provozieren. An Ausdauer und Kampfgeist hat es mir nie gefehlt. Dementsprechend legte ich los. »Nach dem Abitur habe ich an der Universität Rechtswissenschaft studiert. Ich habe mich auf internationales Wirtschaftsrecht spezialisiert und mit summa cum laude abgeschlossen.«

Der Manager legte sein Mobiltelefon vor sich auf den Tisch, lächelte mich spöttisch an und strich seinen kleinen Schnauzer glatt. »Herr Humboldt, ich leite den lukrativsten

Bereich in diesem Finanzinstitut. Und jetzt hören Sie ganz genau hin. Im Tagesgeschäft zählen nur drei Dinge: Leistung, Leistung und nochmals Leistung. Es ist mir scheißegal, was meine Mitarbeiter studiert haben. Sie müssen für die Bank und die Kunden Geld verdienen. That's it! Wenn Sie also meinen, Sie könnten hier mit Ihrem Studienabschluss auf dicke Hose machen, sind Sie bei mir fehl am Platz. Ich habe zwar nur eine einfache Lehre als Bankkaufmann gemacht, stehe jetzt aber an der Spitze. Zuoberst.« Dabei zeigte er nach unten. »Sehen Sie diese Schuhe? 500 Piepen, each. Ohne Studium. Dafür mit Biss. Intellektuelle sind mir schon immer suspekt gewesen. Viel Luft und wenig Substanz. Schmelzen bei mir weg wie ein Schneemann in der Frühlingssonne. Sie fragen sich vielleicht, warum ich mir überhaupt die Zeit nehme und mich persönlich mit Ihnen unterhalte.« Er unterbrach seine Belehrung und sah mich mit zusammengekniffenen Augen an. Falkenstein erwartete eine Antwort. Ich ließ mich nicht mehr einschüchtern und hielt seinem Blick stand. Eine Prise Selbstsicherheit mit einem gehörigen Schuss Lobhudelei schien mir die beste Strategie zu sein.

»Ich glaube, dass die fachliche Qualifikation von anderer Stelle geprüft wurde. Sie, Herr Falkenstein, interessieren sich vor allem für die Persönlichkeit hinter der Bewerbung. Loyalität, Stressresistenz, Wille, Auftreten. Darum ist Ihr Geschäft auch so erfolgreich. Und darum bin ich hier.«

»Sie sind ein cleverer junger Mann, Humboldt«, sagte der Managing Director. »Aber können Sie mir garantieren, dass Sie in drei Jahren auch noch bei mir arbeiten, nachdem wir viel Geld in Ihre Ausbildung investiert haben?«

Das Eis war nun gebrochen, und ich hatte die volle Aufmerksamkeit meines Gegenübers. Wir spielten ein Spiel – und beide wussten es.

»Nein, das kann ich nicht garantieren. Das hängt einzig und alleine von Ihnen ab. Wenn Sie zufrieden mit mir sind, werde ich auch in drei Jahren noch hier sein. Sonst nicht. Aber sind Sie dann noch hier? Vielleicht braucht die Bank ja in der Zwischenzeit einen neuen CEO.«

Falkenstein nickte gebauchpinselt. Bevor er aber die nächste Frage stellen konnte, wurden wir von seiner Sekretärin unterbrochen. Ruhig und mit einer überraschenden Selbstverständlichkeit betrat sie ohne anzuklopfen das Büro und stellte ein kleines Tablett mit einer Tasse Kaffee und etwas Gebäck auf den Besprechungstisch. Der Raum füllte sich mit dem Geruch von frisch gerösteten Kaffeebohnen. Dazu kam ein sanfter warmer Duft nach Vanille, wahrscheinlich das Parfum der Assistentin. Ich schätzte sie auf etwa 30 Jahre, kaum älter als ich.

»Möchten Sie auch eine Tasse Kaffee, Herr Humboldt?«, fragte sie mich freundlich.

Bevor ich reagieren konnte, übernahm Falkenstein die Entscheidung. »Es ist gut so, Frau Huber. Wir sind sowieso bald fertig«, sagte er zu meinem Missfallen. Eine Tasse Kaffee wäre eigentlich genau das gewesen, was ich gebraucht hätte. Mein Mund war so trocken, dass ich nicht einmal den Ärger runterschlucken konnte. Die Sekretärin sah mich lächelnd an und hob entschuldigend ihre Schultern. Sie kannte offensichtlich die Launen ihres Vorgesetzten.

Falkenstein widmete sich in der Folge längere Zeit seinem Heißgetränk und schien mich vergessen zu haben. Immer noch fuchsig ob der groben Unhöflichkeit, beschloss ich, der beklemmenden Stille zu trotzen – auch wenn wir noch am nächsten Tag hier sitzen würden. Ich nutzte die Zeit stattdessen, um den Raum zu studieren. Da ich mich bis dato noch nie in einem Geschäftsleitungsbüro aufgehalten hatte, fehlten mir verständlicherweise die Vergleichsmöglichkeiten. Mein erster Eindruck war jedenfalls: teuer, modern, kalt. An den Wänden hingen ein für die damalige Zeit erstaunlich flacher Fernseher und zeitgenössische Kunst, abstrakt, ohne Rahmen. Von den Künstlern hatte ich schon gehört. Ich erkannte die Werke jedoch nicht an Stil, Technik oder Form, nein, sie waren ganz ordinär beschriftet: Contemporary Art – dazu der Name des Schöpfers und das Entstehungsjahr. Für mich roch das streng nach Effekthascherei. Mein Blick wanderte weiter. Eine Hydrokultur stand auf dem hellen Veloursboden und brachte etwas Leben in den Raum. Die beiden großen Tische waren aus geschwärztem Eichenholz gefertigt und standen auf polierten Chromstahlbeinen. Der Arbeitstisch von Falkenstein war zusätzlich in der Höhe verstellbar, wahrscheinlich ein wichtiges Anliegen des eleganten Managers, damit er zwischendurch stehend arbeitend seine teuren Maßanzüge – von Brioni, wie ich später erfuhr – schonen konnte. Auf den tiefen schwarzen Sideboards standen neben zwei Skulpturen (die sich mir nicht erschlossen) einige private Erinnerungsstücke: das Foto einer lächelnden Frau, schlank, blond, in den Armen zwei Kinder – natürlich ein Junge und ein Mädchen; eine weitere Aufnahme von Falkenstein mit Golfschläger und Pokal, eingerahmt von zwei strahlenden Hostessen, die ihm bis zu den Schultern reichten; ein kleiner Miniaturporsche, weiß; ein Werk über den Zürcher Reformator Zwingli, perfekt platziert, das Lesebändchen im hintersten Teil des Buches, als wollte es die Belesenheit des Hausherrn unterstreichen. Die edlen Büroschränke – erst viele Jahre später durfte ich mir die USM Haller auch anschaffen – dienten ganz eindeutig mehr als Abstellplatz für all die Bildchen, Bücher und Jungsträume denn der Aufbewahrung von geschäftsrelevanten Dokumenten.

Was für ein Fegefeuer der Eitelkeiten.

Eine Fliege schwirrte an meinem Kopf vorbei, um dann kopfüber an der Bürodecke zu landen. Mit ihren mikroskopisch kleinen Krallen und Haftpolstern drehte sie dort einige Runden. Zweifellos hielt auch sie sich in diesem Moment für das Zentrum der Welt.

Das Klimpern der nunmehr leeren Tasse brachte mich ins Hier und Jetzt zurück. Der Manager war – gestärkt durch Kaffee und Kuchen – wieder in Debattierlaune. Das unkonventionelle Bewerbungsgespräch ging in die Endphase. »Was sagen eigentlich Ihre Freunde über Sie, wenn alle etwas angetrunken sind?«

Spielerisch zog ich die Stirn in Falten und riss meinen Blick von der Fliege los. »Ich habe viele Freunde«, log ich und spürte, wie meine Ohren heiß wurden. »Die meisten würden sagen: Philipp ist ein loyaler Mensch, auf den man sich verlassen kann. Vielleicht etwas ehrgeizig, aber ein kluger und ehrlicher Typ. Darf ich nach unserem Gespräch Ihrer Sekretärin die gleiche Frage über Sie stellen?«

Falkenstein stand auf und warf meine Vita in den Papierkorb. »Kommen Sie mit, Humboldt. Ich stelle Sie dem Bereichsleiter meiner Rechtsabteilung vor. Sie sind noch etwas naseweis, aber das kriegen wir schon auf die Reihe.«

Der Bereichsleiter stellte sich als älteres Semester heraus. Ein erfahrener Jurist am Ende seiner Karriere. Falkenstein schob mich in dessen Büro. Der Mann gab sich so geschäftig wie jemand, der gerade nichts zu tun hatte. Was ich auf den ersten Blick erkannte, war die tiefere Besoldungsstufe: keine teure Kunst, sondern gewöhnliche Lithografien;

ein Computerbildschirm, kein Fernseher; Arbeitspult und Besprechungstisch kleiner als bei Falkenstein, dafür beladen mit einem imposanten Aktenstapel; anstelle eines einladenden Kaffeeservice mehrere leere Pappbecher; kaum Privates – wenn man einmal von einem übertrieben großen Foto absah, auf welchem der Bereichsleiter, der mir als Dr. Hans Zimmermann vorgestellt wurde, zusammen mit Falkenstein abgebildet war, was ich doch etwas anbiedernd empfand; kein Duft nach Vanille, dafür der Geruch nach kaltem Zigarettenrauch, was für kurze Zeit das kleine Nikotinmonster in meinem Kopf zum Brüllen brachte. Falkenstein stoppte den Ausbruch gleich wieder.

»Hans, ich bringe dir einen neuen Mitarbeiter. Das Dossier und die Referenzen sind bereits von der Personalabteilung geprüft worden. Nimm Herrn Humboldt unter deine Fittiche, dann kann man ihn in ein paar Jahren vielleicht sogar zu was gebrauchen.«

Und weg war der erfolgsverwöhnte Manager. Für Falkenstein war die Entscheidung gefallen. Ob ich noch andere Jobofferten oder generelle Bedenken hatte, interessierte ihn nicht. Es stand außerhalb seiner Vorstellungskraft, dass jemand nicht für ihn arbeiten wollte. Der Bereichsleiter unterhielt sich nur kurz mit mir. Er war niemand, der die Wünsche seines Vorgesetzten in Frage stellte, machte aber sonst einen kompetenten und seriösen Eindruck auf mich.

»Wir werden Ihnen den Vertrag inklusive Jahresgehalt noch heute zuschicken, Herr Humboldt. Lesen Sie alles in Ruhe durch und schicken Sie uns dann die unterschriebenen Dokumente so schnell wie möglich zurück. Herr Falkenstein lässt sich nicht zweimal bitten. Sie können nächsten Monat bei uns anfangen.«

Im Spiegel des Aufzuges kontrollierte ich meinen Hemdkragen. Man sah das Blut nicht. Das Tipp-Ex hatte gehalten. Heute war mein Glückstag. Ich hatte erst im Zug bemerkt, dass ich mich beim Rasieren geschnitten hatte. Der weiße Hemdkragen blutverschmiert! Ich war kurz in Panik geraten. Dann kam mir die Idee mit dem Tipp-Ex. An der Bahnhofstraße kaufte ich mir in einem Warenhaus die kleine Flasche und trug auf der Toilette die weiße Flüssigkeit sorgfältig mit dem Pinsel auf den Hemdkragen auf. Wenn man ganz genau hinschaute, bemerkte man die Notlösung. Für einen Nichteingeweihten war aber nichts zu erkennen.

Ich atmete erleichtert durch und verließ beschwingt das Bürogebäude. Die Spannung fiel langsam von mir ab, und das Pumpen des Adrenalins wurde durch das Knurren meines Magens abgelöst. Ich hatte den ganzen Tag noch nichts gegessen. Gut gelaunt steuerte ich den nächsten Geldautomaten an und gab meinen Code ein – das Geburtsdatum meines Bruders. Statt des von mir gewünschten Geldscheins erschien ein freundlicher Hinweis auf dem Bildschirm.

»Der von Ihnen eingegebene Betrag übersteigt das Guthaben Ihres Kontos. Bitte versuchen Sie es noch einmal.«

Shit.

Ich war mir nicht bewusst gewesen, dass es so schlecht um meine Finanzen stand. Die Abschlussprüfungen an der Uni, die darauffolgenden Partys, die zwei Bewerbungsgespräche – beide erfolgreich – und natürlich die Idee von Sophie hatten mich völlig in Beschlag genommen. Meine Sophie … Mit zittriger Hand tippte ich die Zahl 50 ein und schloss die Augen. Die Zeit stand still. Ich spürte, wie mein Herz die Schlagfrequenz erhöhte. Die Sekunden dehnten sich wie ein klebriger Kaugummi. Dann endlich das erlösende Knattern, wobei ich mich fragte, warum der Automat die laute Zählfunktion aktivierte, obwohl schlussendlich doch nur eine Note zum Vorschein kam. Egal. Behutsam nahm ich den Geldschein in die Hand. Er hatte für mich in diesem Moment die Bedeutung eines Goldbarrens. Fürs Erste war die Welt wieder in Ordnung.

Ich überquerte den Paradeplatz und die Straße mit den teuersten Uhren, hielt dann in Richtung Großmünster und schlenderte ein wenig durchs Niederdorf. Dort ging ich in ein italienisches Restaurant und setzte mich draußen an einen freien Tisch. Ich spürte förmlich die Energie, die mich umgab, und zog sie tief in meine Lungen. Das Lokal war gut besucht. Die Mischung der Gäste gefiel mir. Gut angezogene Geschäftsmänner und elegante Geschäftsfrauen, Touristen in bequemer Freizeitkleidung, Eltern mit ihren Kindern. Man unterhielt sich angeregt oder widmete sich seinen Speisen. Einige Sekunden lang betrachtete ich zufrieden den blauen Himmel über mir. Im Hintergrund hörte man das Rattern der blau-weißen Straßenbahn und das Hupen eines Autos. Das Leben verlief hier in geordneten Bahnen, zumindest auf den ersten Blick. Ich studierte die Speisekarte und kalkulierte meine Bestellung mehrfach durch. Ein grüner Salat, eine Pizza, Mineralwasser, ein Glas Rotwein und ein Espresso ergaben genau 48,50. In der Innenstadt gibt es nichts umsonst. Die restlichen 1,50 sollte die Bedienung behalten. Es war das beste Mittagessen meines Lebens. Nun galt es nur noch das Problem mit Sophie zu lösen.

DIE QUAL DER WAHL

Martin und Vincent waren meine zwei besten Freunde. Genau genommen meine einzigen Freunde. Nach der Geschichte mit den Farbstiften war ich lange ein ziemlicher Einzelgänger geblieben. Ich lernte die beiden im ersten Semester an der Uni kennen. In dieser Anfangszeit sind die Studenten offen für neue Freundschaften. Man ist ob der vielen neuen Eindrücke verunsichert, die Gruppenbildung hat erst begonnen, und Netzwerke sind noch kaum vorhanden. Im Verlauf des Studiums schließt sich dann dieses Fenster immer mehr. Vincent, Martin und ich besuchten zu Beginn der Ausbildung dieselben Vorlesungen, schrieben unsere erste Gruppenarbeit zusammen und waren uns auf Anhieb sympathisch. Über die Zeit wurden aus Kommilitonen Kumpels und schließlich dicke Freunde. Nach vielen Jahren in der Isolation blühte ich an der Universität wieder richtig auf – wie ein guter Wein, der nach langer Zeit im dunklen Eichenfass endlich ein Bouquet entfalten darf. Vincent und Martin spielten in diesem Reifeprozess eine entscheidende Rolle, was ich ihnen nie vergessen werde.

»Also, Philipp, wie ist dein Gespräch gestern gelaufen? Du hast hoffentlich Vollgas gegeben, wie ich empfohlen habe?« Vincent stellte die dritte Runde Bier auf den Tisch und sah mich neugierig an.

Auch Martin wollte die Neuigkeiten hören. »Na los, rück

endlich raus mit der Sprache und mach nicht auf Drama-Queen.«

Der erste Mittwoch im Monat war zu unserem traditionellen Männerabend geworden. Dann zogen wir jeweils um die Häuser, gingen essen, zum Fußballspiel, ins Kino, manchmal sogar ins Theater oder die Oper und ließen den Abend meistens in unserer Lieblingsbar ausklingen. Hier verbrachten wir viele legendäre Abende, meistens gefolgt von ebenso unvergesslichen Kopfschmerzen und einem Kater so groß wie ein ausgewachsenes Rindvieh.

Die Safari Bar, in der Altstadt etwas unterhalb der Universität gelegen, war an diesem warmen Sommertag rappelvoll. Die Stimmung ausgelassen. Viele Gäste trugen nummerierte Shirts. Über den großen Zahlen standen Namen wie Gascoigne, Sammer oder Scholl. Es war der Halbfinal-Knüller der Fußballeuropameisterschaft 1996. Die Bar bebte bereits nach drei Minuten bedenklich. Alan Shearer brachte die Engländer in Führung und deren Fans in Ekstase. Stefan Kuntz dämpfte 13 Minuten später die Stimmung mit seinem Ausgleichstor. Zumindest bei der Mehrheit der Gäste. Es sollte in der regulären Spielzeit keine weiteren Tore geben. Das erleichterte in puncto Geräuschpegel unsere Diskussion, und guter Rat war mir an diesem Abend teuer.

Ich ließ meine Freunde noch etwas zappeln, setzte das Bierglas an und wischte mir nach einem herzhaften Schluck mit dem Handrücken den Mund ab. »Das Bewerbungsgespräch werde ich so schnell nicht vergessen. Der große Häuptling Falkenstein hat mich grausam in die Zange genommen. Aber – ich habe die Zusage bekommen. Den Vertrag haben sie gleich gestern abgeschickt, und er liegt bereits bei mir zu Hause auf dem Küchentisch.«

Vincent klopfte mir heftig auf den Rücken. »Cool. Dann kann ich dir ja ohne schlechtes Gewissen Zinsen auf mein Darlehen berechnen.«

Zuvor hatte ich noch geglaubt, den Abend mit den beiden aus finanziellen Gründen sausen lassen zu müssen, doch Vincent schoss mir ohne zu zögern einen stattlichen Geldbetrag vor. Ich durfte mich auf meine Freunde verlassen. Martin hätte auch für mich geradegestanden, doch Vincent war der Schnellere gewesen. Dennoch verdunkelte sich meine Laune. Die vielen Nebenjobs hatten mein Studium verlängert, darüber hinaus aber außer Lebenserfahrung und dem überlebensnotwendigen Kleingeld wenig gebracht. Ein Hamsterrad, eine Sackgasse. Wie bei meinen Eltern. Mein Vater, ein kleiner Angestellter, konnte sich und die Familie gerade mal soeben über Wasser halten. Meine Mutter war Hausfrau und gemeinnützig engagiert. Nützlich, aber eben gemein, dass sie nie etwas dafür bekam. Darum hätte ich meine Eltern auch nie um Geld gebeten. Nur um keinen falschen Eindruck zu hinterlassen: Meine Eltern waren immer für mich da, aber ich wollte sie einfach nicht mit meinen – hoffentlich temporären – finanziellen Sorgen belasten. Mein Bruder war ein anderes Thema. Er führte eine florierende Softwarefirma und verdiente gutes Geld. Ich konnte ihn aber unmöglich anpumpen. Wir pflegten keinen Kontakt mehr. Seit der Geschichte mit der Katze.

Der Anpfiff zur Verlängerung brachte mich wieder in die Realität zurück. Ich schüttelte die trüben Gedanken ab und nahm einen kräftigen Schluck Bier. Es standen wegweisende Entscheidungen an. Ich klärte meine Freunde auf.

»Langsam, langsam. Wer sagt denn, dass ich Falkenstein zusagen werde? Ich habe ja auch die Offerte vom Internationalen Roten Kreuz in Genf. Zwei Bewerbungsgespräche, zwei Treffer! Es gibt Leute, die etwas breiter aufgestellt sind als du«, sagte ich im Scherz zu Vincent.

Martin war sofort Feuer und Flamme. »Das ist ein No-Brainer. Die Stelle beim IKRK ist für dich mit deinem Abschluss in Internationalem Recht der absolute Knaller. Du kannst die Welt bereisen, machst etwas Wertvolles und verdienst auch noch gutes Geld.«

»Gutes Geld«, höhnte Vincent. »Das sind doch nur Brosamen im Vergleich zu einem Bankerlohn.« Vincent hatte bereits während des Jurastudiums bei einer renommierten Anwaltskanzlei gejobbt und war am Tag nach der Schlussprüfung dort direkt eingestiegen. Er verdiente im sechsstelligen Bereich. Mit seinem ersten Lohn hatte er sich eine standesgemäße teure Armbanduhr zugelegt. Außerdem liebte er elegante Kleidung. An diesem Abend trug er ein eng geschnittenes Hemd, eine gut sitzende italienische Stoffhose und weiße Designer-Sneakers. Er war durch und durch Genussmensch, ein Genießer wie aus dem Bilderbuch. Mit seiner selbstsicheren und humorvollen, leicht ins Ironische fallenden Art und seinem Aussehen, groß gewachsen, dunklen Haaren und sportlicher Figur, war er überall ein gern gesehener Gast und ging selten alleine nach Hause. Man durfte sich von seiner extrovertierten Masche aber nicht blenden lassen. Vincent war ein ehrlicher, loyaler Typ und vor allem ein toller Freund, auf den man sich in schwierigen Situationen immer verlassen konnte. Martin war anders. Auf den ersten Blick. Er war eher der introvertierte, ruhige Charakter mit einer pragmatischen Lebenseinstellung. Er war Jurist bei einer Flüchtlingsorganisation und beriet sowohl Asylsuchende als auch staatliche Institutionen. Viel Geld zu besitzen, verderbe den Charakter, so Martin. In der Konsequenz verzichtete er nicht auf ein gutes Gehalt, aber gab alles gleich wieder aus. Am liebsten für teure Reisen an die entlegensten Flecken der Erde. Auch Martin war ein gut aussehender Typ, machte sich aber wenig aus Statussymbolen und Anzügen. An diesem Abend war er in Jeans und schwarzem T-Shirt unterwegs. Ich bin mir sicher, dass er damals heimlich trainierte. Seine Bizepse waren jedenfalls klar definiert und wölbten sich beachtlich.

Die Meinungen meiner beiden Freunde, welche Stelle denn nun vorzuziehen sei, waren – nicht überraschend – einander entgegengesetzt. Das Gespräch wogte hin und her. Für meine Entscheidungsfindung war dies nur bedingt hilfreich. Ich sprach daher das eigentliche Problem an.

»Jungs, vielen Dank für die gut gemeinten Tipps. Ehrlich gesagt, finde ich die Jobofferte vom Roten Kreuz attraktiver. Wie Martin schon gesagt hat: Büro in Genf, viel reisen, internationales Umfeld, internationales Recht, cooles Team, sinnvolle Arbeit, Lohn absolut okay.«

Martin hob den Daumen. Vincent schüttelte den Kopf. Ich fuhr fort.

»Der Hund liegt ganz woanders begraben. Mein Problem ist – wobei es eigentlich gar kein Problem ist …«

Ich rang um die richtigen Worte. Meine Freunde blickten mich fragend an.

»Also, um es auf den Punkt zu bringen …«

Auch der zweite Anlauf haperte. Vincent trommelte ungeduldig mit den Fingern auf den Tisch und Martin machte kleine Kreisbewegungen mit seinen Händen. Schließlich brachte ich den Satz zu Ende.

»Sophie will mit mir zusammenziehen.«

Die Überraschung war geglückt. Vincent schlug mit beiden Händen flach auf den Tisch. Die Fußballfans schauten erschrocken zu uns herüber. Sogar der bullige, freundliche

Türsteher blickte kurz durch die Tür in die Bar hinein, zog sich aber gleich wieder zurück, als er uns sah – keine Gefahr.

»Philipp, du alter Schwede. Jetzt beneide ich dich zum ersten Mal. Wie hast du das denn eingefädelt?« Vincent war immer noch außer sich.

Ich bestellte die nächste Runde Bier. Die Kellnerin offerierte ihrerseits drei Shots.

»Jetzt seht ihr mein Dilemma. Die Qual der Wahl. Wenn ich nach Genf gehe, könnte ich nicht mit Sophie zusammenziehen. Sage ich der Bank zu, würde ich mit meiner Traumfrau zusammenziehen können, müsste aber die Stelle beim Roten Kreuz sausen lassen.«

Für Vincent war der Fall sofort klar. »Da gibt es doch gar nichts mehr zu diskutieren. Du kannst mit der hübschesten Frau aus unserer Unizeit zusammenziehen, Banker werden, einen fetten Lohn einsacken, zehn Kinder zeugen und trotzdem in Saus und Braus leben. Wenn du hier noch überlegen musst, mache ich mir echt Sorgen um meinen Kleinkredit.«

Das Gegenargument von Martin kam prompt. »Geld ist nicht alles, Vinc. Aber mein Argument zielt auf etwas anderes ab. Nimm es mir bitte nicht übel, Philipp. Wir sind schon immer ehrlich zueinander gewesen. Sophie ist eine tolle Frau, keine Frage. Aber wie groß ist die Chance, dass ihr in fünf Jahren noch zusammen seid? Du solltest nicht deinen Traum opfern, weil dir kurzfristig das Blut vom Hirn in die Hose gerutscht ist. Und wenn es Sophie ernst ist, kommt sie vielleicht mit dir nach Genf. Oder ihr versucht eine Fernbeziehung und testet die Tiefe eurer Gefühle aus.«

Vincent lachte laut. Er liebte kontroverse Streitgespräche, wie es sich für einen Anwalt gehörte. Die Fronten waren gesetzt und verschoben sich nicht mehr im weiteren

Verlauf des Abends. In einem Schützengraben lag Martin, bewaffnet mit Menschenliebe und Tugendhaftigkeit. Auf der anderen Seite feuerte Vincent aus vollen Rohren mit schwerer Munition: Geld, Karriere, Sex. Ich war überfordert und beschloss, mich zu betrinken.

In vino veritas.

In der Zwischenzeit war auch die Verlängerung des Halbfinales vorbei. Es kam zum unvermeidlichen Elfmeterschießen. Eine fiebrige Anspannung machte sich breit, vor allem unter den Anhängern der Three Lions. Wir fragten uns, ob die Engländer überhaupt einmal ein Elfmeterschießen bei einem wichtigen Turnier gewonnen hatten. Es fiel uns kein Beispiel ein. An diesem Abend geschah jedoch ein Wunder. Alle fünf Torschützen der Engländer (Shearer, Platt, Pearce, Gascoigne und Sheringham) waren erfolgreich und hämmerten oder schoben den Ball vorbei am deutschen Keeper ins Tor. Es gab dabei nur einen Haken: Dasselbe gelang auch den deutschen Spielern Häßler, Strunz, Reuter, Ziege und Kuntz. Dann kam es, wie es immer kam: Southgate scheitere und Andy Möller (ausgerechnet Möller) schoss die Deutschen ins Finale.

Die Stimmung war im Eimer, und die Bar leerte sich rasch. Wir blieben noch lange sitzen. Die Fernsehübertragung wich der Musik, die im weiteren Verlaufe des Abends immer lauter und härter wurde. Nach einer Weile füllte sich die Bar langsam wieder, diesmal mit bekannten Gesichtern, die nichts mit Fußball am Hut hatten. Damals durfte man noch überall rauchen, und so wurde munter drauflos gepafft.

Unsere Diskussion war mit der Zeit ins Philosophische gerutscht. Jeder kennt diese intensiven Abende, in welchen man – unterstützt durch reichlich Alkohol – die Welt mit völlig neuen Augen sieht und einem die klügsten Ideen förmlich zufliegen, die kompliziertesten Probleme plötzlich in einer nie dagewesenen Klarheit erscheinen und lösbar werden. Leider bleiben von diesen Visionen und Geistesblitzen am nächsten Morgen meist nur verschwommene Erinnerungen übrig. Die Gedanken des Vorabends erscheinen kindisch, die Logik ist verschwunden, und die Welt dreht sich weiter in gewohnten Bahnen. In einer solch trunkenen Euphorie versuchten wir an jenem Abend nun meine Entscheidung für einen der beiden Jobs fundiert herzuleiten. Nichts sollte dem Zufall überlassen bleiben. Es wurde uns bewusst, spätestens nach der sechsten Runde Bier, dass ich an einer Wegscheide, ja an einem Point of no Return stand und ein Abbiegen in die falsche Richtung mein Glück, wenn nicht sogar meine ganze Zukunft aufs Spiel setzen würde. Wir entlarvten zunächst die moderne Multioptionsgesellschaft, in der wir lebten und in welcher man eine bisher nie gekannte Anzahl an Wahlmöglichkeiten habe, was früher nie der Fall gewesen sei – früher, da man einfach den Beruf des Vaters angenommen und die Nachbarstochter oder womöglich gar die eigene Cousine geheiratet habe, selbstverständlich ohne eigenes Mitspracherecht. Heute dagegen, dozierte ich, offerierten uns Liberalismus, Demokratie und gesellschaftlicher Pluralismus zwar Freiheit, aber eben auch den Zwang zur permanenten Selbstbefragung und zu schwierigen Entscheidungen. Vincent versuchte mein Dilemma kopfgesteuert anzugehen. Ich müsse endlich erwachsen werden und durch den Gebrauch simpler Vernunft meiner Unmündigkeit entfliehen. Er zwang mich, für die beiden Jobofferten sämtliche Pros und Kontras auf Bierdeckel zu schreiben, sie zu gewichten und gegeneinander aufzurechnen. Dieses nüchterne Kosten-Nutzen-Kalkül, quasi gefühlsferne Abwägen müsse in letzter Konsequenz zur bestmöglichen Wahl führen, weil nur diese Methodik in unserer Epoche einer alles durchdringenden Ökonomie, basierend auf Algorithmen und Mathematik, eine – wenn auch nicht absolute – Objektivierung meiner Entscheidung gewährleisten könne. Mit der Objektivierung war es aber so eine Sache, weil sich unsere Lieblingskellnerin irgendwann weigerte, neue Bierdeckel zur Verfügung zu stellen. Martin nutzte die Unterbrechung, um gegen diese Rechnerei zu opponieren, die, so Martin, der realen Komplexität des Lebens nicht einmal nahe kommen würde. Nur die Intuition, also der Bauch und nicht der Kopf, sei in der Lage, eine reale Komplexitätsreduktion zu erreichen, welche dann ihrerseits die Grundlage für die richtige – oder besser gesagt, die bestmögliche Entscheidung sei. Vincents Behauptungen seien so falsch wie Kleriker keusch, da sich die Welt und die Umstände dauernd änderten und es gerade deshalb wesentlich effektiver und ehrlicher sei, einfach auf seine Gefühle zu hören.

Ich versuchte verzweifelt die beiden gut gemeinten Modelle miteinander zu verbinden. Um zwei Uhr morgens verkündete ich das finale Ergebnis meiner Überlegungen – wenn ich mich richtig erinnere, lief gerade Rammstein im Hintergrund. Mit wässrigen Augen und lauter Stimme offenbarte ich meinen Freunden, dass ich nicht nur Sophie liebte, sondern mir auch nicht vorstellen könne, auf unsere gemeinsamen Männerabende zu verzichten und es die Tiefe und Qualität unserer Freundschaft sowieso mit jeder eheähnlichen Beziehung aufnehmen würden. Meine Entscheidung stand definitiv fest. Sie war folgenschwer, für mich und viele andere.

SOPHIE

Sophie war Jungfrau, das heißt, sie war intelligent, immer gut strukturiert, ruhig und zurückhaltend, was auf manche kühl oder gar misstrauisch wirken konnte. Aber ich liebte sie natürlich nicht wegen ihres Sternzeichens. Was mir damals im Hörsaal als Erstes auffiel – ich gebe es zu –, war ihr Äußeres. Vincent hatte in einem Punkt vollkommen recht: Sophie war eine äußerst attraktive Frau, ein echter Hingucker. Sie war groß gewachsen, 1,78 Meter, um genau zu sein, hatte eine sportliche Figur, ohne jemals Sport zu treiben, lange, pechschwarze Haare, eine sanfte, blasse Haut und dazu dunkelblaue Augen, in denen man zu versinken drohte. Warme Sommeraugen. Ihre neidischen Kommilitoninnen nannten sie heimlich »Schneewittchen«. Es umgab sie ein Grundrauschen an Gerüchten, was mich herzlich wenig interessierte und ihre Einzigartigkeit nur noch betonte. Aber da war noch mehr. Bei ihr spürte ich einfach das gewisse Kribbeln im Bauch. Sophie übte eine unglaubliche Anziehungskraft auf mich aus. Wenn sie mich mit ihrer sanften und melodiösen, fast schon tiefen Stimme ansprach, war ich hin und weg. Zu meinem endgültigen Verderben hatte sie eine kleine Lücke zwischen ihren Schneidezähnen. Kaum sichtbar, aber sehr sexy. Ich musste mich immer zusammenreißen, nicht fortwährend daraufzustarren. Beim Sprechen schlug Sophie mit der Zunge immer leicht gegen die Öffnung. Ihr »s« erinnerte an das englische »the« und klang wie das sanfte Summen einer Honigbiene. Da war eine magische Aura, wobei dieser Begriff Sophie nicht gerecht wurde: Auf mich hatte sie die Strahlkraft eines Kernreaktors. Nun war es nicht so, dass sie ihre Vorzüge ausnutzte – ganz im Gegenteil. Sophie trat immer sehr bescheiden auf und war – wie ich früher auch – eine ziemliche Einzelgängerin.

Obwohl ich also schon früh ein oder vielmehr beide Augen auf sie geworfen hatte, war das Happy End alles andere als selbstverständlich. Ich darf zwar mit Fug und Recht behaupten, dass ich ein gut aussehender Bursche war. Aber damit hatte es sich auch schon. Es fehlte mir der Mut, das Kribbeln in meinem Bauch in eine wohldurchdachte Angriffsstrategie umzusetzen. In den ersten beiden Studienjahren setzte ich mich in den Vorlesungen immer eine Reihe hinter Sophie, seitlich versetzt, sodass ich sie unauffällig beobachten konnte. Wenn sich unsere Blicke zufällig trafen, sah ich rasch weg. Manchmal glaubte ich ein Lächeln in ihrem Gesicht wahrzunehmen. Sophie hatte etwas Verletzliches in ihren Augen, das meinen Beschützerinstinkt aktivierte. Es gab Vorlesungen, da mied sie andere Menschen und saß etwas abseits. Ich bemerkte, wie sie an solchen Tagen verträumt und melancholisch zugleich aus dem Fenster blickte und sich kaum Notizen machte. Sophie war definitiv geheimnisvoll. Und bildhübsch. So etwa ab Mitte unserer Studienzeit saßen wir manchmal nebeneinander. Meistens war sie es, die sich zu mir setzte. In diesen Momenten war ich unendlich glücklich. Bei anderen Frauen waren solche Momente oft unangenehm für mich. Man fühlte sich verpflichtet, etwas zu sagen, einen lockeren Spruch zu bringen, das Gespräch anzukurbeln. Bei Sophie war das nicht nötig. Ich genoss einfach unsere Nähe und hoffte inbrünstig, dass sie es auch tat.

Hier kommen nun wieder meine beiden Freunde in Spiel. Sie hielten mich auf Sophies Kandidatenkarussell. Dank ihrer Kuppeleien gab es immer wieder Gelegenheiten, auch außerhalb der Uni auf Sophie zu treffen. So auch auf der schicksalhaften Party, die Vincent ein Jahr vor unserem Studienabschluss bei sich zu Hause schmiss. Sein Vater, ein erfolgreicher Anwalt, war mit der neuen Freundin, die, so verkündete Vincent nicht ganz ohne Stolz, kaum älter als er selbst sei, auf die Seychellen entschwunden. Seinem Sohn hatte der liebestrunkene Vater neben dem Haus mit Seeanstoß gleich noch sämtliche Schlüssel des stattlichen Wagenparks sowie eine schwarze Kreditkarte – »nur für den Fall« – zurückgelassen. Kaum war ich eingetroffen, nahm mich mein gut gelaunter Freund ins Gebet.

»Hör mir genau zu, Casanova, ich gehe jetzt zu Sophie und verwickle sie in ein Gespräch. Sobald wir nur noch zu zweit sind, kommst du zu uns rüber. Den Rest überlässt du mir. Merk dir einfach die Zahl 100 Millionen. Sophie muss näher dran sein als du. Kannst du dir das merken oder soll ich dir einen Zettel schreiben? Ich habe diesen Eiertanz satt. Sophie hat doch nur Augen für dich, du Idiot! Sie hat mich als Erstes gefragt, ob du heute auch kommen würdest.«

Ich schüttelte resigniert den Kopf. Wie immer in solchen Situationen schoss mir das Blut in ebendiesen. Was hatte Vincent nun wieder vor? Mein Freund, Löwe im Sternzeichen, hatte seine Beute ausgesucht. Aus Erfahrung wusste ich, dass Widerstand zwecklos war. Etwa fünf Minuten später schlenderte ich zu den beiden hinüber.

»Ah, da ist ja mein bester Freund«, begrüßte mich Vincent überschwänglich. »Kennt ihr euch eigentlich schon?« Die rhetorische Frage blieb unbeantwortet. Sophie blickte mich Hilfe suchend an. Keine Ahnung, mit welchen Schauergeschichten Vincent sie bearbeitet hatte. Er wischte sich mit einer Papierserviette den Mund ab. »Wisst ihr eigentlich, wie dick diese Serviette wird, wenn ich sie 50 Mal falte? Wenn jemand plus, minus zehn Prozent ans richtige Resultat rankommt, hole ich uns die nächsten Drinks.«

Sophie zuckte wenig interessiert mit den Schultern.

»Ladies first«, sagte ich galant.

»Von mir aus. Aber nachher ist Schluss mit dem Geschwafel«, wies Sophie Vincent schmunzelnd zurecht. »Ich habe keine Ahnung. So hoch wie das Empire State Building?«

Vincent sah mich streng an. »Nun du, Philipp. Als Gentleman müsstest du eigentlich gleich noch einen Preis aussetzen, vor allem weil Sophie schon in Vorlage gegangen ist.«

Dieser abgebrühte Mistkerl.

Mein Freund hätte mich ruhig besser vorinformieren dürfen. Aber so war halt Vincent. Eines musste ich ihm aber lassen: Er hatte mir einen Elfmeter ohne Torwart organisiert. Der erfolgreiche Abschluss lag nun in meinen Händen oder besser gesagt Füßen, um bei der Metapher zu bleiben. Ich mimte den Unwissenden und blickte zur Decke. »Nie im Leben – das ist viel zu hoch. Ich sage: Empire State minus einen Meter. Wenn ich verliere, spendiere ich Operntickets.« Zum Glück kannte ich Sophies Hobbys in- und auswendig. Ihre Liebe zur Oper war bekannt.

Vincent nickte mir anerkennend zu und wandte sich dann zu meiner Traumfrau. »Gratuliere, Sophie. Du liegst zwar voll daneben, aber der noch größere Vollpfosten steht neben dir. Es wären sage und schreibe 100 Millionen Kilometer! Der Papierturm würde bis zur Sonne reichen. Exponentialrechnen ist nun mal nicht jedermanns Sache.« Dann ermahnte er mich nochmals laut und deutlich: »Denk daran, mein Freund, Spielschulden sind Ehrenschulden.« Und weg war er. Sophie und ich blickten uns lächelnd an. Ich blieb den ganzen Abend in ihrer Nähe, und wir plauderten entspannt über Gott und die Welt.

Natürlich hielt ich mein Versprechen und lud Sophie bald darauf in die Oper ein. Die Tickets rissen ein gewaltiges Loch in meinen Sparstrumpf, das Geld war aber bestens investiert. Ich kaufte für uns zwei Plätze im ersten Rang. Es lief Wagners »Parsifal«, inklusive Einführung und Pausen dauerte das Stück volle sechs Stunden – also genügend Zeit, um mich von meiner besten Seite zu zeigen. Wir verabredeten uns auf dem weiten eindrucksvollen Platz vor dem Opernhaus. Wie ein verliebter Teenager kam ich eine halbe Stunde zu früh und starrte Löcher in meine Uhr. Dann endlich erblicke ich sie. Die vielen Menschen waren verschwunden, wie in Luft aufgelöst. In diesem kurzen Moment gab es nur uns zwei. Sophie winkte mir lächelnd zu. Sie sah umwerfend aus. Sie trug ein enges schwarzes Kleid, das ihr etwas über die Knie reichte, kombiniert mit einem dunkelblauen Seidentuch, das ihre gleichfarbigen Augen zum Funkeln brachte. Die High Heels hievten sie auf meine Höhe. Eine kurze innige Umarmung. Ihr sommerliches Parfum roch nach frischen Zitrusfrüchten. Wahnsinn. Ich selbst hatte mir von Martin einen schwarzen Anzug und ein weißes Hemd ausgeliehen, vielleicht etwas langweilig und konventionell, aber es unterstrich die Bedeutung des Anlasses. Ich war zwar etwas größer und kräftiger gebaut als mein Freund, aber enge, kurz geschnittene Anzüge waren glücklicherweise damals gerade total en vogue.

Ob unsere Liebe wirklich mit Parsifals Enthüllung des Grals begann? Was meine Endorphin-, Oxytocin-, Phenylethylamin-, Noradrenalin-, Dopamin- und Cortisolwerte anbelangte, mit Sicherheit. Ich kann mich kaum noch an das Stück erinnern, hatte ich doch nur Augen für Sophie. Die ganze Zeit schielte ich heimlich in ihre Richtung, bis mir die Augäpfel schmerzten. Ihre zarte Haut, die Brille mit dem schwarzen Gestell, die dezent geschminkten Lippen, das duftende weiche Haar. Für kurze Zeit überkam mich eine genauso quälende wie kindische Eifersucht. War Sophie wegen mir oder vielleicht doch nur wegen Richard Wagner gekommen? Meine Selbstzweifel waren unbegründet. Gegen Ende des ersten Aufzugs griff Sophie nach meiner Hand und ließ sie bis zur ersten Pause nicht mehr los. Ein unglaublich intimes Gefühl. Warm, weich. Im zweiten Aufzug kommentierten wir die Szenen auf der Bühne, die Köpfe dicht beisammen, um niemanden zu stören. Die kleine Zahnlücke kam mir dabei so nah wie noch nie. Ich genoss die Spannung und das Kribbeln in meinem Nacken. Unsere Knie berührten sich immer wieder, bis wir sie aneinander gelehnt ließen. Hauchte mir Sophie absichtlich beim Sprechen sanft ins Ohr? Spürte sie, dass ihre Haare meinen Mund berührten? Wusste sie, dass mich ihr Duft fast zum Wahnsinn trieb? Erahnte sie die sanften Stromstöße, die durch meinen Körper flossen? Im dritten Aufzug war es dann so weit. Heldenhaft wie Parsifal, ja geradezu tollkühn nahm ich meinen ganzen Mut zusammen und küsste Sophie sanft auf den Mund. Ich spürte die Überraschung und ein kurzes Zögern. Doch dann erwiderte sie den Kuss. Ohne es offiziell zu bestätigen, waren wir seitdem ein Paar.

Rund ein Jahr später sind wir dann also zusammengezogen. Es war an einem ersten August. Ich erinnere mich so genau, weil wir an unserem ersten gemeinsamen Abend in der neuen Wohnung das traditionelle Feuerwerk zum

Schweizer Nationalfeiertag bestaunten. Wir hatten eine gemütliche Altbauwohnung im Quartier Fluntern am Zürichberg gefunden. Drei Zimmer, Küche, Bad und ein Balkon mit einer herrlichen Aussicht auf die Dächer der Altstadt. Sogar einen Zipfel des Sees konnte man sehen, wenn man größer als 170 Zentimeter war. Eine Wohnung mit Charme, knarrenden Dielen und schlechter Isolation. An den Klang der nahegelegenen Kirchturmglocken, die dazumal rund um die Uhr schlagen durften, gewöhnten wir uns rasch. Die Wohnungseinrichtung bestand anfangs aus unseren alten Studentenmöbeln, einem wilden Sammelsurium, chaotisch und etwas grell – vor allem mein gelber Küchentisch, den ich einbrachte. Damals spielten solche Kleinigkeiten aber keine Rolle. Die Welt schimmerte in zartem Rosa. Wir verstanden uns blind, waren gerne zusammen und genügten uns vollauf. Der gemeinsame Alltag reichte aus. Nur Sophies beste Freundin Petra war mir ein Dorn im Auge. Ein Stachel im Fleisch – für mich als Skorpion besonders unangenehm.

Mein Start in die Finanzwelt verlief nach Wunsch. Die Arbeitszeiten waren lang, »aber von nichts kommt nichts«, sagte ich mir. Sophie promovierte an der Uni und hatte eine Assistentenstelle bei ihrer Professorin ergattert. Sie arbeitete und schrieb oft zu Hause. Es war für mich nach einem langen Tag im Büro die beste Erholung, ihr dabei zuzusehen. Wenn Sophie konzentriert las, bewegte sie dabei ganz sanft ihren Mund, als ob sie mir vorlesen würde. Ihre Augen leuchteten im Schein der Lampe und ihre langen Wimpern klimperten an die Brillengläser. In diesen Momenten war ich überwältigt von ihrer Schönheit und der Ruhe, die sie ausstrahlte.

Es mangelte uns an nichts. Auch finanziell war der Druck vom Kessel entwichen. Mein erster Lohn fühlte sich an wie der Hauptgewinn in der Lotterie. Sophie konnte diesbezüglich natürlich nicht mithalten, zusammengerechnet kamen wir aber auf eine stattliche Summe. Der ganz große Luxus lag anfangs noch nicht drin: Ich musste mir mit den ersten Löhnen neue Anzüge, Schuhe, Hemden und Krawatten kaufen. Zudem waren da noch ein Studiendarlehen und der Kredit von Vincent zu begleichen. Alles kein Problem. Das Geld reichte sogar, um etwas für meine Eltern zur Seite zu legen. Wir überraschten sie ein halbes Jahr später mit einem Reisegutschein zu ihrem Hochzeitstag. Meine Mutter weinte vor Freude. Mein Vater schmollte zunächst noch.

»Zwei Wochen auf den Malediven ist doch völlig übertrieben, Philipp. Was soll ich denn dort überhaupt machen?«

Als wir sie dann aber gut zwei Wochen später am Flughafen abholten, strahlte auch er über das ganze Gesicht. Braun gebrannt und gut erholt, schloss er mich in die Arme und bedankte sich für den unvergesslichen Urlaub. Meine Mutter sah blendend aus, 20 Jahre jünger als vor den Ferien. Sie verstand sich ausgezeichnet mit Sophie. Wenn wir zusammen telefonierten, wollte sie immer auch noch mit ihrer Schwiegertochter in spe sprechen, die obligaten Bemerkungen bezüglich Familienplanung, Hochzeit und Enkelkinder eingeschlossen. Sophie nahm es mit Humor. Unser Familienleben war erfreulich unkompliziert. Schade nur, dass ich keinen Kontakt zu meinem Bruder hatte. Aber damals stand halt noch die Geschichte mit dem Vierbeiner zwischen uns.

Im Rückblick war es damals vielleicht meine glücklichste Zeit. Aber Glück ist ein flüchtiger Zustand. Und wenn man verliebt ist und einem alles in den Schoß fällt, sieht man halt nur die Sonne und das Licht. Den immer länger werdenden Schatten bemerkt man nicht.

HEUTE

»Stopp, stopp, stopp!«

Der Zuhörer unterbricht Philipp und hebt seinen linken Arm, wie ein Schüler, der sich dringend zu Wort meldet. Kurze Zeit herrscht Stille. Philipp sieht durch die gelochte Wand, wie der Mann ein Wasserglas zum Mund führt und es in einem Zug leert. Dann ein tiefer Atemzug. Wieder Stille. Philipps Augen haben sich an das dumpfe Licht gewöhnt. Er mustert sein Gegenüber vorsichtig, interessiert. Der Kopf des Mannes ist glatt rasiert und wird von einem breiten Hals getragen. Schultern und Oberkörper sind kräftig, ja muskulös. Aber nicht wie bei einem Bodybuilder, sondern gehören eher einem Zehnkämpfer: geschmeidig, athletisch. Was Philipp aber irritiert, ist dieser Gesichtsausdruck – ernst und gleichzeitig verspielt. Ist da nicht ein süffisantes Lächeln? Ein kleines Zucken im Mundwinkel? Oder spielen ihm einfach die Nerven einen Streich? Der Mann erinnert ihn an eine junge, optimierte Version von Bruce Willis.

»Darf ich mir eine Zigarette anzünden? Ist zu einer dummen Gewohnheit geworden.« Philipp bereut die Frage sofort.

»Hier im Beichtstuhl? Unmöglich. Sie brennen die ganze Kirche nieder. Und zudem: Rauchen ist keine Gewohnheit. Es ist eine Sucht. Sollten Sie sich bei Gelegenheit abgewöhnen.«

Die Frage ist damit beantwortet. Philipp rutscht unruhig auf seinem harten Sitz hin und her. Die schnöde Antwort verärgert ihn. Er ist es nicht gewohnt, so abgekanzelt zu werden. Nicht einmal von Bruce Willis, Version 2.0! Weiß der Kerl eigentlich, wen er vor sich hat? Nur mit Mühe kann sich Philipp beherrschen.

»Ach ja, ich habe vergessen, dass die Kirche und ihre Priester unfehlbar sind«, versucht er zu provozieren. Philipp hat keine Ahnung, ob sein Gesprächspartner überhaupt ein Priester ist. Vielleicht ist er ein Seelsorger, ein Pfarrer, Diakon oder Laienprediger?

»Niemand ist unfehlbar. Ich zuallerletzt, glauben Sie mir«, antwortet der Mann ruhig. »Ich habe selbst Kette geraucht. Seit zehn Jahren bin ich sauber. Sie können so viel rauchen, wie Sie wollen. Einfach nicht bei mir im Beichtstuhl, bitte …«

Eins zu null für Bruce.

»Also, Philipp. Ich darf Sie doch Philipp nennen? Sie wollen am Ende unseres Gespräches ein Urteil oder sagen wir vielleicht eher eine Meinung von mir. Erlauben Sie mir daher, dass ich kurz meine Gedanken ordne, damit nichts durcheinanderkommt. Es wäre schade, wenn ich Ihnen aufgrund eines Missverständnisses Unrecht tun würde. Den Anfang Ihrer Karriere und der Beziehung zu Sophie habe ich so weit verstanden. Ich gehe davon aus, dass wir beide Themen weiter vertiefen werden. Was ich dagegen im Moment nicht verstehe, ist die Beziehung zu Ihrem Bruder. Sie haben mehrmals eine Entfremdung angedeutet. Können wir hier weitermachen?«

Philipp zögert. Würde er seine Offenheit bereuen? Sein Gegenüber ist ohne Zweifel eine starke Persönlichkeit. Jemand, der weiß, was er will. Für Zweifel ist es nun zu spät.

»Philipp?«

»Verzeihung. Also, alles nahm seinen Anfang in den Sommerferien …«

DIE KATZE

Mein Bruder und ich hatten in unserer Kindheit ein sehr enges Verhältnis. Ich liebte ihn über alles. Er war mein Vorbild, mein großer Bruder eben. Es passte kein Blatt Papier zwischen uns – bis zu meinem zehnten Geburtstag, der in den Sommerferien lag. Seither haben wir kaum mehr ein Wort miteinander gesprochen. Schuld daran war unsere Katze.

Mein Bruder Christian ist fünf Jahre älter als ich. In jenem Sommer sah man ihm an, dass er langsam ein Mann wurde: Seine Schultern waren breiter geworden, die ersten Achsel- und Brusthaare begannen zu wuchern. Er trainierte seit einigen Monaten mit Gewichten, und das Resultat war eindrücklich. Seine Physis kam auch mir zugute. Wenn ich auf dem Schulhof gehänselt oder in den Schnee geworfen wurde, eilte mir Christian immer zu Hilfe und knöpfte sich meine Peiniger vor. Im Gegensatz zu ihm sollte ich erst mit 18 Jahren in die Höhe schießen. Heute bin ich einen halben Kopf größer als er, lieber spät als nie. Ich war schon immer der klassische Spätzünder.

Ich kann mich noch gut an den Sommer erinnern, als die Betonmauer zwischen uns hochgezogen wurde. Es war heiß wie nie. Das Thermometer zeigte unglaubliche Höchstwerte an. Meine Mutter litt stark darunter und klagte über den Klimawandel und die schrecklichen Folgen für Mensch und Umwelt. Wie immer fuhren wir für zwei Wochen mit unserem Volvo an die Adria. Dieses Modell sei »unkaputtbar«, pflegte mein Vater liebevoll zu sagen. Der Zusammenhang zwischen Verbrennungsmotor und Klimaerwärmung war mir damals noch nicht bewusst. Das Gepäck war im Kofferraum verstaut, und mein Bruder und ich saßen erwartungsvoll im Fond des Wagens. Wir spielten Quartett. Ich hatte das Spiel »Katzen und Hunde« ausgewählt. Mein Bruder war eigentlich schon zu alt dafür und hätte wahrscheinlich lieber »Schlachtschiffe im Zweiten Weltkrieg« oder »Formel-1-Boliden« gespielt. Er verhielt sich aber wie immer vorbildlich und tat mir den Gefallen. Die Abfahrt verzögerte sich um einige Minuten, weil meine Eltern unsere Katze nicht aufspüren konnten. Sie war seit dem Vorabend unauffindbar und auch am Morgen der Abfahrt nicht zu ihrem obligaten Frühstück erschienen. Alles Rufen und Suchen half nichts.

»Habt ihr unser Tigerli gesehen?«, fragte meine Mutter. Wir schüttelten wahrheitsgetreu den Kopf.

»Wo kann sie nur sein?« Ihre Stimme zitterte.

»Ich weiß es nicht«, log ich und drehte mich weg, da mir wie immer in solchen Situationen das Blut ins Gesicht schoss. Mein Bruder zuckte mit den Schultern. Er machte sich keine Sorgen. Unsere Katze war schon immer ein kleiner Rumtreiber gewesen. Ich war an diesem Morgen sowieso nicht gut auf den Vierbeiner zu sprechen. Vor zwei Tagen hatte ich nach dem Mittagessen vergessen, meinen Hamster zurück in seinen Käfig zu sperren. Während ich in der Schule saß und mich mit Schreiben und Lesen abquälte, spielte die Katze ausgiebig mit dem Nagetier. Die Freude war dabei einseitig gewesen. Der Hamster überlebte den Nachmittag nicht. Mit einiger Distanz gebe ich gerne zu, dass die Schuld am Tod meines Hamsters bei mir lag – und nicht bei der Katze. Katzen sind nun

mal Fleischfresser, und mein Hamster war klein, überge-
wichtig und wehrlos.

Schließlich sprach mein Vater ein Machtwort. Den traditionellen Stau eingerechnet, würden wir am Abend die
Adria erreichen. Das Abendessen war im Pauschalpreis
inbegriffen, und mein Vater wollte es auf keinen Fall ver-
schenken. So überließen wir die Katze ihrem Schicksal
und machten uns auf den Weg. Unsere Nachbarin versi-
cherte uns, sich sofort zu melden, wenn das Tigerli auf-
tauchen würde. Die nette Frau passte in den Ferien immer
auf unser kleines Mietshaus und die Katze auf.

Wie immer trug mein Vater am Steuer seine Schiebermütze. Anthrazit, von Stetson. Eigentlich eher für käl-
tere Jahreszeiten konzipiert. Aber jeder hat nun mal seine
Marotten. Meine Mutter war da schon viel klassischer
unterwegs und trug ein luftiges Seidentuch um den Kopf.
So richtig Grace-Kelly-Style. Mein Vater war der Kapi-
tän und kommentierte immer, wo wir uns gerade befanden. Meine Mutter nahm die Funktion der Stewardess wahr
und verteilte eifrig belegte Brote und Getränke. Die Fahrt
verlief reibungslos, einmal abgesehen von dem Stopp im
Gotthardtunnel. Vom Quartettspielen war mir schlecht
geworden, und ich musste mich am unpassendsten Ort der
ganzen Reise übergeben. Wir schafften es zur Freude meines Vaters dann doch noch ins Hotel, bevor das Abend-
buffet abgetragen wurde. Ich brachte keinen Bissen runter.

Die Nachbarin meldete sich am nächsten Morgen. Von
unserer Katze fehle immer noch jede Spur. Mein Vater ver-
bot daraufhin, das Thema weiter anzusprechen. Schließlich
sei man an der Adria, um sich zu erholen.

Der Strand in Rimini war lang, laut und hoffnungslos

überfüllt. Die vielen vor sich hin brutzelnden Badegäste erinnerten mich an unseren kleinen, immer prall gefüllten Tischgrill zu Hause. Ich kannte bis dahin jedoch nichts anderes und war ausgesprochen glücklich. Hauptsache, zusammen mit der Familie. Meine Mutter trug ein hellblaues Badekleid. Ihre Haut nahm rasch eine deutliche Rötung an, trotz der Sonnencrème. Ich liebte den warmen Sand und vergrub meine Hände und Füße darin. Einmal am Tag schwamm ich mit meinem Bruder so weit ins Meer hinaus, wie ich konnte. Während ich ungelenk auf das Wasser schlug, waren seine Bewegungen sanft wie bei einem Delfin. Wenn mir die Puste ausging, rief ich »Stopp!«, und Christian zog mich auf seinem Rücken zurück ans nahe Ufer. Ich fühlte mich sicher und wohlbehütet. Mein Bruder hatte sich die Haare etwas wachsen lassen. Mit seiner sonnengebräunten Haut sah er aus wie ein Surflehrer. Ich wollte so werden wie er. Sonst verbrachten wir die Tage am Meer mit Sandburgen bauen, Ball spielen und Nichtstun. Am Abend schlich sich mein Bruder heimlich aus dem Zimmer und traf sich mit anderen Teenagern am Strand. Ich vermutete, dass auch Mädchen dabei waren. Ich konnte mir die komischen Flecken an seinem Hals und den süßlichen Geruch in seinen Haaren, der mich an Mamas Parfum erinnerte, nicht anders erklären. Ich war ein bisschen wütend, dass er mich alleine im Zimmer zurückließ. Selbstverständlich verpetzte ich ihn nicht bei meinen Eltern, Christian war schließlich mein Bruder. Und Brüder halten nun mal zusammen.

Als wir nach zehn Tagen die Rückreise antraten, weinte ich bitterlich.

»Wir kommen nächstes Jahr wieder. Du musst nicht traurig sein, Philipp«, tröstete mich meine Mutter.

Ich weinte aber nicht, weil die Ferien zu Ende waren. Vielmehr sah ich meiner Ankunft zu Hause mit einer düsteren Vorahnung entgegen. Ich hatte noch einige Stunden Zeit, um mir etwas zu überlegen. Die Katze musste unauffällig aus dem Haus geschafft werden.

Die Rückfahrt verlief ohne Unterbrüche und ging mir fast zu schnell. Den Gotthardtunnel passierten wir diesmal ohne Zwischenhalt. Als wir ankamen, stand mein Plan fest: Um Mitternacht würde ich leise aufstehen und alle Spuren beseitigen. Ich bin bis heute überzeugt, dass meine Strategie funktioniert hätte, wenn es nicht so heiß gewesen wäre. Kaum war das Gepäck abgeladen, kam meine Mutter unglücklicherweise auf die Idee, uns eine eisgekühlte Limonade zu servieren. Die Eiswürfel befanden sich in der Tiefkühltruhe.

Ihr Schrei war lauter als eine Polizeisirene. Das ganze Haus zitterte, und alle stürmten in die Vorratskammer, wo die Tiefkühltruhe stand. Meine Mutter war kreidebleich, als hätte sie einen Geist gesehen. In den Händen hielt sie die tiefgekühlte Katze, leblos alle viere von sich gestreckt. Mein Vater eilte auf sie zu. Es kam zu einem Missverständnis, und das schockgefrorene Tier fiel wie ein Klumpen Eis zu Boden. Nach 14 Tagen in der Kühltruhe war das Vieh durch und durch gefroren. Der Schwanz und das linke Hinterbein hielten dem Aufprall nicht stand und brachen ab. Meine Mutter fiel in Ohnmacht, und ich musste lachen. Es war ein hysterisches, kein amüsiertes Lachen, das ich beim besten Willen nicht kontrollieren konnte. Mein Vater stabilisierte zuerst meine Mutter und brachte sie in Seitenlage. Dann steckte er die Katze in einen Abfallsack und warf diesen in die Mülltonne. Anschließend kam er ins Haus zurück und versohlte mir das erste und letzte Mal so richtig den Hintern.

»Du bist total verrückt. Das werde ich dir nie verzeihen«, sagte mein Bruder mit eisiger Stimme. Er war konsequent. Wir haben nie mehr zusammen gespielt und viele Jahre kaum mehr ein Wort gewechselt.

Aber lassen Sie mich jetzt zurück zur eigentlichen Geschichte kommen. Im Büro entpuppte sich mein guter Start nämlich als pures Anfängerglück.

DUNKLE WOLKEN

Die Büros der Rechtsabteilung befanden sich am Hauptsitz der Bank. Die Chefs belegten ihre eigenen Räumlichkeiten. Ich teilte mir ein Großraumbüro mit gut 20 Kollegen und Kolleginnen. Unsere Fenster boten keine Sicht auf den Paradeplatz, geschweige denn auf die Alpen oder den See, sondern waren auf den doch eher trüben Innenhof gerichtet. Falkensteins Reich lag in unmittelbarer Nähe zu unserem Büro, einfach auf der besseren Seite. Zwischendurch schaute er immer wieder mal mit einer Tasse Kaffee in der Hand bei uns vorbei. Im ersten Jahr meiner Anstellung machte er meist einen kurzen Stopp bei mir, was der einzige Vorteil meines Tisches gleich beim Eingang war, und erkundigte sich nach dem Stand meiner Projekte. Er war mit meiner Arbeit offensichtlich sehr zufrieden. Ich arbeitete auch hart dafür, oft bis tief in die Nacht hinein. Umso mehr freute ich mich über seine lobenden Worte.

»Gute Arbeit, Humboldt. Wenn alle so zügig und exakt arbeiten würden wie Sie, hätte ich nicht so viele graue Haare.« Ein anderes Mal erklärte er mir, worauf man in meiner Position zu achten habe. »Wenn man einen so großen Laden führt wie ich, gilt es, die Konkurrenz unter den Mitarbeitern zu fördern. Gerade in der Rechtsabteilung ist es wichtig, argwöhnisch zu sein. Etwas Paranoia schadet nicht. Ich traue zum Beispiel niemandem. Halten Sie immer die Augen offen, Humboldt.« Im Vertrauen (oder war es eine sanfte Drohung?) gab er mir sogar Einblick in seine Managementphilosophie. »Humboldt, Sie sind zu freundlich, um eine wirklich große Karriere zu machen. Ich zum Beispiel habe meine Konkurrenten immer und überall angeschwärzt. Zu Recht oder zu Unrecht. Es bleibt immer etwas hängen.«

Meinen Kollegen und Kolleginnen entgingen diese Vertraulichkeiten nicht. Ich bemerkte ihre Blicke, während Falkenstein mit mir plauderte. Neugierig, verstohlen, neidisch. Nur Esther schien das alles nichts anzugehen. Esther saß mir gegenüber, sie war quasi meine Sitznachbarin. Ich verbrachte wesentlich mehr Zeit mit ihr als mit Sophie. Traurig, aber wahr. Esther war eine unscheinbare Person, fleißig, ruhig, etwas bieder. Emsig wie eine Arbeiterin im Ameisenstaat, die ihre Pflichten vollbrachte und für die Königin die unterschiedlichsten Materialen herbeischaffte oder paramilitärische Funktionen erfüllte, trug Esther für unsere Abteilung, deren König niemand Geringeres als Managing Director Falkenstein war, alle für die Rechtsabteilung relevanten bankinternen Informationen zusammen und verarbeitete diese zu einem schwer verdaulichen Bericht. Dieser Bericht, der – so meine Vermutung – noch von niemandem in Gänze gelesen worden war, diente vor allem dazu, die Bedeutung unserer Abteilung im Gefüge des gesamten Ameisenuniversum, also unseres globalen Konzerns, zu untermauern und damit sicherzustellen, dass alle Bewohner unseres Teilstaates mit genügend Futter, sprich Geld, versorgt wurden. Analog zur Tierwelt wurde dieses für unseren Mikrokosmos so elementare Gut selbstverständlich nicht gleichmäßig verteilt.

Esther erfüllte also eine wichtige Funktion. Und sie war ein wandelndes Lexikon. Esther war quasi ein Prototyp von Siri, zumindest, was unsere Abteilung betraf. Ich war immer nett zu ihr. Es war ja nicht auszuschließen, dass ihr Wissen einem nicht doch einmal nützlich sein würde. Das Nett-Sein beschränkte sich jedoch auf die üblichen Floskeln: »Wie war dein Wochenende?« oder: »Hattest du schöne Ferien? Du musst mir unbedingt bei Gelegenheit davon erzählen.« Es stimmte so für uns beide. Sowieso passte mir die Arbeitsatmosphäre: kollegial und anonym zu gleichen Teilen; freundlich und trotzdem angenehm oberflächlich; Hierarchien wurden mit Organigrammen, Einzelbüros, Titel und Besoldungsstufen klar definiert.

Zwischendurch kamen mir komische Gedanken. Erzählte Falkenstein vielleicht hinter meinem Rücken auch Lügen über mich? Ich machte mir darüber aber keinen Kopf und konzentrierte mich auf meine Aufgaben. Worauf es ankam, war ehrliche, harte Arbeit. Der Erfolg würde von alleine kommen. Meine Karriere entwickelte sich in die richtige Richtung. Wäre da nur nicht die Kopiermaschine gewesen.

Wie aus dem Nichts kamen Gewitterwolken auf, und ich befand mich urplötzlich im Auge eines veritablen Sturms. Ich war einfach im falschen Moment am falschen Ort. Das Epizentrum des Sturms bildete sich im kleinen Serviceraum auf unserer Etage. Dort standen die Kopiermaschinen, Farbdrucker und eine alte Faxmaschine, die niemand mehr benutzte. So glaubte ich zumindest. Ich war gerade dabei, einige Präsentationen über eine neue Serie strukturierter Finanzprodukte zu binden. Es war eine meiner Aufgaben, die Kundenberater der Bank über Chancen und Risiken dieser komplexen, dafür aber umso rentableren Finanzinstrumente aufzuklären. Ich war schon fast fertig mit meiner Arbeit, als Falkenstein den Raum betrat und ein Blatt in den Drucker legte. Er tippte wie wild auf dem Display herum. Schließlich begann der Drucker die Kopien auszuspucken – und wollte einfach nicht mehr aufhören. Irgendwann war der Halter voll, aber der Drucker produzierte munter weiter. Falkenstein schaute missmutig zu mir herüber und fluchte leise vor sich hin. Ich tat nichts dergleichen und konzentrierte mich auf das Binden meiner Präsentationen. Irgendwann war es Falkenstein zu bunt, und er riss den Stecker aus der Wand.

»So eine verdammte Scheiße«, sagte er. »Humboldt, holen Sie den Servicemann. Hier funktioniert aber auch gar nichts.«

Wie befohlen, so getan. Es stellte sich schließlich heraus, dass die Maschine einwandfrei funktionierte. Falkenstein hatte einfach den Kopierer mit dem Faxgerät verwechselt und die Telefonnummer, die dummerweise mit 889 begann, eingegeben. Der Kopierer hat dann seine Arbeit erledigt und hätte 889 Kopien ausgeworfen, wenn Falkenstein nicht im wahrsten Sinne des Wortes den Stecker gezogen hätte. Der Servicemann und ich schauten uns betroffen an. Wir waren gerade Zeuge eines peinlichen Fehlers unseres selbstverliebten Häuptlings geworden. Ich ahnte, was das bedeutete. Sicherlich nichts Gutes.

Seit diesem Zwischenfall fand Falkenstein nie mehr Zeit für ein Schwätzchen an meinem Bürotisch. Stattdessen begann er mich zu kritisieren, ja zu schikanieren, wann immer er konnte. Am liebsten vor versammelter Mannschaft. Ich hatte das Gefühl, dass er mir mein Leben so unangenehm wie nur irgendwie möglich machen wollte. Er benutzte dafür anstelle der subtilen Kunst der Ironie die brachiale Gewalt eines durchnässten Bodenlappens. Diesen schlug er mir kräftig um die Ohren.

»Unser Summa-cum-laude-Jurist meint wohl, er sei etwas Besseres. Aber bei mir wird man bezahlt, wenn man Geld verdient, und nicht, wenn man anderen nur sagt, was sie nicht tun dürfen. Solche Reichsbedenkenträger schaden der Firma und halten uns auf.« Dabei hatte ich lediglich darauf hingewiesen, dass unsere Bank bei gewissen Finanzprodukten im Fall einer Krise in Liquiditätsschwierigkeiten kommen könnte. Oder ein andermal: »Humboldt, Sie reden zu viel und liefern zu wenig. Ich werde das bei der Bonuszuteilung berücksichtigen müssen.« Ich sollte einen externen Anlagefonds begutachten, der von einem persönlichen Freund Falkensteins verwaltet wurde. Es war für mich ein Ding der Unmöglichkeit, das Produkt für den Vertrieb über unsere Bank zu genehmigen. Am niederträchtigsten waren aber gute Ratschläge, die nicht aus redlicher Überzeugung kamen, sondern lediglich dazu dienten, mich als unfähig hinzustellen. »Humboldt, wenn das Projekt für Sie zu komplex wird, kann gerne Esther übernehmen.«

Das Triezen zog sich über Monate hin. Die Kommunikation zwischen mir und Falkenstein war zu Osmose in Reinkultur geworden – er kritisierte unablässig, erlaubte meinerseits aber keine Rechtfertigung. Ich hatte nie jemandem im Geschäft vom Vorfall im Kopierraum erzählt und hoffte immer noch, dass sich Falkenstein irgendwann besinnen würde. Aber darauf konnte ich lange warten. Die Sticheleien zeigten ihre Wirkung. Ich kam mir vor wie ein verwundetes Tier, das von der Herde gemieden wurde. Meine Arbeitskollegen gingen plötzlich ohne mich essen. Von einem gemeinsamen Feierabendbier erfuhr ich, wenn überhaupt, nur zufällig. Von meinem direkten Vorgesetzten Zimmermann durfte ich keine Rückendeckung erwarten. Dann wurde mir auch noch der Weihnachtsurlaub gestrichen, weil anscheinend gerade in dieser Zeit meine Expertise für ein völlig unbedeutendes Problem gebraucht wurde. Das war umso schmerzhafter, als ich mich das ganze Jahr über definitiv zu wenig um Sophie gekümmert und mich mit aller Kraft meiner Karriere gewidmet hatte, die, so war ich überzeugt, auch Sophie zugutekommen würde. Wir, zumindest die unteren Chargen, hatten extrem lange Arbeits- und Präsenzzeiten. Es war Common Sense, dass man seine Familie, Frau oder Freundin ihr selbst zuliebe zu vernachlässigen habe. Man tat das alles ja schließlich nicht für sich selbst.

Zum Glück konnte ich mich in dieser Zeit auf meine beiden Freunde verlassen. Sie stellten sich sofort auf meine Seite, als ich ihnen an einer unserer Männerabende von den Schikanen erzählte. Vincent redete sich so richtig in Rage.

»Du solltest diesen Kerl verklagen. Oder mindestens eine Beschwerde in der Personalabteilung deponieren. Das ist Mobbing in reinster Form. Dieser Arsch ruiniert deinen Ruf und damit auch deine Karriere. Ade, schöner Bonus, ade, Beförderung, tschüss, schönes Leben. Wenn du einen Anwalt brauchst, hast du ja meine Karte. 500 pro Stunde sollten ja kein Problem für dich sein.«

Martin analysierte die Situation differenzierter.

»Wie wäre es mit einem Mediator? Ich habe die Erfahrung gemacht, dass ein professionell geführtes Schlichtungsgespräch gute Resultate bringt.«

Die Situation war zum Kotzen.

»Ich weiß nicht, Freunde. Wenn ich den Chef meines Chefs bei der Personalabteilung verpfeife, dann kann ich gleich selbst kündigen. Und ein Mediator? Ich habe ja keine Ehekrise mit Falkenstein. Die lachen mich doch aus, wenn ich mit so einem Schwachsinn komme. In den nächsten Tagen sollen ohnehin die Bonusbriefe verteilt und die Beförderungen annonciert werden. Ich warte mal ab, was da rauskommt. Vielleicht wollte mich Falkenstein auch wieder nur testen, ob ich hart im Nehmen bin.«

Wir einigten uns auf einen Mittelweg: weiterhin einen guten Job machen, Bonusbrief und Beförderungsliste abwarten und dann bei Gelegenheit das Thema mit meinem direkten Vorgesetzten, Dr. Zimmermann, ansprechen.

Sophie war in dieser schwierigen Zeit mein wichtigster Zufluchtsort, doch der Stress im Geschäft und die vielen Überstunden gingen nicht spurlos an uns vorbei. Ich wollte sie nicht belasten und tat, was ich in solchen Fällen immer tat – ich zog mich zurück. Nur keine Schwäche zeigen. Das war im Nachhinein die schlechteste aller Optionen. Denn Sophie wäre doch der Mensch gewesen, mit dem ich über meine Ängste und Probleme hätte sprechen können. Sie war für mich da, ich aber nicht für sie. An meinen Gefühlen zu Sophie hatte sich nichts geändert. Ich liebte sie über alles. Sie war der ruhende Pol in meinem Leben. Obwohl wir kaum Zeit füreinander hatten, gab sie mir Halt und Geborgenheit. Auch Sophie schlief unruhiger als früher. Ich gab Falkenstein die Schuld dafür, anstatt selbst konsequent zu handeln. Niemand zwang mich schließlich, weiterhin in der Bank zu arbeiten. Sophie würde mir bei einer Kündigung nicht im Wege stehen, im Gegenteil: Ich solle doch etwas anderes machen, zum Beispiel einen Doktortitel oder die Firma wechseln. Ich kanzelte sie richtig ab; ob sie denn wolle, dass wir so wie meine Eltern leben und finanziell gerade so über die Runden kommen sollten, meine Absicht sei das bestimmt nicht. Und dann schwieg ich beleidigt und verschanzte mich vor dem Fernseher. Ich war schwach. Ich wünschte mir, anders zu sein, eine bessere Version meiner Selbst. Aber es war noch zu früh dafür.

Unsere Beziehung kühlte sich langsam ab. Ich ging fälschlicherweise von einer temporären Flaute aus. Wir lächelten uns immer noch an. Doch die anfängliche Fröhlichkeit war fast unmerklich hinter mechanischer Routine verschwunden. Nie kritisierte mich Sophie für mein horrendes Arbeitspensum oder meine Distanziertheit. Dafür akzeptierte ich zähneknirschend, dass sie immer öfter mit ihrer besten Freundin Petra unterwegs war. Petra hatte mit uns studiert, doch ich ging ihr wann immer möglich aus dem Weg. Ich war mit Petra bereits auf die Grundschule gegangen. Ich erinnerte mich nicht gerne daran. Ihre verdammten Farbstifte hatten mich zum Einzelgänger gemacht. Aber jeder macht mal Fehler. Ich rechnete Petra hoch an, dass sie Sophie nie davon erzählt hatte. Zumindest noch nicht ...

DIE VERRÄTERISCHEN HÄNDE

Bis zum Ende der dritten Klasse war ich ein beliebter Schüler gewesen, gut integriert, engagiert, aufgeweckt. Heute würde man sagen: verhaltensunauffällig. Meine Noten waren in Ordnung. Nicht topp, aber auch nicht flopp. Oberer Durchschnitt eben. Nach den Sommerferien mit der schockgefrorenen Katze änderte sich alles. Schuld war aber nicht die Katze, sondern die Farbstifte – und damit Petra!

Der Start in die vierte Klasse verlief etwas holprig. Ich war noch leicht traumatisiert und vermisste meinen Hamster, meine Katze und meinen Bruder. Die neu zusammengewürfelte Klasse kam mir zu diesem Zeitpunkt gar nicht gelegen. Es war in unserer Gemeinde üblich, dass die Klassen nach der Unterstufe neu gemischt wurden. Natürlich waren mir die meisten meiner Mitschüler bekannt. Auch einige meiner bisherigen Schulkameraden waren derselben Klasse zugeteilt worden. So weit, so gut. Die neue Klassenlehrerin gab die Sitzordnung vor. Zu meinem Entsetzen saß ich neben Petra. Petra war neu. Frisch zugezogen aus Deutschland. Sie überragte mich um erniedrigende zehn Zentimeter. Mindestens. Ihr Pullover spannte bereits kräftig am Oberkörper. Und sie hatte einen Bubikopf. Welches Mädchen trägt mit zehn Jahren freiwillig einen Bubikopf?

Petra stammte aus einer richtig reichen Familie. Wir anderen Kinder konnten das noch nicht richtig in Worte oder Zahlen fassen. Es war vielmehr eine Intuition. Petra war einfach anders. Sprache, Kleider, Auftreten. Und ausgerechnet mich musste die Lehrerin neben dieses fremde Wesen setzen. Den Sommer hatte Petra nicht wie wir an der überfüllten Adria, sondern im privaten Ferienhaus in den Bergen, auf dem eigenen Boot und irgendwo in Asien – wo war das noch mal? – verbracht. Notabene alles in denselben Sommerferien. Petras Vater kutschierte seine eingebildete Tochter in teuren Autos zur Schule. Heute weiß ich, dass er ein erfolgreicher Unternehmer war.

Petra hatte für den Start in der Mittelstufe jedenfalls ein neues Etui bekommen. Ich benutzte für meine Schreibutensilien eine längliche Blechdose. Das war so in Ordnung. Funktional. Einfach. Kein Chichi. Petras Etui war dagegen aus echtem Leder. Montblanc! Meine Mutter schüttelte ungläubig den Kopf, als ich es ihr erzählte. Sie traute mir seit der Geschichte mit der Katze noch nicht richtig über den Weg. Das Etui, so mein Vater, koste wahrscheinlich so viel, wie er in einem Monat verdiene. Obwohl man in diesem Alter noch kein richtiges Gespür für Geld hat, wusste ich instinktiv, dass eine Verhältnismäßigkeit hier nicht gegeben war. Ich entschloss mich zu handeln, die Ehre meines Vaters wiederherzustellen und auch gleich noch die Sache mit dem Vierbeiner geradezubiegen. Der Entschluss fiel mir nicht schwer, weil es Petra mit ihrem Etui wirklich übertrieb. Sie behandelte es wie einen kleinen Schoßhund. Zwischendurch redete sie sogar mit ihm und strich mit ihrer Hand, die so groß wie ein Teller war, heimlich über das weiche Leder.

Wie verrückt ist denn so was?

Am letzten Schultag der ersten Woche schlich ich mich in der Pause zurück ins Klassenzimmer und brach die Spitzen aller Farbstifte in Petras Etui ab. Zufrieden betrachtete ich mein Werk. Der kleine Anspitzer im edlen ledernen Behältnis erinnerte mich aber daran, dass man meine Tat schnell und leicht ungeschehen machen konnte. Also widmete ich mich den Filzstiften. Einen nach dem anderen zog ich aus der kleinen ledernen Lasche, nahm die Schutzkappe ab und schlug ihn so fest ich konnte mit der feinen farbigen Spitze voran auf die Tischplatte. Am Schluss brach ich die Feder des schwarzen Füllers ab und ließ die Tinte genüsslich ins Etui tropfen. Dann machte ich mich aus dem Staub und gesellte mich wieder unter meine Schulkameraden.

Das Geschrei nach der Pause war groß. Petra brach in Tränen aus und meine Mitschüler waren schockiert. Ich mimte den Unschuldigen und sprach Petra mein Beileid aus.

»Du darfst meine Stifte benutzen, wenn du möchtest«, sagte ich mitfühlend.

Der Schuldige wurde schnell gefunden. Ich hatte die Tat nicht sauber zu Ende gedacht. Meine Hände leuchteten wie ein Regenbogen, und der Daumen triefte tintenschwarz. Frau Rigonalli, meine Lehrerin, stellte mich vor versammelter Klasse bloß.

»Philipp, wie konntest du nur!«

Abstreiten wäre sinnlos gewesen. Meine Schulkameradinnen und -kameraden blickten mich verständnislos, ja geradezu schockiert an. Ich wurde an diesem Tag vom Unterricht suspendiert und nach Hause geschickt. Der Nachmittag verlief ruhig. Meine Mutter brachte mir eine Tasse Tee ans Bett und kümmerte sich rührend um mich. Sie ging bis zum Anruf meiner Lehrerin davon aus, dass meine vorgespielte Übelkeit den Tatsachen entspreche. Der Abend verlief dann weniger angenehm. Meine Eltern waren außer sich. Zuerst die Katze und nun die Stifte.

»Was ist nur los mit dir?«, schluchzte meine Mutter.

Mein Vater musste das Etui ersetzen. Mein Taschengeld wurde für ein Jahr gestrichen. Mein Bruder sagte nichts und schüttelte nur den Kopf. Die Gespräche beim Schulpsychologen brachten keine neurologischen Störungen an den Tag. Ich konnte mir meine Tat selbst nicht erklären. »Handeln im Affekt« hätte man bei einem Erwachsenen wahrscheinlich diagnostiziert. Der Psychologe riet meinen Eltern, viel mit mir zu reden und auf einen geordneten Tagesablauf zu achten. Ich schnappte Wörter auf wie »rachsüchtig, jähzornig, skrupellos«. Was auch immer das heißen sollte.

Der Rest meiner Schulzeit verlief störungsfrei. Ich hatte jetzt viel Zeit für die Hausaufgaben, da ich von meinen Klassenkameraden gemieden wurde, und mauserte mich so zum besten Schüler. Ein weiterer Vorteil war, dass ich nicht mehr neben Petra sitzen musste. Ich bekam einen Einzeltisch in der ersten Reihe. Das Abitur schloss ich acht Jahre später mit der Höchstnote ab. Ich hatte meine Lektion gelernt: Wenn man Scheiße baut, dann bitte richtig planen und nicht erwischen lassen! Ich entwickelte in meinen jungen Jahren der Isolation eine zähe Konstitution. Wie eine Echse. Echsen wachsen langsamer als andere Tiergattungen. Aber wenn alles gut läuft, kann aus dem kleinen Reptil ein ausgewachsenes Krokodil werden.

DAS WALKIE-TALKIE

Dann war es so weit.

»Meine Herrschaften, ich bitte um Ruhe«, rief Dr. Zimmermann ins Großraumbüro. »Morgen ist Bonusrunde. Die Briefe werden wie immer von Herrn Falkenstein persönlich überreicht. Ich erwarte, dass alle um sieben Uhr morgens im Büro sein werden. Wer nicht hier ist, hat Pech gehabt. Die Übergabe erfolgt in alphabetischer Reihenfolge. Ich erlaube mir daher, eine Stunde später zu kommen.«

Die Nervosität und Vorfreude war mit Händen zu greifen. Die Diskussionen meiner Arbeitskollegen, einmal abgesehen von Esther, drehten sich fortan nur noch um dieses Thema. Man überbot sich mit Ideen, wie man den Geldsegen am sinnvollsten verwenden könnte. An erster Stelle standen neue Autos, gefolgt von luxuriösen Ferien, teuren Uhren, Ferienwohnungen am Meer oder in den Bergen, Vervollständigung des Weinkellers, Geschenke für die Frau und/oder Freundin, in Aktien investieren. Spenden oder sparen waren Fremdwörter. Ich teilte die kindische Vorfreude nicht. Mir schwante eine böse Überraschung. Falkenstein würde die Gelegenheit nicht auslassen, mich ein weiteres Mal zu demütigen. Ich hatte mittlerweile eine ausgewachsene Paranoia entwickelt. Wenn meine Kollegen die Köpfe zusammensteckten, vermutete ich ein Getratsche über mich. Wenn Dr. Zimmermann von seiner wöchentlichen Besprechung mit Falkenstein lachend dessen Büro verließ, musste der Witz auf meine

Kosten gegangen sein. Ich wollte Gewissheit haben. Nur, wie sollte ich an die entsprechenden Informationen kommen? »Lieber Herr Falkenstein, zeigen Sie mir doch die Liste mit allen Boni. Ich würde gerne wissen, ob Sie mich einmal mehr veräppeln.«

Nein, es galt, subtil vorzugehen.

Nach der Arbeit schlenderte ich möglichst unauffällig – was mir komischerweise als ein Ding der Unmöglichkeit vorkam – durch das mehrstöckige Spielwarengeschäft beim Bahnhof und fragte eine Verkäuferin nach Walkie-Talkies. Ohne Worte wies sie mir mit ausgestrecktem Arm die Richtung. Konzentriert studierte ich das Angebot. Ein Exemplar war viel zu klobig, das zweite klickte beim Aktivieren, als ob man laut mit der Zunge schnalzen würde – also beide unbrauchbar. Das dritte jedoch passte bezüglich Größe, Form und Diskretion. »Das Walkie-Talkie der Drei ??? sendet durch Wände und auf lange Distanz. Werde zum Detektiv und bleib dabei immer mit deinen Freunden in Kontakt!«, war auf der Verpackung zu lesen. Ich blickte mich vorsichtig um, klemmte mir die Schachtel unter den Arm und begab mich zur Kasse.

»Soll ich es für Sie einpacken?«, fragte mich die junge Bedienung. Sie hatte ihre Sprache wiedergefunden.

»Ja, gerne. Mein Patenkind ist Fan der drei Fragezeichen und hat morgen Geburtstag«, schwindelte ich. Mein Kopf glühte. Aber alles ging gut. Sobald das Walkie-Talkie verpackt war, fühlte ich mich sicher. Sowieso machte ich mir ständig zu viele Sorgen. War es etwa anrüchig, ein Geschenk für sein Patenkind zu kaufen? Ich steckte das Päckchen in meine lederne Umhängetasche, die ich zu Weihnachten von Sophie bekommen hatte, und machte mich auf den Heimweg. Ein bösartiger Lauschangriff – war es das, was ich morgen vorhatte? Definitiv. Ich schüttelte mich auf der Rolltreppe vor Lachen. Eine Mutter glitt langsam mit ihren zwei Kindern auf der gegenüberliegenden Seite an mir vorbei und schüttelte befremdet den Kopf.

Am Abend bereitete ich meine Operation akribisch vor. Ich musste mein neues Spielzeug nicht verstecken, da Sophie wieder einmal ihren Mädchenabend mit Petra hatte. Mein Magen zog sich bei diesem Gedanken kurz, aber heftig zusammen. Ich traute Petra nicht über den Weg.

Hoffentlich hält sie ihr blödes Maul.

Nachdem Sophie gegangen war und mich dabei oberflächlich auf die Wange geküsst hatte, legte ich das Walkie-Talkie vor mir auf den Küchentisch und setzte die Batterie ein. Vorsichtig drückte ich den Empfangsknopf und zog ein starkes Klebeband darüber, sodass das Gerät eingeschaltet blieb. Dann ließ ich Musik im kleinen Küchenradio laufen und stellte es neben das Walkie-Talkie. Mit dem zweiten Gerät ging ich in das Badezimmer, das am anderen Ende unserer Wohnung lag. Ich schloss die Türe und drückte auf den Empfangsknopf.

»Purple rain, pu-urple rain«, war klar und deutlich zu hören.

Ich liebe die Musik von Prince!

Mit geballter Faust stand ich vor dem Spiegel und motivierte meinen Doppelgänger – nun musste das Walkie-Talkie nur noch richtig platziert werden. Justus, Bob und Peter wären stolz auf mich gewesen. Ich verstaute die beiden Geräte zusammen mit dem Klebeband und einer Schere vorsichtig in meiner Tasche und ging zu Bett. Ausnahmsweise stellte ich den Wecker.

Es wäre aber unnötig gewesen. Sophie kam um vier Uhr morgens nach Hause. Sie war beschwipst und stieß mit dem Kopf an die angelehnte Schlafzimmertüre.

»Aua!«

Sie schlüpfte nackt unter die Decke und kicherte. Im Halbschlaf drehte ich mich zu ihr und startete eine Kuschelattacke. Sophie war völlig aufgedreht.

»Petra hat mir die Story von den Farbstiften erzählt. War echt fies von dir. Wie kommt man nur auf eine solche Idee?«

Mein Hormonhaushalt kollabierte wie ein Kartenhaus. Ich wusste doch, dass man Petra nicht trauen durfte. War nur eine Frage der Zeit gewesen, bis sie alles ausplappern würde. Ich hatte sie richtig eingeschätzt. Vorurteile tun das Gleiche wie Violinisten vor einem Konzert: Sie stimmen.

»Mein Gott, ich war zehn Jahre alt«, sagte ich genervt.

»Trotzdem …«, kicherte sie mit rauchiger Stimme.

»Ich hoffe, ihr habt euch gut auf meine Kosten amüsiert«, murrte ich übel gelaunt ins Dunkle.

Sophie gab keine Antwort mehr. Sie war bereits eingeschlafen. Frustriert stand ich auf. Eine Stunde früher als geplant, aber an Schlaf war nicht mehr zu denken.

Nach einer kurzen Dusche und einer schnellen Rasur zog ich mich an und ging zu Fuß ins Büro. Ich hatte Glück, das Bürogebäude war verwaist. Auf den Gängen unserer Etage begegnete ich niemandem. Dennoch drückte ich vorsichtig ein Ohr an die geschlossene Bürotür von Managing Director Falkenstein. Als ich meiner Sache sicher war, ging ich rasch hinein und zog die Türe hinter mir zu. Ich kniete mich nieder und befestigte das Sendegerät vorsichtig mit dem Klebeband unter dem runden Besprechungstisch. Ich prüfte noch einmal, ob man ein Klicken hören konnte, wenn ich das Gegenstück aktivierte.

Nichts.

Die Falle war gespannt, jetzt musste sie nur noch zuschnappen.

Noch nie war das Büro frühmorgens so voll besetzt wie an diesem Tag. Als Erste tauchte Falkensteins Sekretärin auf. Normaler Tagesablauf. Sie war ein Morgenmensch und immer spätestens um halb sieben im Büro. So könne sie sich, hatte sie mir einmal bei einer Tasse Kaffee anvertraut, in aller Ruhe auf den Tag und die Launen ihres Chefs vorbereiten. Um 6.59 Uhr war das Büro bis auf den letzten Platz gefüllt. Es knisterte förmlich in der Luft. Die Vorfreude meiner Arbeitskollegen war mit den Händen zu greifen. Meine eigene Laune hingegen war im Keller. Mir schwante Schlimmes. In alphabetischer Reihenfolge wurden wir aufgerufen. Sobald die erste Person in Falkensteins Büro verschwunden war, schlich ich mich auf die Behindertentoilette, die etwas versetzt auf der anderen Seite des Flurs platziert war. Dort schloss ich mich ein und setzte mich mit meinem Gerät auf die geschlossene Schüssel. Sollten dämliche Fragen kommen, würde ich eine Magen-Darm-Grippe vortäuschen.

Hoffentlich funktioniert das Gerät!

Falkensteins Stimme war klar und deutlich zu vernehmen. Ich verfolgte die Gespräche, bis die magische Zahl ausgesprochen wurde.

»Gut gemacht, Frau Auer. Sie haben sich die 75.000 redlich verdient.«

»Tolle Leistung, Herr Bucher. Ich kann Ihren Bonus auf 200.000 erhöhen.«

»Von Ihnen erwarte ich mehr, Herr Caminski. Dieses Jahr müssen Sie mit 100.000 zufrieden sein.«

»Herr Draxler, Sie haben mich dieses Jahr positiv überrascht. Es liegt für Sie noch viel mehr drin als die 175.000, die ich Ihnen heute geben kann. Das Ende der Fahnenstange ist noch lange nicht erreicht.«

»Frau Engel, Sie sind wirklich ein Engel. Weiter so! Ich hoffe, Sie sind mit den 225.000 zufrieden.«

»Herr Fischer, die 300.000 reuen mich nicht.«

»Herr Gabriel, Sie haben riesiges Potenzial. Die 500.000 unterstreichen das. Aber werden Sie mir mal nicht eingebildet!«

Für mein Gespräch würde ich das Abhörgerät nicht benötigen und verstaute es daher tief in meiner Mappe. Ohne Illusionen, dafür mit einem ganz miesen Gefühl betrat ich das Büro meines Vorvorgesetzten. Falkenstein blieb an seinem Bürotisch sitzen und machte sich nicht die Mühe, die Füße von der Tischplatte zu nehmen. Während er redete, spielte er mit dem kleinen Miniaturporsche.

»Humboldt, Humboldt. Was soll ich nur sagen? Fachlich kann ich Ihnen nichts vorwerfen. Die Feedbacks Ihres Chefs und Ihrer Kollegen könnten aber wesentlich besser sein. Sie müssen von Ihrem hohen Ross runterkommen, auf die Leute zugehen, Informationen teilen. Aber ich will Sie nicht bestrafen. Wir brauchen auch gute Soldaten. Ein General wird aber nie aus Ihnen. Ich habe das Maximum für Sie rausgeholt und kann Ihnen 10.000 Schweizer Franken geben. Wir hatten ein schwieriges Jahr. Nicht jeder hat so viel bekommen.«

Du verdammter Lügner.

Ich bewahrte Fassung und bedankte mich artig. Mit einem Lächeln ging ich ins Büro zurück. Niemand sollte meine Demütigung bemerken. Die Buchstaben I bis Y übersprang ich. Erst bei Z schlich ich wieder auf die Toilette.

»Lieber Hans«, sagte Falkenstein zu Dr. Zimmermann. »Du weißt, wie ich deine Loyalität schätze. Hier dein Kuvert. Ich hoffe, dass du mit einer Million zufrieden bist.«

Eine Million!

Für Falkenstein selbst dürfte mindestens das Doppelte, wenn nicht das Dreifache rausspringen. Die beiden Manager unterhielten sich noch eine Weile. Ihre Selbstzufriedenheit triefte förmlich aus dem Walkie-Talkie.

»Sollen wir heute Abend wieder mal zum Table Dance gehen?«, schlug Falkenstein vor. »Wir beide und unsere Jungs haben das nach dem erfolgreichen Jahr redlich verdient. Und wenn der Leiter der Rechtsabteilung ein Auge zudrückt, nehmen wir alles auf die Geschäftskreditkarte.«

Sie lachten gierig.

»Den Humboldt nehmen wir aber nicht mit«, sagte Zimmermann. »Der Kerl geht mir auf die Nerven. Ist ein richtiger Streber. Ein kleiner Karrierist. Ich traue ihm nicht.«

Falkenstein war sofort einverstanden.

Im weiteren Verlauf des Tages beobachtete ich heimlich, wie Zimmermann der Reihe nach mit meinen männlichen Arbeitskollegen tuschelte. Dabei grienten sie wie räudige Teenager und schielten in meine Richtung. Um fünf Uhr war das Büro leer gefegt. Nur noch Esther, Frau Huber und ich waren am Arbeiten. Eigentlich wollte ich warten, bis alle gegangen waren, um das zweite Walkie-Talkie, das sich ja immer noch unter Falkensteins Besprechungstisch befand, wieder an mich zu nehmen. Da aber sowohl Frau Huber als auch die fleißige Esther keine Anstalten machten, ihre Zelte abzubrechen, loggte ich mich gegen sieben Uhr aus und nickte den beiden Damen zum Abschied mürrisch zu. Dann ging ich alleine in unsere Stammkneipe und füllte mir so richtig die Kappe. Das Einzelbesäufnis war das Sinnvollste, was in diesem Moment zu tun war. Meinen Freunden würde ich die Geschichte sowieso beim nächsten Männerabend erzählen, und Sophie wollte ich noch nicht unter die Augen treten. Ich ärgerte mich über sie, aber noch viel mehr über Petra und am allermeisten über mich selbst. Der Vorfall mit den Stiften war ein Röntgenbild meines Charakters. Und auf diesem Röntgenbild sah man den rachsüchtigen Choleriker, den schwarzen Schatten, den skrupellosen Mr. Hyde. Hatte ihn Sophie auch entdeckt?

DER BRIEF

Die Tage nach dem Bonusbrief waren ätzend, zermürbend, erniedrigend. Ich fühlte mich am Boden zerstört. Sogar Esther war das nicht entgangen.

»Alles in Ordnung, Philipp? Du sitzt auf dem Stuhl wie ein Häufchen Elend.«

Die Worte waren aufmunternd gemeint, brachten mich aber keinen Schritt weiter. Im Gegenteil – man sah mir meine Qualen also von Weitem an. Wie befriedigend mochte das wohl für meine Arbeitskollegen sein? Ich stand an einem Kreuzweg und musste mich entscheiden. Wollte ich für den Rest meines Lebens ein Opfer sein und wie ein wertloses Möbel herumgestoßen werden oder wollte ich mein Glück selbst in die Hand nehmen und mich zur Wehr setzen? Ironischerweise brachte mich Esther ungewollt auf die zündende Idee. Wurde sie nicht auch dauernd von Falkenstein, Zimmermann und meinen Arbeitskollegen ausgegrenzt? Es war damals die Zeit, als auch in den Banken die Frauen – zunächst vor allem in den USA – begonnen haben, sich gegen Diskriminierung am Arbeitsplatz zur Wehr zu setzen. Dafür war Esther definitiv nicht der Typ, aber man hätte es ihr nicht vorwerfen können. Und genau hier setzte ich an. Ich war mir damals noch nicht bewusst, dass die Zündschnur meiner Idee so kurz und die Sprengkraft so gewaltig sein würde. Die Explosion sollte einige Zwerchfelle zerreißen, die eine Karriere beenden und die andere starten. Für Esther würde die ganze Geschichte leider schlecht ausgehen, was nicht beabsichtigt war. Aber mit gewissen Kollateralschäden muss man in dieser Branche umgehen können.

Ich schritt sogleich zur Tat und öffnete ein leeres Worddokument. Nachdem ich mich vergewissert hatte, dass niemand hinter meinem Rücken stand, begann ich zu schreiben. Die Worte erschienen wie von selbst auf dem Bildschirm. Meine Finger, die Tasten und mein Verstand verschmolzen zu einer symbiotischen Einheit. Nach wenigen Minuten war mein Werk vollbracht. Ich lächelte boshaft.

»Zuhanden der Personalabteilung, der Geschäftsleitung und des Verwaltungsrates.

Sehr geehrte Damen und Herren,

ich weise Sie auf einen Vorfall hin, der sich diese Woche in meiner Abteilung ereignet hat. Unser Divisionsleiter (Managing Director Falkenstein), unser Abteilungsleiter (Direktor Dr. Zimmermann) sowie fast sämtliche Mitarbeiter (ausschließlich männlich) haben zusammen nach der Arbeit ein Striplokal besucht. Uns Frauen haben sie natürlich nicht darüber informiert. Ich bin zufällig darauf aufmerksam gemacht worden (von einem Arbeitskollegen, der ebenfalls dort war). Schon die Tat alleine ist für die Leiter der Rechtsabteilung höchst unangemessen. Erschwerend kommt dazu, dass die Kosten dafür anscheinend über die Bank abgerechnet wurden. Sie werden verstehen, dass ich als weibliche Mitarbeiterin anonym bleiben will. Ich erwarte aber, dass zeitnah Maßnahmen ergriffen werden. Sonst sehe ich mich gezwungen, mit dieser unappetitlichen Geschichte an die Presse zu gehen. Der Schaden für die Moral der Belegschaft und die Reputation des Institutes wäre unabsehbar. Sollte hingegen eine angemessene interne

Reaktion erfolgen (z. B. schriftlicher Verweis, Ermahnung, Rückbehalt eines Teils der variablen Vergütung), werde ich von einer Veröffentlichung absehen.

Mit freundlichen Grüßen,
eine besorgte und zutiefst schockierte Mitarbeiterin.«

Ich druckte den Brief dreimal aus und löschte die Datei, ohne sie zu sichern. In der Mittagspause, das Büro war zu dieser Zeit meistens leer, druckte ich dann auch noch drei Etiketten aus, klebte diese auf die bereitliegenden Kuverts, verstaute die – man darf ruhig sagen – Papierbomben darin und legte die brisanten Dokumente in die interne Post. Ich schob die Kuverts in die Mitte des Stapels, damit die Beschriftung »Personalabteilung, Geschäftsleitung, Verwaltungsrat« nicht jedem sofort ins Auge sprang. Der Rest der Woche verlief ruhig, und ich begann mich zu fragen, ob die Briefe überhaupt abgeliefert worden seien.

Doch am darauffolgenden Montag wurde die Frage unmissverständlich beantwortet: Ja, sie waren geliefert worden. Und nicht nur das: Sie waren auch gelesen worden. Man sah die Nervosität in den Gesichtern von Falkenstein und Zimmermann. Die Aura von Überlegenheit und Drohung, die die beiden Herren üblicherweise umgab, hatte sich verflüchtigt wie der morgendliche Herbstnebel nach Sonnenaufgang. Stattdessen glaubte ich, ein immer stärker werdendes Gefühl von Panik in den Gängen zu spüren. Es fühlte sich richtig gut an! Am Dienstag wurde dann eine ganze Jauchegrube über der Rechtsabteilung ausgeschüttet. Das Unheil nahte in Form einer schwarzen Limousine: verdunkelte Scheiben, Panzerglas, Stern auf der Haube. Ihr entstieg kein Geringerer als Bob Harper, Angelsachse, groß gewachsen, kantiges Kinn, breite Schultern, dunkle Haare und CEO unserer Bank. Er sah aus wie der Zwillingsbruder von Gerard Butler und hätte in jedem Actionfilm eine gute Figur abgegeben. Man wollte es sich mit ihm nicht verderben. Harper war eine Respektsperson alter Schule. Ein Gigant. Ein Monster. Er kam ursprünglich aus dem Investmentbanking und führte unser Institut seit drei Jahren. Er galt als Macher, Sanierer und harter Hund. Er hatte die ausufernden Kosten in den Griff bekommen und war nun mit allen Mitteln damit beschäftigt, die Erträge zu steigern und damit den Aktienkurs nach oben zu bringen. Falkensteins Division spielte in seiner Strategie eine Schlüsselrolle. Schlechte Presse oder gar eine Untersuchung der Aufsichtsbehörde konnte sich Harper nicht leisten. Das erklärte, warum er sich persönlich der Sache annahm und eigens aus New York eingeflogen war.

Er richtete sich mit seiner Entourage im Sitzungszimmer »Luzern« ein. Das Zimmer wurde in eine Art Verhörsaal, Kriegstribunal oder Inquisitionsraum umgewandelt. Harper saß an einem länglichen Tisch am oberen Ende des Zimmers. Neben ihm der Personalchef. Die Manager wurden von zwei Damen flankiert, deren Funktionsbeschreibung ich noch nie gehört hatte und unter welcher ich mir auch nicht das Geringste vorstellen konnte. Die eine war Head of Diversity and Inclusion, die andere führte den Titel Head of Staff and Special Projects. Auf alle Fälle verfehlte die dramatische Szenerie ihre Wirkung nicht. Die Anwesenheit der gesamten Führungsetage verhieß Ärger. Ich wusste auch, für wen. Heute war der Tag der Abrechnung. Die Nerven lagen blank. Meine Arbeitskollegen hatten die Hosen gestrichen voll. Ihre Arroganz, nicht mehr als das brüchige Selbstbewusstsein ihres eigenen Minderwertigkeitskomplexes, war verschwunden. Zimmermann sah aus wie sein eigener Großvater. Ich arbeitete ruhig an meinen Projekten weiter und sammelte zwischendurch im Internet einige Informationen über Petra, die auf dem bestem Weg war, mein Leben zu ruinieren.

Als Zimmermann nach dem Kreuzverhör ins Büro zurückschlich, tat er mir fast leid – mit Betonung auf »fast«. Dann wurden die Mitarbeiter und Mitarbeiterinnen einzeln aufgerufen, wieder in alphabetischer Reihenfolge. Meine männlichen Kollegen kamen jeweils einen Kopf kleiner ins Büro zurück. Den weiblichen Mitarbeitern war die Spannung auch anzusehen. Wahrscheinlich ahnten sie, was in den nächsten Tagen auf sie zukommen würde, denn die Einzelheiten der Geschichte, inklusive des ominösen Briefs, waren nach und nach durchgesickert.

Dann war ich an der Reihe. Mit stolzer Körperhaltung und festem Schritt betrat ich das Sitzungszimmer. Es wurde mir ein einzelner Stuhl zugewiesen, ohne Tisch, ohne gar nichts. Unbeschützt saß ich den Honorablen gegenüber. Auf der Seite war eine Assistentin platziert worden, die mit unglaublicher Geschwindigkeit das Gespräch protokollierte. Harper ergriff übel gelaunt das Wort.

»Herr Humboldt, wie ich gehört habe, waren Sie bei der Feier nicht dabei. Stimmt das?«

»Nein, Sir. Ich meine natürlich, ja, ich war nicht mit dabei«, sagte ich wahrheitsgetreu. Sein Dialekt verriet den gebürtigen New Yorker.

»Waren Sie über das Treffen informiert?«

»Ja.« Auch das stimmte.

»Warum haben Sie nicht teilgenommen?«

Ich blieb bei der Wahrheit. »Ich gehe aus Prinzip nicht in solche Etablissements. Damit will ich aber nicht über meine Arbeitskollegen urteilen. Was jemand in seiner Freizeit macht, geht mich nichts an. Ich bin aber der Überzeugung, dass wir in der Rechtsabteilung höheren moralischen Ansprüchen genügen müssen. Wir sollten ein Vorbild sein und die Werte der Bank nicht nur predigen, sondern auch vorleben. Ich arbeite hier, um für die Kundinnen und Kunden der Bank und unseren Aktionären einen Mehrwert zu schaffen, und nicht, um mich zu vergnügen.«

Die vier Manager tauschten Blicke aus. Die Chefin für Diversity and Inclusion übernahm das Wort.

»Herr Humboldt, haben Sie eine Vermutung, wer den Brief geschrieben haben könnte? Wie Sie vielleicht wissen, müssen sich Whistleblower an mich und nicht an den Personalchef, die Geschäftsleitung oder den Verwaltungsrat wenden.«

Die Managerin machte einen beleidigten Eindruck. Sie wurde offensichtlich nicht gerne übergangen. Ich hob die Schultern.

»Nein, ich habe keine gesicherten Informationen diesbezüglich. Es können aber alle gewesen sein. Ich habe ein gewisses Verständnis dafür, auch wenn der Dienstweg nicht korrekt eingehalten wurde. Es war mit Sicherheit eine unangenehme Situation, für die schlussendlich andere die Verantwortung zu tragen haben.«

Harper nickte ärgerlich.

»Das können Sie laut sagen. Was wäre Ihrer Meinung nach eine angemessene Reaktion?«

Ich blieb bescheiden und professionell.

»Ich vertraue auf Ihre Erfahrung. Man sollte aber aus meiner Sicht die ganze Geschichte nicht unnötig aufbauschen, so unerfreulich sie auch ist. Wir reiten gerade auf einer Erfolgswelle. Es wäre schade, die Aufbruchsstimmung in der Bank und das Vertrauen der Aktionäre zu untergraben. Andererseits muss man zweifellos ein Zeichen setzen. Ob dieses Zeichen monetärer oder disziplinarischer Natur ist, sei dahingestellt.«

Der CEO schaute mich ausdruckslos an. Bestimmt war er ein gewiefter Taktiker. Nun meldete sich auch noch der Personalchef zu Wort.

»Was nehmen Sie selbst aus diesem Vorfall mit, Humboldt?«

»Nun, ich werde in den nächsten Wochen noch härter arbeiten. Die Produktivität unserer Abteilung darf unter dem Vorfall nicht leiden. Ich will erfolgreich sein und bin überzeugt, dass ich meinem Institut und auch Ihnen wertvolle Dienste leisten kann. In jeder Funktion. Überall auf der Welt. Sie können sich auf mich verlassen.«

Damit war das Gespräch beendet. Ich verabschiedete mich bei allen mit direktem Blickkontakt und ging an meinen Arbeitsplatz zurück. Ich zeigte weder Häme noch Schadenfreude. Seit Langem hatte ich mich nicht mehr so gut gefühlt.

Die Sanktionen waren hart. Meinen Kollegen wurde der soeben ausgesprochene Bonus halbiert. Die Ernüchterung war dementsprechend groß. Meine weiblichen Kolleginnen waren auch nicht glücklich. Wer war die hinterhältige Whistleblowerin? Alle stritten wahrheitsgetreu ab, Verfasserin des Briefes gewesen zu sein. Somit war jede von ihnen eine potenzielle Lügnerin. Aus irgendeinem Grund fiel mit der Zeit der Verdacht leider auf Esther und blieb an ihr kleben wie ein feuchtes Toilettenpapier an der Schuhsohle. Ich nahm mich ihrer an, so gut es eben ging, und verteidigte sie gegen die wüstesten Angriffe. Zwischendurch gingen wir nun sogar zusammen mittagessen, manchmal in Begleitung von Frau Huber. Auch Falkensteins Sekretärin war der felsenfesten Überzeugung, dass Esther nichts mit den Vorfällen zu tun habe.

Falkenstein durfte seine Position behalten. Unser CEO hatte sich meinen Ratschlag zu Herzen genommen. Eine Absetzung von Falkenstein, des Managing Director der profitabelsten Division, hätte nur viele Fragen aufgeworfen. Die Schuld wurde Dr. Zimmermann in die Schuhe geschoben. Er wurde in Frühpension geschickt. Plötzlich war er verschwunden, einfach so. Ohne Abschied, ohne Danksagung. Ich bekam als einzige Person, die sich vorbildlich und professionell verhalten hätte, so teilte mir der Personalchef mit, einen zusätzlichen Bonus von 100.000 Schweizer Franken. Die Summe schien mir angemessen – nicht zu viel und nicht zu wenig. Anscheinend hatte ich bei unserem CEO einen guten Eindruck hinterlassen. Völlig überraschend rief er mich einige Wochen später persönlich an. Harper kam ohne Umschweife zur Sache.

»Hören Sie, Humboldt, nachdem Zimmermann endlich weg ist, brauche ich einen neuen Chef für die Rechtsabteilung. Ich will ehrlich zu Ihnen sein, Sie waren schließlich auch ehrlich zu uns. Für diese Position sind Sie im Moment noch zu jung, aber ich brauche einen Projektleiter in London. Wir kaufen, und das ist noch vertraulich, einen Konkurrenten auf. Ich will, dass Sie die gesamte Integration für mich koordinieren. Es geht um einen Milliardendeal. Das kann das Sprungbrett für eine steile Karriere sein, sofern Sie nichts verbocken. Sollten Sie erfolgreich sein, können Sie sich nachher Ihren Job aussuchen.«

Endlich einer, der mein Potenzial erkannte.

Zwei Wochen später waren die Formalitäten geklärt und ich in London. Der Wechsel kam genau zum richtigen Zeitpunkt. Die Stimmung im Büro war auf dem Tiefpunkt. Jeder misstraute jedem. Falkenstein hatte Paranoia im Quadrat. Er missgönnte mir die Nähe zum CEO. Noch mehr reute ihn aber die Aufstockung meines Bonus. Als ich mich bei ihm verabschiedete, verweigerte er mir den Handschlag.

»Gehen Sie in Frieden, Humboldt, aber gehen Sie. Wir werden uns nie wiedersehen.«

Ich verstand seine Reaktion. Er war erniedrigt worden. Was mir aber wirklich Kopfzerbrechen machte, war das zweite Walkie-Talkie. Als ich nämlich das verdächtige Teil bei der erstbesten Gelegenheit an mich nehmen wollte, war es verschwunden.

HEUTE

Philipp atmet tief durch. Die Erinnerungen haben ihn ermü-
det und aufgewühlt. Das Blut pocht laut in seinen Schläfen.
Möge die Tortur doch ein Ende nehmen.

»Brauchen Sie eine Pause?« Der Kleriker zeigt Empa-
thie. Philipps Zustand ist ihm nicht entgangen.

»Keine schlechte Idee«, antwortet Philipp erleichtert.
Er trinkt einen Schluck Wasser aus seiner mitgebrachten
PET-Flasche. »Erzählen Sie mir doch in der Zwischenzeit, wie Sie vom Rauchen weggekommen sind! Habe es
auch schon versucht. Bisher erfolglos.«

Philipps Gegenüber ist zunächst überrascht, willigt
dann aber in den Wunsch ein. Die Pause ist ja seine Idee
gewesen, und er hat über die Jahre ein Gefühl dafür
entwickelt, wie man die Leute, seien es Diebe, Lügner,
Ehebrecher oder Mörder, zum Reden bringen kann. So
erzählt er einige Minuten von der Nikotinsucht, wie diese,
sobald man denn die Entscheidung aufzuhören in die
Tat umgesetzt habe, nach nur wenigen Tagen kuriert sei,
dann aber die subtile Werbung dem seit Kurzem abstinen-
ten Raucher weismachen wolle, dass das Rauchen eben
doch zu etwas nütze, gut schmecke, beruhige, cool und
sozial sei, man jederzeit damit wieder aufhören könne
und dass das mit den Folgekrankheiten wissenschaft-
lich nicht bewiesen sei und sogar Kettenraucher wie Hel-
mut Schmidt – dessen viele Herzoperationen in dieser
Argumentation geflissentlich unter den Tisch gewischt

würden – 100 Jahre alt werden könnten, sofern es denn überhaupt wünschenswert sei, im Zeitalter von Demenz, Alzheimer und ausufernden Sozialkosten so alt zu werden. Der Priester kommt nach seiner scharfen Analyse der Psyche des Rauchers zur Konklusion, dass das Rauchen nur etwas bringe – nämlich nichts! Nach fünf Minuten ist der konsistente und in sich stringente Monolog zu Ende. Bruce Willis' Doppelgänger holt Philipp trocken in die Realität zurück.

»Ich hoffe, Sie konnten etwas mit meinen Ausführungen anfangen. Aber wir sind ja hier nicht bei einem Nichtraucherseminar. Und ich habe heute noch andere Aufgaben zu erledigen. Sie gingen also nach London. Was meinte denn Sophie dazu? Irgendwie ist sie in Ihrer Geschichte verloren gegangen.«

Philipps Antwort ist mindestens so trocken: »Es war ihr zu diesem Zeitpunkt egal. Als ich das Angebot von Harper bekam, waren wir schon getrennt. Sie ist mit Petra zusammengezogen.«

»Sie ist was?« Die Überraschung ist nicht gespielt.

»Sie haben schon richtig gehört. Sie ist mit Petra zusammengezogen. Ich war genauso überrascht wie Sie jetzt. Es war aber nicht ihre Schuld. Ich hatte sie vernachlässigt und nur auf mich geschaut. Petra hat die Situation eiskalt ausgenutzt – diese dumme Kuh!«

»Wollte Sophie einfach ein bisschen Abstand?«

Philipp schüttelt den Kopf. »Sie verstehen mich immer noch nicht. Als ich eines Abends nach Hause kam, es war, wenn ich mich richtig erinnere, der Tag, an dem ich den Brief geschrieben hatte, stand Sophie im Türrahmen unseres Wohnzimmers. Ihre Augen waren gerötet, und eine Träne lief ihr über die Wange. Sie müsse mit mir reden. Ich wollte sie umarmen. Sie ließ es aber nicht geschehen und setzte sich an den Esstisch im Wohnzimmer. Ob denn etwas passiert sei, fragte ich. Sie weinte heftig. Und dann kam dieser schlimme Moment, als sie die Worte sagte, die mir den Boden unter den Füßen wegzogen. Sie, Sophie, habe sich in Petra verliebt. Es sei ernst. Sie würde zu ihr ziehen. Es tue ihr so leid, aber sie könne ihre Gefühle nicht mehr länger zurückhalten, und ich hätte mich immer weiter von ihr entfernt. Ich verfiel in eine totale Schockstarre. Sophie umarmte mich. Auf einmal war sie mir fremd. Ihr Angebot, sie wolle ihr ganzes Leben mit mir befreundet bleiben, erschien mir doch eher philosophischer Natur. Ich blieb meinem Verhaltensmuster treu und verließ wortlos die Wohnung. Nachträglich war ich froh, dass ich Petras Stifte ruiniert hatte. Andererseits wäre es besser gewesen, ihr gleich den Kopf einzuschlagen.«

Nun brauchen beide eine kurze Pause. Bruce gewinnt als Erster seine Fassung zurück.

»Wenn Sie möchten, können Sie sich eine Zigarette anzünden, Philipp. Ich heiße übrigens Armand. Wir haben uns noch gar nicht richtig vorgestellt.«

Die nette Geste freut Philipp. Er nickt Bruce Willis alias Armand durch die grobgelochte Sprechwand zu und nimmt das Angebot dankend an. Er zündet sich gierig eine Zigarette an und versenkt das glühende Streichholz in seine noch halb volle PET-Flasche, wo es mit einem leisen Zischen erlischt. Im Nu füllt sich das Kabuff mit Rauch. Armand unterdrückt ein Husten, als er tief einatmet. So sitzen die beiden Männer einige Minuten im immer dichter werdenden Rauch schweigend nebeneinander. Armand bringt das Gespräch wieder in Gang. Geschickt führt er Philipp auf glitschiges Terrain.

»Da hilft alles Schönreden nichts – Ihnen wurde übel mitgespielt, Philipp. Spürten Sie Wut? Ärger? Rachegelüste? Zu verdenken wäre es Ihnen ja nicht.«

Philipp atmet aus und versucht sich an die seit langem versteckten Emotionen zu erinnern. Nun, mit einigem Abstand, empfindet er ein wohliges Schaudern. Er weiß, dass ihm diese Menschen nicht mehr gefährlich werden, keinen Schmerz mehr zufügen können. Er wirft die bis zum Filter abgebrannte Zigarette in die Flasche. Das Wasser verfärbt sich gelblich.

»Wut? Ärger? Rachegelüste? Ja sicher – und wie. Aber tun Sie mal nicht so scheinheilig, Armand. Sie kennen diese Gefühle auch. Sind wir nicht dauernd mit solchen Emotionen konfrontiert? Ein kleiner Rempler in der Straßenbahn, ein Ellbogen raus am Skilift, der Stinkefinger auf der Autobahn, ein verstecktes Foul im Fußball, eine verbale Retourkutsche im Streitgespräch – ist doch alltäglich.« Philipp zündet sich die nächste Zigarette an. »Bei den Farbstiften war es noch ein kindlicher Ärger, nicht von langer Hand geplant, belohnt lediglich durch ein kurzes Hochgefühl. Im Nachhinein eine sinnlose Aktion. Der Brief war dann vielmehr einer tief empfundenen Wut geschuldet. Ich fühlte mich ungerecht behandelt. Ich wollte, dass die Täter für ihre Respektlosigkeit zahlen müssen. Ich habe Falkenstein und Zimmermann eine Lektion erteilt. Der Brief war geplant, durchdacht – und er hat sein Ziel nicht verfehlt. Darf man denn unmoralische Menschen nicht mit unmoralischen Mitteln bekämpfen? Es hat schließlich nicht die falschen erwischt.«

Armand nickt und zieht den Qualm in seine Lungen. »Ihr Verlangen nach Gerechtigkeit ist absolut nachvollziehbar. Quid pro quo. Der Mensch hat die Fähigkeit zu handeln, und daher ist die Möglichkeit, andere dabei zu verletzen, quasi vorgegeben. Kein Mensch ist davor gefeit, ein Unrecht zu begehen, und es ist auch niemand davor gefeit, ein Unrecht zu erleiden. Ich sehe das nur zu gut in meiner täglichen Arbeit. Was haben Sie denn empfunden, als Sophie zu Petra gezogen ist?«

Philipp lächelt böse. »Bei Petra gingen meine Emotionen wesentlich tiefer. Es war mehr als nur Ärger: Ich fühlte mich gedemütigt, zornig, in meiner Identität verletzt. Aber ich konnte mich beherrschen. Noch. Werden uns nicht von der Familie, Schule, Freunden, Kirche und dem Staat unzählige Sicherungen eingebaut, die uns davon abhalten sollen, ein Verbrechen zu begehen? Aber lassen Sie mich die letzten Tage schildern, bevor ich für lange Zeit nach London gezogen bin.

Armand schaut auf seine Armbanduhr. Er nickt.

»Noch eine Viertelstunde.«

DIE RICHTIGE METHODE

Darf man Menschen töten? Spontan wird man mit einem entrüsteten Nein antworten. Aber was ist denn mit Mord aus Notwehr? Im Krieg? Bei Unterlassen einer Hilfestellung? Bei Selbstmord? Einer Todesspritze? Beim Mord an einem Tyrannen zum Wohle der Allgemeinheit? Darf man in Gedanken töten – wie es bei Regisseuren und Schriftstellern vorkommen kann? Machen wir uns nichts vor: Menschen haben schon immer ihresgleichen um die Ecke gebracht. Menschlich sein bedeutet eben nicht nur zu spenden, seiner Mutter Blumen zu schenken und der Oma über die Straße zu helfen. Nein, menschlich sein bedeutet eben leider auch, die abscheulichsten Dinge zu tun. Beispielsweise jemanden umzubringen. In solchen Fällen spricht man dann gerne von unmenschlichem oder tierischem Verhalten. Ich halte das für verlogen und ungerecht den Tieren gegenüber. Der Mensch hat nun einmal zwei Gesichter. Gut und böse, Yin und Yang, Gott und der Teufel, Dr. Jekyll und Mr. Hyde. Aber ich schweife ab.

Vor meiner Abreise nach London hatte ich genügend Zeit, über solch fundamentalen Fragen zu brüten. Sophie war bereits ausgezogen, nichts erinnerte mehr an sie: keine Zahnbürste, kein Haargummi, kein Buch – alles hatte sie mitgenommen. Absolute Leere, wie das Rauschen des Fernsehers nach Sendeschluss. In meiner Verzweiflung spielte ich immer und immer wieder unseren Anrufbeantworter ab, nur um ihre Stimme zu hören.

»Sophie und Philipp sind nicht zu Hause oder wollen nicht gestört werden. Hinterlass uns eine Message oder deine Nummer. Wir rufen dich dann zurück. Danke!«

Ich litt Höllenqualen und wäre am liebsten gestorben. Doch Petra hatte mich nicht umgebracht, sondern lediglich in einen Walking Dead verwandelt. Ich hatte mir ihr Haus angesehen: Garten, eine grüne Hecke, gleichfarbige Fensterläden, Giebeldach. Bieder wie nur weiß ich was. Tiefster Aargau. Sollten sie dort doch ihr Leben genießen. Ich machte Sophie keinen Vorwurf. Sie trug an allem, was geschehen war und noch passieren sollte, keinerlei Mitschuld. Zu einer guten Beziehung gehören Kommunikation und Kompromisse. Ich war ein egoistisches Arschloch gewesen, nur mit mir selbst beschäftigt.

Der Trennungsschmerz schlug in den darauffolgenden Tagen unerbittlich zu und traf mich voll ins Kontor. Meine – unsere Wohnung kündigte ich. Noch am selben Tag organisierte der Eigentümer die Weitervermietung. Bezahlbare Wohnungen in so zentraler Lage waren begehrt. Ich verschenkte das restliche Mobiliar an die Nachmieter, ein frischverliebtes junges Paar. Um mein Apartment in London kümmerte sich die Personalabteilung.

Alles war schnell und unkompliziert erledigt. Es gab bis zu meiner Abreise also genügend Zeit, um eine ausgewachsene Depression zu schieben. Eine ganze Woche im Elend – meine einzige Freundin war die Schlaflosigkeit. Ein Sender zeigte in jener Woche sämtliche Inspektor-Columbo-Filme. Ich kurbelte die Rollläden runter, verkroch mich ins Bett und sammelte alle Zigaretten zusammen, die sich in der Wohnung befanden, ernährte mich von Junkfood, Kaffee,

Rotwein und Bier. Mein einziger Kontakt in diesen Tagen war der Pizzakurier, der mich am Leben hielt, nachdem der Kühlschrank geleert war. Ich gab ihm reichlich Trinkgeld. Weiß Gott, was der junge Kerl von diesem großzügigen, ungewaschenen und stets leicht angeheiterten Kunden denken mochte.

Ich zog mir die gesamte Columbo-Krimiserie in chronologischer Reihenfolge rein und gab mich meinen reichlich morbiden Gedanken hin. Ich führte Buch über die Verbrechen und notierte alles säuberlich in ein kleines schwarzes Notizbuch. An die 70 Morde habe ich studiert und analysiert. Bis heute habe ich die Folgen im Kopf. So unterschiedlich diese auch sein mochten, eines hatten sie gemeinsam: Alle Mörder wurden gefasst. Man durfte die Vorgehensweise der Täter also keineswegs als Handlungsanleitung nehmen. Mörder begehen in Krimis nun mal Fehler, hinterlassen Spuren, werden nachlässig. Die Zuschauer wollen Gerechtigkeit, und der Kommissar mit der Zigarre gewinnt immer.

Ich habe die Folgen jedenfalls für mich strukturiert und drei Gruppen gebildet. Die erste Gruppe bildeten die No-Gos. Die Morde dieser Kategorie erschienen mir zu fantastisch und kaum nachvollziehbar. Dazu gehörten zum Beispiel die dressierten Dobermänner, die mit Sprengstoff gefüllte Zigarrenschachtel, das Gift des Fugu-Fisches, die ferngesteuerte Pistole, der inszenierte Flugzeugabsturz, der Wurf in die Müllpresse, der Stromschlag mit dem Mixer, die präparierte Zahnfüllung oder die vergifteten Zigaretten. Ganz zu schweigen von der Exekution mit der Militärkanone, der Enthauptung mit der Guillotine oder der Geschichte mit dem Stier.

Alles Mumpitz.

Die zweite Gruppe nannte ich die »Eher-nicht-Methoden«. Diese Morde waren realistischer als die bereits beschriebenen, sprachen mich aber nicht an, aus welchen Gründen auch immer. In diese Kategorie fiel alles mit Erwürgen und Erschießen.

Die dritte Gruppe schließlich bezeichnete ich als »Meine Favoriten«. Unter all den Tötungsmethoden bevorzugte ich Überfahren und Erschlagen. Diese Vorgehensweisen erschienen mir, sagen wir mal, am effektivsten. Ich zählte auch die Unfälle im Affekt dazu.

Kann ja mal passieren.

Zum Glück hatte ich meine beiden Freunde, sonst wäre ich damals komplett durchgedreht. Am letzten Abend vor meiner Abreise trafen wir uns noch einmal. Sie versuchten mich aufzubauen – jeder auf seine Art.

»Shit, betrogen von einer Frau mit einer Frau. Irgendwie geil – aber totale Kacke. Wenigstens hast du dir nichts vorzuwerfen. Da fehlen dir einfach zwei wichtige Argumente.«

Vincent meinte es nur gut, indes war seine Aufmunterung nicht von Erfolg gekrönt.

»Vinc, ehrlich, das ist total daneben. Behalt doch einfach deine Fantasien für dich. Viel schlimmer ist doch, dass Philipp für längere Zeit nach London gehen wird und ich dann alleine mit dir rumhängen muss!« Martin klang ernst. Ich musste dennoch lachen.

Vincent verdrehte die Augen und klopfte mir dann anerkennend auf die Schulter. »Das Angebot von deinem CEO ist der absolute Knaller. Die meisten deiner Kollegen bekommen den Kerl doch nie zu Gesicht, geschweige denn ein solches Angebot. Dieses Projekt kann dich nach

ganz oben bringen. Wenn du Glück hast, verdienst du vielleicht sogar einmal so viel wie ich.«

Ich schlug mit beiden Händen auf den Tisch. Ich ver-
spürte keine Lust, den ganzen Abend Trübsal zu blasen.
»Kommt, Jungs, heute hauen wir richtig auf den Putz. Wenn
wir uns in den nächsten Monaten, vielleicht Jahren schon
nicht mehr so oft sehen, dann genießen wir diesen Abend
dafür umso intensiver. Heute lade ich euch ein. Als kleines
Dankeschön für unsere Freundschaft.«

Ich konnte tatsächlich für einige Stunden meine Sorgen vergessen. Das Gelage mit meinen Freunden bei einem
bekannten Italiener kostete schließlich einen Tausender,
wobei das Essen den Braten nicht feist machte. Wir tranken drei Flaschen Rotwein, wenn ich mich richtig erinnere, je einen Tignanello, einen Sassicaia und einen Ornel-
laia (in dieser Reihenfolge) und noch einige Grappas dazu;
für uns dazumal noch das absolute Nonplusultra, außerge-
wöhnlich, ja ein geradezu dekadentes Erlebnis. Vor allem
mit Vincent sollte ich in Zukunft noch viele Flaschen der
edelsten Weine verkösigen. Es war für uns aber nie Ange-
berei, sondern ein Luxus, den wir uns gönnten. Ein Roma-
née-Conti, Château Pétrus oder Vega Sicilia – einfach pure
Lebensfreude!

Aber eins nach dem anderen.

Am nächsten Morgen bestieg ich verkatert den Swissair-
Flieger nach London City Airport. Ja, diese Airline gab
es dazumal noch. Das schwarze Notizbuch mit der Liste
war einer der wenigen Gegenstände, die ich mitnahm. Sie
sollte mich an die traurigste Zeit meines Lebens erinnern.
Der kleine Blutfleck in der Mitte stammte von einer unvor-
sichtigen Fliege, die mich über Tage drangsaliert hatte. Sie

stand symbolisch für die Opfer, die noch folgen würden. Vom vermissten Walkie-Talkie hörte ich übrigens nichts mehr. Irgendwann vergaß ich es.

HEUTE

»Wir müssen jetzt Schluss machen, ich habe noch andere Verpflichtungen.« Armands Ton duldet keinen Widerspruch. Ohne auf eine Antwort zu warten, erhebt er sich, schiebt den schweren Vorhang zur Seite und tritt vor den Beichtstuhl. Seine Schuhe hallen in dem hohen Raum. Er atmet tief durch und blickt sich in der Kirche um. Sie ist leer.

Zum Glück.

Der Priester streckt sich und wartet auf Philipp, seinen Kunden. Wie soll er seine Besucher sonst nennen? Schäfchen, Christen, Gläubige? Wirklich gläubig sind nur wenige und darüber hinaus zu heuchlerisch für gute Christen. Andere sind mehr Wolf als Schaf. Nein, es sind Kunden, und er bietet eine Dienstleistung an, für die er von ihnen bezahlt wird. Zumindest indirekt über die Kirchensteuer. Punkt. Und die Kunden erwarten eine Gegenleistung. Diese Gegenleistung ist nicht mehr und nicht weniger als Vergebung. Vergebung für eine Sünde, manchmal auch gleich für mehrere. Dafür spricht Armand nach der Beichte in der Regel eine kleine Strafe aus: ein Gebet, eine Spende, ein gutes Werk, die Ehefrau (oder den Ehemann) um Verzeihung bitten. Kleine Dinge eben, die den entstandenen Schaden wieder in Ordnung bringen sollen. Aber ohne Reue kann es keine Verzeihung geben. Zu einer ehrlichen Beichte gehören nun mal aufrichtige Reue und der Versuch der Wiedergutmachung. Contritio cordis, confessio oris, satisfactio operis. Mitunter würde er selbst gerne die Bestrafung übernehmen. Vor allem, wenn er spürt, dass die Reue nicht ernst gemeint ist. Nur mit Mühe kann er in solchen Fällen die Contenance bewahren. Es würde dem kräftigen Priester leichtfallen, selbst für die körperliche Züchtigung zu sorgen. Aber das Sakrament der Beichte sieht dies nicht vor.

Leider.

Mit etwas Verzögerung tritt auch Philipp Humboldt in den offenen Raum. Der Zigarettenrauch quillt aus dem Beichtstuhl, als ob diesem soeben der Leibhaftige persönlich entstiegen wäre. Die beiden Männer mustern sich neugierig. Beide sind etwa gleich groß, ungefähr 1,90 Meter, breite Schultern, schwarzer Anzug – der eine mit weißem Hemd, der andere mit weißem Kollar.

Philipp drückt seinen Rücken durch. »Ist es üblich, dass man im Beichtstuhl sitzen kann? Ich habe mich schon auf wunde Knie eingestellt.«

Armand hebt fast entschuldigend seine Hände. »Hier schon. Ich habe die Stühle hineingestellt. Passen perfekt. Und wenn man die Füße auf den Schemel stellt, ist es sogar richtig bequem. Warum sollen Menschen vor mir, einem Bischof oder dem Papst knien? Diese Unsitte unterstreicht nur die Hybris der Kirche. Wenn man kniet, dann nur vor Gott, oder wenn man den Boden schrubbt.«

Sie reichen sich zum Abschied die Hand.

»Darf ich nächste Woche wieder zu Ihnen kommen, Armand?«

Der Priester nickt. »Das sollte möglich sein. Regelmäßiges Beichten bringt die persönliche Entwicklung voran und führt uns näher zu Gott. Nur so kann das Sakrament der Versöhnung seine volle Wirkung entfalten. Wenn das Gespräch aber wieder so lange dauert, sollten wir uns etwas später treffen. Es gibt noch andere Kirchgänger, die mich brauchen. Gleicher Tag, sieben Uhr? Dann sind wir ungestört.«

Philipp nimmt sein Smartphone zur Hand und konsultiert die Agenda. »Ja, das wird möglich sein. Ich habe jedoch noch zwei Fragen an Sie, Armand.« Er blickt sich um, obwohl sie nur von Stille umgeben sind. »Ich gehe doch recht in der Annahme, dass alles, was ich Ihnen sage, unter uns bleiben wird?«

Der Priester nickt. »Gott natürlich nicht mitgezählt.«

Philipp schmunzelt.

»Akzeptiert. Und die zweite Frage: Glauben Sie an die Hölle?«

Nun schmunzelt der Priester. Seine Mundwinkel zucken. »Im metaphorischen Sinne ja. Aber machen Sie sich keine Sorgen, Philipp. Wo Menschen handeln, entsteht Schuld. Manchmal wiegen die Taten so schwer, dass keine Vergebung möglich scheint. Bei Ihnen ist das mit Sicherheit nicht der Fall. Die Katze, die Farbstifte und der Brief qualifizieren Sie definitiv nicht für die Hölle. Mit einem Vaterunser sind Sie fast schon wieder rehabilitiert. Vielleicht eine überblickbare Zeit im Fegefeuer …« Armand öffnet lächelnd die massive Kirchentür. Ihr Knarren hallt laut in den hohen Raum hinein.

»Da wäre ich an Ihrer Stelle nicht zu voreilig. Ich habe Ihnen noch nicht alles erzählt. Die eigentlichen Sünden beginnen erst jetzt.«

LONDON ZUM ERSTEN

Der Flieger hob pünktlich ab. Ich saß in der ersten Reihe, leider in der Holzklasse. Unmittelbar vor meinem Gesicht hing einer dieser unsäglichen Putzlappen, der einen darin hinderte, auf die Hinterköpfe der weintrinkenden Business-Class-Passagiere zu starren.

Nun gut.

Ich kaute auf meinem trockenen Sandwich herum und spülte mit lauwarmen Kaffee nach. Was würde mich in der britischen Hauptstadt erwarten? Ich war neugierig, nicht ängstlich. Schlimmer konnte es ja schließlich nicht kommen. Bis zum Landeanflug hing ich meinen reichlich trüben Gedanken nach.

In London begrüßte uns ein kräftiger, feuchter Wind – konnte man etwas anderes erwarten? Ein Herr, Gentleman alter Schule, versuchte seiner Frau mit dem Regenschirm Schutz zu bieten. Die gut gemeinte Initiative war indes chancenlos. Der Knirps war zu schwach konstruiert, und die zierlichen Metallstäbchen wurden von einer Böe nach oben geknickt. Der Schirm ergab sich dem Sturm wie ein Ganove dem Sheriff: Hände hoch oder ich schieße!

Ich klappte meinen Mantelkragen hoch und legte die 50 Meter bis zum schützenden Eingang des Terminals im Trab zurück. Da man in London als Schweizer den Pass vorweisen muss, bildete sich rasch eine Warteschlange aus Geschäftsleuten und Touristen. Die aufkommende Hektik beruhigte mich. Meine Schultern fühlten sich leicht an. Hier kannte mich niemand; hier kümmerte sich niemand um meine Sorgen und all die alten Geschichten. Ich war alleine, aber auch frei. Hier konnte ich vielleicht ein neues Leben beginnen und meine Dämonen hinter mir lassen. Heute weiß ich: Die Gegend, die Gebäude und die Landschaften mögen sich ändern, man nimmt sich selbst jedoch überallhin mit, und niemand kann sein Gefängnis aus Fleisch und Blut verlassen – vielleicht mal abgesehen von einigen Gurus. Die Vergangenheit holt einen früher oder später immer ein, präziser als ein Bumerang. Aber der Reihe nach.

Ich fuhr mit dem Taxi, einem dieser alten schwarzen Kisten, zum Canary Wharf. Der Wharf ist ein gigantischer Bürogebäudekomplex auf der Isle of Dogs, einer Flusshalbinsel irgendwo zwischen dem City Airport und der Tower Bridge. Ein imponierender Anblick, da hier die höchsten Gebäude Großbritanniens stehen. Bekannte Finanzinstitute, bedeutende Medienunternehmen und Hauptsitze von vielen Firmen sind hier angesiedelt. Etwa 100.000 Angestellte arbeiten jeden Tag in diesen Gebäuden. Schon damals gab es dort zahlreiche teure und exklusive Shops. Die Anbindung an den Verkehr war hervorragend: Die London Underground war mit der Jubilee-Line vertreten, Busse und Taxis gab es in Hülle und Fülle, vom Canary Wharf Pier aus fuhren sogar Schiffe in Richtung Innenstadt, und es gab auch unerschrockene, ja tollkühne Radfahrer. Es scheint daher müßig zu erwähnen, dass sich die Mietpreise in schwindelerregenden Sphären bewegten, was für mich jedoch lediglich ein theoretisches Problem darstellte, da mein Apartment von der Firma bezahlt wurde. Die kleine Zweizimmerwohnung, modern, sauber, mit schönem Blick auf den Wharf und einem Balkon (fast schon britischer Humor bei dem Wind und Wetter), gut isoliert, kostete 9.000 pro Monat (Pfund, wohlverstanden). Ich fühlte mich in der neuen Anonymität fühlbar besser und schickte meinen Freunden eine Kurznachricht. Die Antworten kamen postwendend.

»Tönt toll – wünsche guten Start! Martin.«

»shit, da bist du ja in der pampa gelandet. die guten clubs sind im westend!!! vergessen? du bist single!!! v.«

Lachend trat ich auf den kleinen Balkon und hielt mich mit beiden Händen am Geländer fest. Ich atmete tief ein. Die kühle Luft roch nach Meer mit einer Prise Großstadt. Auch der Regenschauer musste seinen Ursprung im Atlantik oder vielleicht in der Nordsee haben. Die Tropfen auf meinen Lippen schmeckten salzig. Rasch rettete ich mich wieder in meine Wohnung, schloss sorgfältig die Balkontüre und begann, meine Habseligkeiten einzuräumen. Meine Hände fühlten sich klebrig an.

Am Sonntag schlief ich aus und erkundete die Umgebung. Dann schlenderte ich zu unserem Bürogebäude auf Canary Wharf, um mir den Arbeitsweg einzuprägen. Ich überließ nichts dem Zufall. Keine zehn Minuten zu Fuß, perfekt. Zu meinem Erstaunen war der Finanzdistrikt keineswegs verwaist. Vielmehr drängten sich die Leute dicht an dicht. Ich ließ mir den Grund von einem Zuschauer erklären – es war London Marathon und Zehntausende von Läuferinnen und Läufern strömten über die Flusshalbinsel zum Wendepunkt und zurück in Richtung City. Nachdem ich dem bunten Treiben eine Weile zugeschaut hatte, machte ich mich auf den Heimweg und versuchte, nicht von einer der herumfliegenden Wasserflaschen erschlagen zu werden. Nach einem kleinen Imbiss ging ich früh zu Bett und schlief traumlos durch.

Der Montag dürfte als Ruhe vor dem Sturm bezeichnet werden. Ich wurde von unserem Londoner Personalchef empfangen. Nach einer kurzen Begrüßung übergab er mir meinen Ausweis, führte mich durch das Gebäude und stellte mich meinem Projektteam vor. Erfahrene Cracks aus den verschiedensten Geschäftsbereichen. Wir hatten ein stattliches Büro zur Verfügung mit 20 voll ausgerüsteten Arbeitsplätzen, einem kleineren Sitzungszimmer sowie zwei Einzelbüros, wohin man sich zurückziehen konnte. Der Zugang zu diesem Trakt war nur mit unserem Ausweis möglich und den Mitgliedern meines Projektes vorbehalten.

Top Secret.

Nur um mich nicht mit falschen Lorbeeren zu schmücken: Das Fusionsprojekt war natürlich bereits in den wesentlichen Zügen aufgegleist. Es ging nur noch um die Umsetzung. Wobei ich »nur« ganz bewusst betone, denn das Wichtigste bei solchen Projekten ist immer die Umsetzung. Folien machen kann jeder, aber das Ganze dann auch runternageln, die Leinen festzurren, das Schiff auf Kurs halten – da trennt sich die Spreu vom Weizen. Und genau das erwartete Harper von mir. Obwohl er mir gut gesinnt war, machte ich mir keine Illusionen. Wenn ich nicht liefern würde, wäre mein Aufenthalt in der Themse-Metropole schnell vorbei. Als CEO war er auf loyale Mitarbeiter angewiesen, die für ihn die Arbeit machten und seine Herrschaft so erst ermöglichten. Er gab mir eine einmalige Chance. Diese wollte ich ergreifen und stürzte mich daher kopfüber in die Arbeit. Meine Lernkurve zeigte fast senkrecht nach oben. Zum ersten Mal erhielt ich Einblick in die DNA des Bankgeschäftes.

Wir integrierten eine mittelgroße angelsächsische Universalbank in unsere Firma. Universalbank bedeutet, dass der Übernahmekandidat in allen Bereichen tätig war: Private Banking, Asset Management, Investmentbanking. Es war eine sehr komplexe Angelegenheit, da die bisherigen Manager und Eigentümer nicht viel Wert auf Prozesse und schlanke Strukturen gelegt hatten. Es herrschte ein heilloses Durcheinander, und wir brauchten lange, um uns einen Überblick zu verschaffen. Der neue Job war eine echte Herausforderung, keine Frage. Mein juristisches Fachwissen, das ich mir bei Falkenstein angeeignet hatte, war Gold wert.

Es waren aber nicht nur die fachlichen, sondern vor allem die menschlichen Herausforderungen, die mich umtrieben. Einige meiner Konkurrenten waren scharf auf meine Position, vermutlich auch mein Stellvertreter, der schlimmste Schleimer im ganzen Haufen, aber wie alle anderen traute auch er sich nicht aus der Deckung. Ich wurde respektiert und beneidet, aber genauso gehasst und gefürchtet. Ich galt zunächst als Günstling des großen Häuptlings: mehr Protektion als Qualifikation. Zweifellos wurde ich unterschätzt. Zu Unrecht. Mein wahres Talent war mein Wille. Purer, kräftiger Wille. Hier kamen mir meine Jugendjahre in der Isolation zugute. Ich war zäher und ambitionierter als andere. Und selbstständiger. Ich suchte in London keine neuen Freunde, und das war gut so, denn eine Übernahme ist kein Kindergeburtstag und verläuft immer blutig. Erste Priorität hatte die vollständige Integration der Kundenvermögen. In puncto Mitarbeiter galt das Gegenteil: je weniger, desto besser.

Survival of the fittest!

Mein CEO, Bob Harper, unterstützte mich dabei. Ein starker Projektleiter war in seinem Interesse. In den Strategiemeetings, die einmal wöchentlich stattfanden, durfte ich jeweils neben ihm sitzen, was bei den anderen Teilnehmern einen bleibenden Eindruck hinterließ.

»Was ist Ihre Meinung zu diesem Problem, Philipp?«, fragte er in die Runde. Oder: »Philipp, wie würden Sie vorgehen?«

Meine Stellung wurde so weiter gestärkt. Harper kümmerte sich vorbildlich um meine Karriere. Er vertraute mir, das war der entscheidende Punkt. Für mich – aber auch für ihn selbst. Denn je höher man auf der Karriereleiter emporsteigt, desto einsamer wird es. Heute kann ich nachvollziehen, wie wichtig Vertrauenspersonen sind. Im Mittelalter sprach man diesbezüglich von Hausmacht. Leute, auf die man sich unbedingt verlassen konnte. Und diese Hausmacht baute Harper kontinuierlich auf. Er brauchte Harperisten auf allen Stufen und in zentralen Funktionen. Ich gehörte zu diesem erweiterten informellen Kreis. Ich gebe zu, dass ich die Stellung manchmal auch dazu nutzte, unliebsame und störrische Kollegen auflaufen zu lassen. Ein besonders nervtötendes Exemplar ließ ich vor Harper eine Präsentation halten zum Thema »Stand der Kundenmigration«. Eigentlich harmlos. Im Wissen um Harpers Ungeduld riet ich dem unerfahrenen Kollegen, das Thema möglichst weit zu fassen und am besten mit einigen Formeln – je komplexer, desto besser – zu beginnen. Er ward nie mehr gesehen.

Ich lernte damals viel über die verborgenen Mechanismen des internen Machtapparates. Harpers Stabschef, Managing Director Grabowski, nahm mich gleich bei unserer ersten Begegnung zur Seite und klärte mich über einige Regeln auf.

»Hören Sie, Philipp. Harper will über alle Fortschritte des Projektes informiert sein. Sollten Sie aber auf Ungereimtheiten oder Unregelmäßigkeiten stoßen, dürfen Sie ihn auf keinen Fall direkt informieren. Ist das klar? Vor allem nicht schriftlich. Kommen Sie mit solchen Angelegenheiten zu mir. Unser CEO muss geschützt werden. Seine Reputation korreliert eins zu eins mit unserem Aktienkurs.«

So konnte Harper gegenüber der Presse oder dem Verwaltungsrat immer abstreiten, von Verstößen gewusst zu haben, ohne zu lügen. Eine weiße Weste.

Clever.

Wenn es hart auf hart ginge, würden andere Köpfe rollen. Das leuchtete mir ein, ich hielt mich strikt an die Weisung und war auch darüber hinaus ein gelehriger Schüler. Was gut für den CEO ist, muss auch gut für mich sein, sagte ich mir und gab nach unten den gleichen Tarif durch. Niemand solle mir Mails mit brisanten Details schicken. Köpfe rollen? Okay. Aber nicht meiner!

Meine Loyalität wurde mit einer doppelten Beförderung belohnt. Ich übersprang direkt eine Stufe und wurde als Vice President ins Senior Management gehievt. Mein Gehalt wurde beinahe verdoppelt und eine Beteiligung an der Integration in Aussicht gestellt. Die Höhe dieses Extrabonus war abhängig von den Kundengeldern, die zu unserer Bank transferiert würden. Meine neuen Visitenkarten fühlten sich edel an. Kein billiger Digitaldruck. Die Buchstaben waren schön säuberlich aufgedruckt und standen leicht vor. Ein Exemplar habe ich bis heute behalten.

Alles lief nach Wunsch. Ich leistete meinen Beitrag zum Erfolg und arbeitete von früh bis spät. Oft war ich bereits um sechs Uhr im Büro. Ich nutzte die Ruhe und bereitete mich konzentriert auf das Tagesgeschäft vor. Am Abend kam ich kaum je vor neun Uhr nach Hause. Meine Augenringe erinnerten an die Tarnbemalung eines Scharfschützen.

Offizielle Pausen gab es keine. Vielleicht einmal ein gemeinsames Mittagessen und zwischendurch natürlich auch ein Feierabendbier – in London ein Must. Ich hatte den Spitznamen »Jude« erhalten. Manchmal nannten mich meine Mitarbeiter auch »Law«. Anscheinend bestand eine gewisse Ähnlichkeit mit dem gleichnamigen britischen Schauspieler. Wegen meines Studiums der Rechtswissenschaft, oder eben Law, lag der Kalauer auf der Hand. Das war für mich absolut okay. Ich fühlte mich sogar etwas geschmeichelt, mit dem erfolgreichen und gut aussehenden Briten verglichen zu werden.

Es war eine schöne Zeit. Das dynamische Umfeld, das dauernde Rauschen der Stadt, die neue Wohnung – alles wirkte elektrisierend und ließ mich den Trennungsschmerz und die alten Geschichten vergessen. Einzig Vincent und Martin waren mir geblieben. Wir hielten einen engen Kontakt, und sie kamen mich sogar einmal besuchen. Ich organisierte ein astreines klassisches Touristenwochenende: Frühstück im Harrods, Tower Bridge, St. Paul's Cathedral, Madame Tussauds, The Dungeon, Trafalgar Square, Buckingham Palace, Wachablösung der berittenen Garde, Shoppen in der Oxford Street, Fußball-Match (Watford gegen Chelsea), Party im Westend. Ich liebte diese Stadt: den Geruch, die Töne, die schwarzen Taxis, die roten Doppeldecker, die Parkanlagen, die Internationalität, die Restaurants, die Nähe und gleichzeitig Ferne der vielen Menschen und ja, sogar das Wetter mochte ich. Es wurde ein legendäres Wochenende! Die wenigen Stunden der Ruhe verbrachten wir in meiner Wohnung. Vincent und Martin schliefen in meinem Bett, und ich ruhte mich auf der Couch aus.

Ansonsten bestand mein Leben aus Arbeit, Arbeit und nochmals Arbeit. Das zog sich so über mehr als ein Jahr hin. Dann wurde mein Vater krank. Als ich den Anruf meiner Mutter bekommen hatte, meldete ich im Geschäft sofort ein verlängertes Wochenende an und stieg in den Flieger.

ERINNERUNGEN

»Was soll ich nur ohne ihn machen?«

Es war das erste Mal seit der Geschichte mit den Farbstiften, dass ich ich meine Mutter weinen sah. Wir saßen zusammen am Küchentisch. Mein Vater war nach dem Abendessen sofort zu Bett gegangen. Die Krankheit hatte bereits ihre Spuren hinterlassen. Er war abgemagert und schwach. Die Diagnose war so eindeutig wie erschütternd: Schilddrüsenkrebs, und zwar eine besonders heimtückische und aggressive Ausprägung. Obwohl ich mich nach dem Anruf meiner Mutter über die Krankheit und deren Symptome informiert hatte, erschrak ich beim Anblick meines alten Herrn. Ich bin selbstverständlich davon ausgegangen, dass er mitgenommen aussehen würde, eine Chemotherapie geht an niemandem spurlos vorbei. Aber mein Vater war förmlich geschrumpft. Wie ein vertrockneter Apfel. Wohnte noch dieselbe Person in diesem ausgemergelten Körper? Er war stolz auf sein volles schwarzes Haar gewesen. Bei der Farbe hatte er immer etwas nachgeholfen. Es war das bestgehütete Geheimnis unserer Familie. Aus Schwarz war nun in kürzester Zeit Schlohweiß geworden.

»Was hat denn der Arzt gesagt? Spricht Papa auf die Behandlung an?« Ich legte behutsam meine Hand auf den Arm meiner Mutter. Zu meiner Enttäuschung schüttelte sie den Kopf.

»Kaum. Der Arzt hat die Chemotherapie mit der großflächigen Bombardierung von feindlichen Stellungen verglichen. Man legt alles in Schutt und Asche und kann nur hoffen, dass man alle Bösewichte erwischt hat. Leider war das bei deinem Vater nicht der Fall. Die Therapie hat zwar seinen ganzen Körper und die Organe in Mitleidenschaft gezogen, aber überall haben bösartige Zellen überlebt und wuchern weiter.«

»Dann soll der Arzt halt die Dosierung oder das Medikament wechseln. Wir dürfen die Hoffnung nicht aufgeben.«

Meine Mutter schüttelte traurig den Kopf und rang mit den Worten. Dann erzählte sie zu meinem Ärger, dass sich die Versicherung weigere, für neue Therapien aufzukommen. Sie verstecke sich dabei hinter fehlenden Studien. Es gebe keinerlei Indizien, dass eine weitere teure Behandlung den Verlauf der Krankheit positiv beeinflussen könnte.

Diese Bastarde.

Die Zeitlichkeit des Lebens wurde mir schlagartig bewusst. Heute noch gesund, kräftig, gut aussehend und morgen erwacht man als Leiche. Schmerzlich realisierte ich in diesem Moment, dass ich meinen Vater eigentlich gar nicht richtig kannte. Seit meiner Jugend war er einfach da gewesen, eine Selbstverständlichkeit, aber darüber hinaus wusste ich erschreckend wenig über ihn. Hatte er vor meiner Mutter eine Freundin gehabt? Was war sein Lieblingsfach in der Schule gewesen? Hat er sich als Teenager mit seinen Kollegen betrunken? Wollte er als Kind Fußballer oder Astronaut werden? Fürchtete er sich vor dem Tod? Was war sein Lieblingswein? Haben wir auch nur einmal über ein intimes Thema gesprochen? Hatte er mir das Rasieren oder das Krawattenbinden beigebracht? Fehlanzeige. Traurig, aber wahr. Dennoch war er mein Vater. Und ich liebte ihn.

Meine Mutter war in der Zwischenzeit aufgestanden und das Scheppern des Geschirrs riss mich aus meinen Gedanken. Sie hielt mir lächelnd ein Abtrocktuch vor die Nase.

»Komm, Philipp, wir machen den Abwasch zusammen.«

Ich stellte mich neben sie und begann das Geschirr abzutrocknen. So wie früher. Meine Mutter blickte konzentriert in die Spüle. So arbeiteten wir ruhig eine Weile vor uns hin. Meine Mutter widmete sich der angebrannten Kruste in der Bratpfanne. Ich schielte heimlich zu ihr. Sie war älter geworden, auch etwas kleiner, ohne Zweifel aber immer noch eine hübsche Frau. Zu meiner Schande musste ich eingestehen, dass mir diese Tatsache bisher nie aufgefallen war. Meine Mutter war einfach meine Mutter gewesen, ein Neutrum, immer für mich da. Ich erinnerte mich nicht daran, dass sie je einmal alleine irgendwo hin gegangen wäre, außer zum Einkaufen. Mit Freundinnen für ein Wochenende nach New York oder Paris? Unvorstellbar. Nie hatte sie sich über ihr Leben beklagt. Ich glaube, sie war glücklich. Meine Eltern liebten sich. Ich erinnerte mich, wie sie während eines Italienurlaubs zusammen übers Tanzparkett schwebten. Es war ein Musikabend in unserem Hotel gewesen.

Italienische Schnulzen.

Ich vermisste dieses tiefe Gefühl von Geborgenheit, das man nur als Kind fühlen kann.

»Warum habt ihr mir nicht schon früher von der Krankheit und den Geldproblemen erzählt?«, fragte ich meine Mutter.

»Du kennst deinen Vater. Mit seinem Kopf könnte man problemlos die chinesische Mauer durchschlagen. Er wollte dich und deinen Bruder erst informieren, wenn es nicht mehr anders geht. Kritisiere ihn bitte nicht. Er hat es nur gut gemeint. Er ist so stolz auf dich und auf das, was du erreicht hast. Und auch auf deinen Bruder.«

Mein Bruder. Ich spürte einen kleinen Stich im Herz. Meine Mutter sprach das unausgesprochene Thema an.

»Ich weiß nicht, von wem du und dein Bruder eure Intelligenz geerbt habt. Diese Gene haben offensichtlich einige Generationen übersprungen. Aber ich kann mit Bestimmtheit sagen, von wem euer Dickschädel stammt. Dein Bruder fragt jedes Mal nach dir, wenn er bei uns ist. Wollt ihr euch wegen dieser blöden Katze streiten, bis wir alle tot sind? Das Leben ist kürzer, als man meint. Du darfst dich nicht immer gleich in dein Schneckenhaus zurückziehen.«

»Ich?« In meiner Erinnerung waren die Rollen anders verteilt.

Meine Mutter schüttelte sanft den Kopf. Sie unterstrich den Tadel mit ihrem »Mutter will böse sein, kann es aber nicht«-Blick. Sie lächelte und strich mir sanft über den Rücken. Dann gingen auch wir zu Bett. Ich schlief in meinem alten Kinderzimmer. Wobei von Schlaf nicht die Rede sein konnte. Unruhig wälzte ich mich hin und her, bis ich schließlich kapitulierte und die Zeit bis zum Morgengrauen damit verbrachte, in meinen alten Sachen zu wühlen. Das brachte mich immerhin auf andere Gedanken und zwischendurch sogar zum Schmunzeln. Mein altes Fußballtrikot der Grasshoppers Zürich erinnerte an die gute alte Zeit des gebeutelten Clubs. Die vielen Bücher lösten warme Kindheitserinnerungen aus: Emil und die Detektive, Moby Dick, Old Shatterhand, Oliver Twist, Die Schatzinsel, Tom Sawyers Abenteuer. Die größte Freude bereiteten mir meine alten, zerfledderten Quartette. Spontan spielte ich einige Partien gegen meinen fiktiven Bruder.

Ich ließ ihn aus einer ausweglosen Situation heraus sogar gewinnen.

Trotz allem war es ein schönes Wochenende geworden. Seit Monaten hatte ich meine Eltern sträflich vernachlässigt und kaum Kontakt zu ihnen gehabt. Sie machten mir keinen Vorwurf, aber ich schämte mich für meinen Egoismus. Bevor ich nach London zurückflog, nahm ich meine Mutter beiseite.

»Mama, ich habe etwas Geld gespart. Es wird reichen, um Papa die benötigten Medikamente zu beschaffen. Wenn es dir recht ist, werde ich morgen mit der Krankenkasse in Kontakt treten und die Finanzierung sicherstellen. Papa muss nichts davon erfahren. Wir sagen einfach, dass die Kasse auf ihre Entscheidung zurückgekommen ist und es sich anders überlegt hat.«

Ohne Worte nahm sie mich in die Arme. Überrascht merkte ich, wie mir eine Träne über die Wange lief. Schnell drehte ich mich um und wischte sie mit dem Handrücken ab.

LONDON ZUM ZWEITEN

Die Übernahme in London verlief nach Plan – sogar besser. Nur wenige Kunden sprangen ab. Einigen legten wir dies nahe, da wir keine zu offensichtlichen Schurken in unseren Dateien sehen wollten. Andere wiederum brachten uns zusätzliches Neugeld – und zwar dermaßen viel, dass wir auf über 100 Prozent der ursprünglichen Zielgröße zusteuerten.

Harper war mehr als zufrieden mit meiner Arbeit.

»Philipp, wenn Sie weiterhin so liefern, mache ich mir bald Sorgen um meine Position«, lobte er mich überschwänglich und fletschte zufrieden seine Zähne. Ich fühlte ein wohliges Kribbeln in meiner Bauchgegend. We overdelivered, wie die Angelsachsen sagen würden. Und Harper lief der Ruf voraus, überdurchschnittliche Leistungen auch dementsprechend zu würdigen. Das konnte für mich nur eines bedeuten: Zahltag! Diesmal war ich zum richtigen Zeitpunkt am richtigen Ort.

Meine Leistung soll aber nicht unter den Scheffel gestellt werden: Ich hatte dafür gesorgt, dass die Transaktion geräuschlos und erfolgreich über die Bühne gegangen war. Ich muss noch anfügen, dass natürlich eine Vielzahl von fleißigen Ameisen die tägliche Arbeit erledigt hatte (ich dachte regelmäßig an die gute Esther), und ich selbst, obwohl auch meine Arbeit zweifelsfrei von exzellenter Qualität war, vor allem davon profitierte, am Kopf des Tisches zu sitzen und so den Kredit für den Erfolg wie ein durstiges Kamel aufsaugen zu können. Darüber hinaus hatte ich konsequent die Vorgaben des Stabschefs befolgt und unseren CEO aus allen Problemen herausgehalten. Seine Oberfläche war glatt geblieben wie eine Teflonpfanne. Die Probleme prallten auch an mir ab wie der Schieferstein von der Wasseroberfläche – so hoffte ich zumindest.

Jedenfalls behielt ich den Lapsus mit den Gebühren für mich. Versehentlich waren den Kunden beim Übertritt in unsere Bank zu hohe Kosten verrechnet worden. Der Schaden, oder vielmehr der zusätzliche Gewinn, belief sich auf mehrere Millionen. Für mich persönlich bedeutete diese Beschönigung eine bessere Gratifikation, für die Bank ein noch besseres Resultat, und für Harper das allerbeste Lob von der Presse und dem Verwaltungsrat.

Eine Win-win-Situation!

Der Patzer war dummerweise meinem Stellvertreter nicht verborgen geblieben. Zu meinem Missfallen hielt er sich aber nicht an meinen Wunsch nach absoluter Diskretion und wies mich schriftlich darauf hin. Ich rügte ihn und ließ die Angelegenheit versanden. Im Nachhinein hätte ich härter durchgreifen müssen Der Kerl hieß Liam. Und genauso führte er sich auf: flegelhaft und anmaßend. Er ging mir echt auf den Senkel. Wenn er angetrunken war, was oft vorkam, rief er mich »Judith« statt des üblichen »Jude«. An einem unserer obligaten Pubbesuche stellte er mir seine Freundin vor. Eine ordinäre, vollbusige Blondine. Ich versuchte ihr aus dem Weg zu gehen, was sich in dem kleinen Lokal auf die Dauer nicht realisieren ließ. Als sie mich am späten Abend zu fassen kriegte, drückte sie ihre Oberweite an mich und stellte sich auf die Zehenspitzen. Ihr billiges Parfum löste einen akuten Niesreiz bei mir aus, und ich befürchtete, dass mir ihre Brüste ins Gesicht springen würden. Ich schaffte es irgendwie, einen kleinen Abstand zu gewinnen, was in dem herrschenden Gedränge gar nicht so einfach war. Ihre Lippen blieben jedoch bedenklich nahe an meiner Ohrmuschel, die – das spürte ich an der steigenden Temperatur – rot angelaufen war.

»Stimmt es eigentlich, dass du Single bist. Kann doch gar nicht sein, ein so toll aussehender Bursche. Mein Freund vermutet, dass du schwul bist.« Sie sah mich lüstern an.

Liam, der alte Schweinepriester.

Angewidert blickte ich auf die impertinente Person hinab. »Meine Freundin konnte nicht mit nach London ziehen. Sie ist Ärztin. Wir sehen uns aber jedes zweite Wochenende«, log ich, um sie zum Schweigen zu bringen. Der Abend war für mich jedenfalls gelaufen, und meine verlorengeglaubte Paranoia beschlich mich wieder. Wurden also auch in London Lügen über mich erzählt? Hatte da vielleicht sogar Falkenstein seine Hände im Spiel? Wieso nur hatte mich Sophie verlassen?

Ich offerierte meinem Team noch eine Runde Bier und machte einen französischen Abgang. Mein Herz schlug wie ein Trommelwirbel. Das Blut pochte laut in meinen Schläfen. Seit der Geschichte mit Sophie hatte ich mich mit keiner Frau mehr verabredet. Aber das ging niemanden etwas an. Schon gar nicht Liam und sein billiges Flittchen. Dennoch kam ich ins Grübeln. Am Wochenende besuchte ich kurzentschlossen ein Bordell. Zu meiner Beruhigung funktionierte alles so, wie es sollte. Die Freude und das Gefühl von Freiheit waren aber wie weggeblasen. Die Vergangenheit hatte mich eingeholt.

Frei nach dem Motto »Ein Unglück kommt selten allein« starb kurz darauf mein Vater.

DAS WIEDERSEHEN

Die neuen Medikamente waren nicht wirksam gewesen oder einfach zu spät eingesetzt worden. Die heimtückische Krankheit hatte gesiegt. Meine ganzen Ersparnisse waren in diesen Monaten aufgefressen worden. Es reute mich keine Sekunde. Wenigstens hatten wir es versucht. Und bald schon würde ich in einem warmen Geldregen stehen.

Ich erhielt die kurze Nachricht meines Bruders an einem Morgen vor der Arbeit.

»Papa ist heute friedlich eingeschlafen. Die Beerdigung findet am Samstag statt. Wäre schön, wenn du auch kommen könntest. Christian.«

Trotz der traurigen Nachricht freute ich mich über die Mitteilung meines Bruders. Endlich wieder einmal ein Lebenszeichen. Aber unsere Familie war nun noch kleiner geworden. Ich rief im Büro an und bekam einige Tage frei für die Beerdigung. Genau genommen nur einen, die restliche Zeit bezog ich über mein prall gefülltes Ferienkonto. Es gab sowieso nicht mehr viel zu tun. Bald schon würde ich London als erfolgreicher Manager verlassen.

Meine Mutter hielt sich tapfer. Ich machte mir dennoch Sorgen um sie. Beinahe 40 Ehejahre waren eine lange Zeit. Folgten nicht oftmals die monogamen Esel ihrem Partner in den Tod – durch Herzschmerz oder einem Sprung über die Klippe? Ich tat mein Bestes und tröstete sie, so gut ich konnte. Es war auch eine Selbstverständlichkeit, mich um die Formalitäten zu kümmern. In der schweren Zeit eines

Todesfalls hat der bürokratische Ablauf geradezu etwas Beruhigendes. Man kann sich regelrecht an den vordefinierten Prozessen festhalten. Zunächst wird im Krankenhaus der Tote für tot erklärt. Dafür wird vom Arzt der amtliche Todesschein ausgefüllt. Ohne diesen Schein ist man blockiert. Die erste Frage auf dem Amt lautet nämlich, ob man denn den Todesschein vorweisen könne. Wenn dem so ist, können die nächsten Schritte eingeleitet werden. Kurzfristig ist da die Beerdigung zu organisieren, längerfristig sind die Erbformalitäten zu klären, die in unserem Fall zwar einfach zu handhaben waren, aber sich schlussendlich dennoch über fast ein halbes Jahr hinzogen. Der Körper meines Vaters blieb im Krankenhaus und wurde dort gewaschen. Bevor er ins Krematorium überführt wurde, fanden wir uns en famille in einem kleinen Andachtsraum in den Katakomben des Krankenhauses zusammen, wo wir von der leblosen Hülle Abschied nehmen konnten. Mein Bruder und ich stützten unsere Mutter. Der Raum war kühl, es roch leicht nach Desinfektionsmittel. Ich konnte mich nicht überwinden, durch den Mund einzuatmen. Die Wände leuchteten grünlich im künstlichen Licht. Der leblose Körper kam mir wie ein Ding vor, eine Sache, die nur wenig mit meinem Vater gemein hatte. Ich konnte in diesem Moment nicht trauern. Es kam mir alles zu surreal vor. Bald würde nur noch die Aschekapsel übrig sein, gefüllt mit verbranntem Fleisch und den fein gemahlenen Knochen.

Die Beerdigung verlief entgegen meiner Befürchtung würdevoll. Der Pfarrer machte einen guten Job. Respektvoll, ohne viel Pathos. Zu meiner Überraschung war die Kirche prall gefüllt. Es war mir nie bewusst gewesen, dass meine

Eltern so gut vernetzt waren in unserer Gemeinde. Sogar Sophie erschien auf der Beerdigung! Sie umarmte mich am Eingang. Ihre Augen waren feucht.

»Mein herzliches Beileid, Philipp«, flüsterte sie mir ins Ohr. Sie roch anders als früher. Wir blickten uns lange an. Es gab so viel, was ich Sophie fragen, was ich mit ihr diskutieren wollte. Aber es war für beide schwierig, den richtigen Einstieg zu finden. Schließlich kam die dümmste aller möglichen Fragen.

»Wie geht es Petra?«

»Es tut mir leid, was damals passiert ist«, antwortete Sophie. »Aber ich kann es nicht ungeschehen machen. Du hast dich immer weiter von mir entfernt. Ich war alleine und du warst zu sehr mit deinen eigenen Problemen beschäftigt. Ich hoffe, dass wir wieder Freunde werden können.« Sie umarmte mich kurz und wischte mir sanft ein Blatt von der Schulter. Dann betrat sie die Kirche.

Anscheinend war Sophie mit meiner Mutter nach der Trennung in Kontakt geblieben. Ich ärgerte mich, dass ich darüber nicht ins Bild gesetzt worden war. Sie machten einen vertrauten Eindruck, wie zwei beste Freundinnen. Eine kurze Zeit lang fühlte ich mich verletzt, fast ein wenig hintergangen. Redeten die beiden vielleicht über mich? Aber es war nicht der Tag, meine Mutter oder sonst jemanden zu kritisieren. Die Predigt war im Nu vorbei. Sophie saß neben meiner Mutter in der Reihe der Trauerfamilie. Ich schielte immer wieder zu ihr hinüber, wie zu unserer Zeit an der Universität. Sie sah noch schöner aus als damals, reifer, eine richtige Frau. Einmal trafen sich unsere Blicke. Ich versank wieder in ihren warmen Augen. Diesmal jedoch rettete mich der Pfarrer.

»Wir erheben uns nun zum Gebet.«

Beim anschließenden Leichenschmaus (ein abscheulicher Begriff) setzte sich mein Bruder neben mich. Es gab eine herbstliche Maronen-Kürbis-Suppe, Zürcher Geschnetzeltes mit Rösti und zum Nachtisch ein Maroniparfait. Wir hatten ein Menü ausgewählt, das unserem Vater Freude bereitet hätte. Eingeladen waren alle Verwandten, einige Nachbarn und die engsten Freunde meiner Eltern. Meine Mutter und Christian hatten die Einladungen geschrieben. So kam eine stattliche Gruppe zusammen. Der Gasthof in der Nähe der Kirche war rustikal und gemütlich. Der kleine Saal war prall gefüllt und die Scheiben liefen an diesem kühlen nebligen Herbsttag von innen an.

Ich wusste nicht, was ich nach den vielen Jahren mit Christian bereden sollte. Komischerweise hat man umso weniger zu besprechen, je länger man sich nicht gesehen hat. Mit Vincent und Martin unterhielt ich mich stundenlang über die Banalitäten des Alltags. Beide waren übrigens zur Beerdigung erschienen, wie es sich für gute Freunde halt gehört. Aus meiner Sicht brauchten sowieso die Hinterbliebenen Unterstützung, nicht die Toten. Martin hielt sich diskret im Hintergrund und nahm sich meiner Mutter an. Vincent verhielt sich ebenfalls – für ihn ungewohnt – unauffällig. Einmal beobachtete ich ihn jedoch, wie er sich wild gestikulierend mit Sophie unterhielt. Er las ihr offensichtlich die Leviten.

So saßen also mein Bruder und ich einige Zeit schweigend beisammen, bis der Ältere von uns das Eis brach.

»Mama hat mir erzählt, dass du die Kosten für die Medikamente übernommen hast. Ich möchte mich dafür bedanken. Das war eine schöne Geste von dir, kleiner Bruder.«

Ich spürte einen Kloß im Hals. Hätte es doch die verdammte Katze nie gegeben.

»Ich hatte noch einiges gutzumachen«, sagte ich.

»Was geschehen ist, ist geschehen. Lass uns das Kriegsbeil begraben, Philipp. Wir müssen jetzt zusammenstehen und uns um Mama kümmern. Es wäre sehr schön, wenn wir uns wieder vertragen könnten. Es ist mir sowieso nicht klar, warum wir uns so entfremdet haben.«

Ich sah ihn überrascht an. Christian war fülliger geworden. Ein Teil seiner Muskeln war verschwunden oder gut unter einem kleinen Fettpolster versteckt.

»Na, wegen der Katze natürlich. Du hast nach diesem Vorfall kaum mehr ein Wort mit mir gewechselt.«

Nun war es Christian, der mich mit großen Augen erstaunt anblickte.

»Was für ein Blödsinn. Das habe ich doch schon längst vergessen. Die Katze hätte sowieso nicht mehr lange gelebt. Nach den Sommerferien hast du die Klasse und das Schulgebäude gewechselt, kleiner Bruder. Weißt du noch? Wir haben uns deswegen nicht mehr jeden Tag gesehen. Zudem hatte ich damals meine erste Freundin. Aber daran erinnerst du dich wahrscheinlich auch nicht mehr. Und ein Jahr später habe ich meine Lehre angefangen und bin ausgezogen. Das hat doch nichts mit dem Vierbeiner zu tun. Obwohl es schon eine krasse Geschichte war. Weißt du noch, wie der Schwanz und das Bein abgebrochen sind?«

Wir schüttelten uns vor Lachen. Einige Gäste schauten uns schief an. Es war uns egal. Ich bemerkte, wie sich meine Mutter und Sophie anlächelten. Auf alle Fälle war das Eis gebrochen. Christian und ich erzählten uns im Kurzdurchlauf, was wir in der Zwischenzeit so erlebt hatten. Mit der Zeit verabschiedeten sich die Gäste. Am Schluss saßen wir zu viert zusammen. Sophie und meine Mutter hatten sich zu uns gesetzt. Wir bestellten einen guten Wein und blieben noch bis in den Abend hinein sitzen. Christian und ich rauchten eine Zigarre. Der Wirt drückte beide Augen zu. An diesem Tag verlor ich meinen Vater und gewann meinen Bruder wieder.

LONDON ZUM DRITTEN

Macht Geld glücklich? Ein klares Jein. Es ist zweifellos sinnvoll, nicht einzig und allein auf den schnöden Mammon fixiert zu sein. Aber es macht halt doch mehr Spaß, in der First Class nach New York zu fliegen als in der Holzklasse. Und langfristig schmeckt ein qualitativ hochstehender Rotwein nun mal besser als ein billiger Zahnsteinlöser. Und das hat nichts mit Protzerei zu tun, es ist halt einfach so.

Aber deswegen muss man noch lange nicht glücklich sein. Mit dem Glück ist das so eine Sache. Es ist schwerer zu fassen als ein Schmetterling. Zweifellos braucht es zum Glück mehrere Zutaten: Gesundheit, Freunde, Familie, Anerkennung, Hobbys, eine schöne Wohnung, oder noch besser ein Haus, eine sinnvolle Tätigkeit, soziales Engagement und eben auch Geld. Wie diese Faktoren zu gewichten sind, hängt vom jeweiligen Menschen ab. Man soll da auch niemandem etwas aufzwingen. Jeder ist seines Glückes Schmied, sagt man doch so schön. Ich bin aber der festen Überzeugung, dass auf die Länge Geld die allgemeine Lebenszufriedenheit positiv beeinflusst. Frei nach dem Motto: Geld allein macht nicht glücklich, es erlaubt einem aber zumindest, auf eine angenehme Art unglücklich zu sein. Und eine Bank beschäftigt sich nun einmal mit dem Rohstoff Geld. Deswegen arbeiten dort auch viele Menschen, die eine ausgesprochene Affinität zu ebendiesem Rohstoff haben. Mein Stellvertreter gehörte auch zu dieser Spezies, doch der Reihe nach.

Nach über zwei Jahren war das Projekt in London abgeschlossen. Wir integrierten viel Geld und wenige Mitarbeiter. Unter dem Strich resultierte daraus ein riesiger Gewinn für die Bank. Harper hatte mich definitiv ins Herz geschlossen. Ich bekam einen Einmalbonus von einer Million(!) Pfund. Harper drückte mir am Tag der offiziellen Abschlussfeier das Kuvert persönlich in die Hand. Er war eigens für die Abschlusszeremonie von New York nach London eingeflogen, natürlich im firmeneigenen Privatjet. Er trug einen Dreitagebart, keine Krawatte, einen schwarzen Maßanzug und begrüßte mich mit einem breiten Grinsen. Dabei kamen seine gewaltigen weißen Zähne zum Vorschein. Die Oberlippe stand schief wie bei einem kauenden Löwen. Ich hoffte innerlich, dass ich nie auf seine schwarze Liste kommen würde.

»Öffnen Sie den Briefumschlag, Philipp.«

Ich tat wie befohlen. Die siebenstellige Zahl versetzte mir einen süßen Stich. Ich spielte den Überraschten.

»Wow, was soll ich sagen. Thank you, Sir!«, heuchelte ich ehrlich. Ich heuchelte, weil ich genau gewusst hatte, wie viel Geld ich bekommen würde, da der Bonus nach einer vorbestimmten Formel berechnet wurde, und ich war ehrlich, weil ich mich wirklich freute.

»Sie haben es sich verdient. Gemäß unserem Pay-for-Performance-Plan stehen Ihnen 990.000 Pfund zu. Ich habe lediglich noch auf die nächsthöhere Zahl aufgerundet. Ich bin wirklich sehr zufrieden mit Ihrer Arbeit. Die Geschäftsleitung behält ein Auge auf Sie. Ihr Weg kann weit nach oben führen. Doch ich warne Sie, das Terrain wird immer glitschiger. Schon so mancher ist ausgerutscht und tief gefallen.«

Harper grinste wieder über beide Ohren. Er dürfte ein Mehrfaches meiner Gratifikation eingestrichen haben. Ich gönnte es ihm. Er hatte gut auf mich geschaut. Wir diskutierten noch etwas über meine Zukunftspläne und den nächsten logischen Schritt in meiner Karriere. Ich blieb konzentriert und immer auf der Hut.

Think big!

Harper war ein erfolgreicher Investmentbanker gewesen, bevor er den CEO-Posten übernahm. Für Bescheidenheit und Ziererei gab es keinen Platz in seiner Welt. Andererseits durfte man den Bogen auch nicht überspannen und gierig oder gar undankbar wirken. Ambitionen? Ja, aber nur, wenn diese auch dem Chef nützten. Bescheidenheit? Natürlich, aber nie Unterwürfigkeit. Ich aktivierte alle meine Sensoren, Gefühle, Intuitionen und Sinne. Es war ein Ritt auf der Rasierklinge. Ich meisterte den Small Talk mit Bravour. Der Schritt, den ich ihm vorschlug, erschien ihm sinnvoll und angemessen. Ich wollte ins Private Banking, in das Geschäft mit den reichen Privatkunden wechseln. Harper versprach, sich um meinen Wunsch zu kümmern.

»Gute Wahl, Humboldt. Private Banking ist das Herzstück dieser Bank. Bin froh, dass ich mich nicht täglich mit diesen Kunden – oder noch schlimmer, ihren Erben – rumschlagen muss. Aber ihr Schweizer wart ja schon immer Weltmeister der Diplomatie.« Er lachte dröhnend. Zum Abschied schlug er mit seiner Pranke auf meine Schulter. Ich war froh, dass sie ganz blieb.

An diesem Abend fand die große Abschlussparty statt, mit Band und allem Drum und Dran. Aber es war nicht irgendeine Band. Ich traute meinen Augen nicht, als sich die englische Synthiepopgruppe Depeche Mode auf der Bühne einfand und ein fast schon intimes Unplugged-Konzert veranstaltete. Dave Gahan und seine Crew traten nur noch selten auf und spielten normalerweise in ausverkauften Fußballarenen. Das gesamte Projektteam, einige Mitglieder der Geschäftsleitung, wichtige Stakeholder unserer Bank und die übrig gebliebenen Führungspersonen der fusionierten Bereiche feierten ausgelassen. Harper hatte dafür eigens ein Lokal in der Nähe unseres Londoner Hauptsitzes anmieten lassen. Nach dem etwas launigen Auftritt der Band und dem obligaten formellen Teil mit einigen Reden ging es den restlichen Abend feuchtfröhlich zu. British eben. Sich zu betrinken gehörte hier zum guten Ruf und war keineswegs verpönt. Ich hielt mich wie üblich etwas zurück, was mir zweifellos den Ruf eines Langweilers bescherte. Aber ich kotze nun mal nicht gerne.

Who cares?

Meinem Stellvertreter war ich in den letzten Monaten so gut es ging aus dem Weg gegangen. Die Angelegenheit mit den Gebühren war nie mehr zur Sprache gekommen. Dabei sollte es auch bleiben. Obwohl ich in der Regel einen Bogen um solche Großanlässe machte, war ich auf der Party relaxed wie seit Langem nicht mehr. Es war geschäftlich eine durch und durch erfolgreiche Zeit gewesen, auf die ich mit Stolz zurückblicken konnte. Ich freute mich nun auf meinen neuen Job, meine Mutter, meine Freunde und insgeheim auch auf Sophie. Unser Wiedersehen hatte mir gutgetan. Natürlich nahm ich Liam an jenem Abend wahr. Mein Stellvertreter klebte schließlich wie eine Klette an mir. Alle Bemühungen, ihn im Getümmel loszuwerden, scheiterten. Zu allem Elend war auch seine vulgäre Freundin dabei. Also ergriff ich die Flucht nach vorne und ging auf die beiden zu. Es entwickelte sich ein Small Talk auf tiefstem Niveau.

»Schön, euch zu sehen. – Tolle Party! – Sehr großzügig von Harper, den ganzen Abend zu schmeißen. – Die armen Kollegen, die es nicht geschafft haben.«

Ich versuchte die beiden zu neutralisieren, indem ich sie abfüllte. Großzügig holte ich immer wieder Nachschub an der Bar. In das Bier der beiden Kotzbrocken orderte ich jeweils einen zusätzlichen Schuss Wodka. Nach einer Stunde waren sie stockbesoffen. Die Freundin – sie wurde mir als Britney vorgestellt – konnte sich kaum mehr auf den Beinen halten und hielt sich wie ein Zombie mal an Liam, mal an mir fest.

»Auf unseren geliebten Law und seine saubere Geschäftsführung«, grölte mein Stellvertreter. Nun hatte ich die Schnauze voll und holte mir eine Packung Marlboro light am Zigarettenautomaten. Dann ging ich nach draußen und zog den Rauch misslaunig tief in meine Lungen.

»Wie viel Kohle hast du für den Deal bekommen?« Der schleimige Kerl war mir gefolgt. Er war einen Kopf kleiner als ich. Seine leicht gebückte Körperhaltung, das schüttere Haar, die dürren Schultern und das bleiche Gesicht hatten etwas Verschlagenes. Er erinnerte mich an einen kranken, gerupften Habicht.

»Ich weiß nicht, wovon du sprichst.«

»Erzähl mir doch nicht so einen Scheiß. Harper sorgt gut für seine Günstlinge. Hast du ihm eigentlich von deinem Fehler mit den Gebühren erzählt? Das hat euch beiden doch zusätzliche Kohle aufs Konto gespült.«

Ich war nicht länger bereit, mir das unsägliche Gelaber anzuhören, und lief wortlos davon. Konnte man einen unangenehmeren Feind haben als einen solchen Versager? Ich rannte ums Gebäude und setzte mich auf das Geländer am Fluss. Liam folgte mir und hockte sich schwankend neben mich.

»Kann ich von dir eine Kippe schnorren?« Er schaffte es gerade noch, sich mit einer Hand am Geländer festzuhalten.

Ich hielt ihm die Packung hin und zündete seine Zigarette an.

»Der Deal ist durch, und wir haben alle profitiert«, sagte ich.

»Einige mehr als andere. Ich will heiraten, und meine zukünftige Frau ist nicht ganz pflegeleicht«, lallte er.

Da hatte er wohl recht.

»Herzliche Gratulation«, sagte ich. »Warum erzählst du mir das alles?«

Liam lachte höhnisch.

»Na, hör mal. Unser Geheimnis bleibt natürlich unter uns. Aber ich habe mir gedacht, du könntest mir dafür etwas von deinem Gewinn abgeben. Wie wäre es mit, sagen wir mal, 100.000?«

Mir blieb der Rauch im Hals stecken.

»Du bist betrunken.«

»Das mag wohl stimmen. Aber wenn wir den Deal im Nachhinein neu bewerten müssten, würden Köpfe rollen. Und deiner, liebe Judith, wird mit Garantie dabei sein.«

Das war zu viel. Wütend sprang ich vom Geländer und stellte mich vor ihn.

»Willst du mich etwa erpressen?«, zischte ich ihn an.

»Nenn es, wie du willst. Aber ohne Kohle keine Karriere. Deine Wahl.«

Er blies mir den Rauch ins Gesicht. Wütend schlug ich ihm die Zigarette aus der Hand. Dabei geriet er aus dem Gleichgewicht und wankte beträchtlich. Da ich dicht vor ihm stand, konnte er nicht vom Geländer springen und versuchte sich an mir festzuhalten. Ich stieß seinen Arm weg. Er kippte nach hinten übers Geländer und war verschwunden. Entsetzt schaute ich zum Fluss hinunter. Liam lag regungslos im Wasser. Er musste mit dem Kopf auf den Steinen aufgeschlagen sein. Langsam trieb der leblose Körper flussabwärts und verschwand im Dunkeln. Eine kurze Zeit lang blieb ich regungslos stehen und überlegte, ob ich um Hilfe rufen sollte. Ich unterließ es. Wer würde mir die Geschichte glauben? Es würden Fragen gestellt werden: Worüber habt ihr diskutiert? Warum bist du nicht nachgesprungen?

Unfall im Affekt.

Ich sammelte mich kurz und mischte mich wieder unter die Partygäste. Die beiden Zigarettenstummel hatte ich sicherheitshalber an mich genommen und spülte sie später in der Kloschüssel hinunter. Um meine Nerven zu beruhigen, griff ich ordentlich zu. Ich soff mit meinen verblüfften Mitarbeitern um die Wette. Irgendwann stand ich sogar alleine auf der nunmehr verwaisten Bühne und sang lauthals die bekannte Schnulze vom Berner Oberland. Wäre die Szene nicht vom eigens für den Anlass engagierten Fotografen festgehalten worden, hätte ich es später selbst nicht geglaubt. Wankend kam ich bei Sonnenaufgang in meine Wohnung und fiel angezogen aufs Bett.

Liam wurde einen Tag später unter einer Brücke gefunden. Sturz unter Alkoholeinfluss lautete die offizielle Erklärung. Wir waren alle zutiefst betroffen. Die Befragung durch die Polizei war eine kurze Sache. Es wurde allerseits bestätigt, dass der Tote reichlich getrunken habe und irgendwann verschwunden sei. Seine Freundin gab erst am nächsten Abend die Vermisstenmeldung auf, nachdem sie ihren Rausch ausgeschlafen hatte. Ein weiteres Indiz für den sinnlosen Tod durch übermäßigen Alkoholkonsum. Die Hochzeit wurde abgeblasen, und ich schickte der trauernden Verlobten im Namen der Bank ein nettes Kondolenzschreiben. Um die Angelegenheit wurde kein Aufsehen gemacht, das Image der Bank ging vor. Und jeder war schließlich ersetzbar. Die Lücke, die Liam hinterließ, ersetzte ihn vollständig.

HEUTE

Armand mustert Philipp. Sie sitzen heute nebeneinander
auf einer Bank im Seitenschiff. Armand hat sich auf seinen Besucher gefreut. Philipps Geschichte hebt sich angenehm von den üblichen Sorgen und Problemen ab, die ihm
sonst aufgetischt werden. Vorsichtig greift Armand nach
dem Glas am Boden und nimmt einen Schluck. Das Wasser rinnt durch die Speiseröhre. Er spürt die Kälte bis zum
Brustbein hinuntersickern, wo das kühle Nass vollends von
seinem Körper aufgesogen wird. Armand sammelt sich.
Philipp macht einen unruhigen Eindruck. Der Kirchen-
mann beugt sich nach vorne, faltet die Hände und stützt
sich mit seinen Unterarmen auf den Oberschenkeln ab. Die
Lederschuhe knirschen leise. Er sucht nach den richtigen
Worten. Philipps Beichte beginnt kompliziert zu werden,
das spürt er. Armand entscheidet sich für einen unkonventionellen Einstieg. Langsam hebt er den Kopf und fragt mit
ruhiger Stimme: »Wie fühlte sich die erste Million an? Hat
Sie das Geld verändert?«

»Warum überrascht es mich nicht, dass der Kleriker
zuerst nach dem Geld fragt?«, platzt es aus Philipp heraus. Er zündet sich ohne zu fragen die erste Zigarette an.
Armand schweigt und wartet. Er hat in vielen Beichten
und Verhören die Kraft der Stille zu schätzen gelernt. Die
Glut knistert leise. Philipp räuspert sich.

»Verzeihen Sie, Armand. War ein schlechter Tag heute.
Um auf Ihre Frage zurückzukommen: Nein, Geld verän-

dert den Charakter eines Menschen nicht, es akzentuiert ihn lediglich. Eine unsympathische Person wird mit viel Geld zum ausgewachsenen Ekel, ein großzügiger Mensch zu Mutter Teresa. Im Bankenmilieu symbolisiert Geld vor allem Prestige. Es bedeutet Respekt. Und genau das ist der Punkt, Armand: Respekt! Darum nahm ich den Scheck von Harper so gerne an. Ich wollte einfach nur respektiert werden. War das viele Geld gerechtfertigt? Ich weiß es nicht, wahrscheinlich nicht. Aber ist denn das Leben gerecht? Manche werden reich geboren, in Zuckerwatte gebettet. Andere werden arm geboren und diskriminiert, als ob sie selbst an ihrer Situation schuld wären. Tough shit! Man kann nichts dafür, wo und wie man geboren wird, aber man kann sich mit Ehrgeiz und Fleiß den Respekt erzwingen.«

»Was haben Sie mit dem Geld gemacht?« Armand will noch nicht die Frage stellen, die ihm unter den Nägeln brennt.

»Ich habe mir etwas Luxus gegönnt. Einige unnötige Dinge gekauft. Hat Luxus nicht etwas Rebellisches, fast schon Anarchistisches? Man entflieht dadurch für einen kurzen Moment dem Zwang der Zweckmäßigkeit. Vor dem realen Leben bin ich aber nicht geflohen und darauf bin ich stolz.« Er wischt sich mit dem Handrücken über die feuchte Stirn. »Als mich Sophie verlassen hatte und ich von Falkenstein gepiesackt wurde, wäre es ein Leichtes für mich gewesen, den ganzen Bettel hinzuschmeißen und vor meinen Problemen davonzulaufen. Vielleicht doch noch beim Roten Kreuz anheuern. Ich hätte wahrscheinlich sogar den Verlust und all die Schikanen vergessen können, aber es wäre nur eine Flucht gewesen. Wenn man davonläuft, entgeht man der Niederlage nur auf den ersten Blick. Man belügt sich selbst. Niederlage bleibt Niederlage, weil man nicht gekämpft hat, weil man einfach aufgibt. Als ich nach London gegangen bin, habe ich gekämpft und mein Leben in die eigenen Hände genommen. Man kann sein Schicksal selbst bestimmen. Ich hatte einen Plan, und dieser Plan schloss ein gewisses Maß an, sagen wir mal, unkonventionellen Methoden nicht aus. In Ihrer Welt der Unfehlbaren wird das sicher als Todsünde gebrandmarkt. Nur zu, erleuchten Sie mich, Armand!«

Philipp hat sich regelrecht in Rage geredet. Hektisch klaubt er sich mit zittrigen Fingern die nächste Zigarette aus der zerknitterten Packung. Armand lässt es geschehen. Er weiß, dass Philipps Aggression in seiner Nervosität liegt. Gerne würde er aufstehen und den wehleidigen Banker am Kragen packen. Dafür ist er aber zu professionell. Er hat in der Ausbildung gelernt, den schlummernden Vulkan in seinem Innern am Ausbruch zu hindern. Er schmunzelt.

»Haben Sie schon einmal die Bibel gelesen, teilweise zumindest?«

Philipp schüttelt den Kopf.

»Aber Sie haben sicher schon von der Genesis gehört. Dort heißt es: Und Gott schuf den Menschen zu seinem Bilde. Oder auf Deutsch: Gott schuf uns nach seinem Ebenbild. Wenn also der Mensch Böses macht – unkonventionelle Methoden anwendet, um Ihre Terminologie zu verwenden –, trägt dann vielleicht nicht Gott selbst auch diese dunkle Seite in sich? Er hat uns ja nach sich geschaffen. Gemeinhin wird alles Schlechte auf der Welt einfach dem Teufel in die Schuhe geschoben. Bequem, nicht wahr? Aber vielleicht ist Gott menschlicher, als wir meinen. Wir sind schließlich sein Ebenbild.«

Philipp traut seinen Ohren nicht. »Sie wollen also sagen, dass Gott und der Teufel ein und dieselbe Person sind? Wie Dr. Jekyll und Mr. Hyde?«

»Was ich damit sagen will, Philipp: Ich urteile nicht über Sie. Die Auseinandersetzung mit der eigenen Fehlbarkeit braucht viel Mut. Und eine Beichte ist nichts anderes als eine Frontalkollision mit ebendieser Fehlbarkeit. Jeder Mensch hat gute und schlechte Seiten. Wir müssen uns nur für eine der beiden entscheiden. Auch ich sündige, und Verbrechen sind mir nicht fremd. Vor meinem Leben als Priester war ich bei der Polizei – Sonderermittler in einer Spezialabteilung.«

Armand lässt seine Worte sacken. Sie sind effektiver als ein gezielter Faustschlag. Manchmal muss man die Kunden mit schwerem Geschütz auf den Boden zurückholen. Doch Armand ist nicht nachtragend, zumindest selten.

»Sie brauchen sich aber keine Sorgen zu machen, Philipp. Im Gegensatz zu eurem Bankgeheimnis gilt das Beichtgeheimnis nach wie vor.«

»Ich gehe davon aus, dass Sie wissen, wer ich bin?« Philipps Stimme ist wieder ruhig. Armands Strategie hat ihr Ziel nicht verfehlt. Der Priester nickt beschwichtigend.

»Ja. Ich habe nicht nur einen guten Draht zu Gott, sondern sogar ein funktionierendes Internet. Es ist nicht schwierig, Informationen über Sie zu finden, Philipp. Sie sind ein berühmter Mann.« Nun glaubt Armand, dass er die wichtigste Frage stellen kann. Philipp ist weichgeklopft. Der Priester lehnt seinen massigen Oberkörper nach vorne. »Warum sind Sie eigentlich hier, Philipp? Was wollen Sie von mir? Sie sind nicht der Typ, der nur seine Hände in Unschuld waschen will. Und wir beide wissen, dass es keine Erfolgsgeschichte ohne Verfehlungen gibt.«

Philipp senkt den Kopf. Er atmet tief aus und spürt den Druck von seinen Schultern abfallen. Er ist hier am richtigen Ort.

»Wegen meines Sohnes. Er hat das Puppenhaus angezündet ...«

PRIVATE BANKING

Der Vorfall in London war rasch vergessen und aus Jude Law wurde wieder Philipp. Ich kehrte in die Schweiz zurück und kaufte ein modernes Haus, etwas außerhalb von Zürich. Nicht ganz billig, dafür schlüsselfertig zu übernehmen und mit einer günstigen Mitarbeiterhypothek finanziert. Das Haus war das in Beton gegossene Überbleibsel einer teuren Scheidung, ein moderner Kubus mit Fenstern bis zum Boden, versehen mit Alarmanlage und Kameras. Das perfekte Heim für einen Gauner, jemanden mit einer Paranoia oder gleich beides zusammen. Das Haus – von mir aus die Villa – lag am Ende einer kleinen Privatstraße. Nahe der Stadtgrenze an der sogenannten »Pfnüselküste«. Das linke Zürichseeufer wurde von den Einheimischen so genannt, weil der Schattenwurf an gewissen Orten etwas früher einsetzte als an der gegenüberliegenden »Goldküste«.

Wenn man sonst keine Sorgen hat?

Für mich hätte auch eine kleine Stadtwohnung genügt. Ich wollte aber nicht, dass meine Mutter alleine war. Sie zog mit mir in das Haus und blühte noch mal richtig auf. Meine Idee, mit ihr zusammenzuziehen, war nicht ganz uneigennützig. Insgeheim hoffte ich, dass uns Sophie einmal besuchen würde. Das war leider nicht der Fall. Zumindest nicht, wenn ich zu Hause war. Dafür kam mein Bruder an den Wochenenden regelmäßig vorbei, und zwischendurch besuchten mich auch meine Freunde auf einen Champions-League-Abend. Im Zentrum meines Lebens stand aber – und das will ich nicht verleugnen – meine Arbeit.

Ich übernahm mein eigenes Team im Private Banking, das sich ausschließlich um sogenannte »Ultra High Net Worth Clients« kümmerte, was nichts anderes bedeutete als die Reichsten der Reichen. Harper vergoldete mir den Wechsel mit der Beförderung zum Director. Feiner Zug. Mein Wechsel in das Privatkundengeschäft war strategisch gewählt und geschah nicht einfach aus einer Laune heraus. Ich wollte mein Profil weiter schärfen und ein einflussreiches Netzwerk, innerhalb und außerhalb der Bank, aufbauen. Bei Falkenstein hatte ich einen tiefen Einblick in die Welt der Anlageprodukte und der Vermögensverwaltung erhalten. In London hatte ich gelernt, wie eine Bank als Ganzes funktioniert und wie man einen Investmentbankingdeal umsetzt. Dank der Projektleitung konnte ich Leute führen. Meine wichtigste Lektion hatte aber nichts mit dem eigentlichen Bankgeschäft zu tun: Ich verstand nun, wie wichtig die Nähe zur Machtzentrale war. Wobei »wichtig« untertrieben ist, Support von ganz oben ist das Lebenselixier für eine erfolgreiche Karriere. Was mir nun noch fehlte, war der Kundenkontakt, der Kundenkontakt zu den Schönen und Reichen dieser Welt. Im Private Banking war ich also am richtigen Ort.

Mein Background als Jurist kam dabei sehr gelegen, denn meine neuen Kunden benötigten vor allem rechtliche Unterstützung. Nicht, weil sie mit dem Gesetz in Konflikt gekommen wären, sondern weil sie dieses konsequent ausnutzten und Schlupflöcher für ihre Vermögenswerte suchten. Meist legal, aber immer hart an der Grenze. Das viele Geld musste beschützt werden: vor dem nimmersatten Staat, der geschiedenen Ehefrau, Firmenpleiten, Finanzkrisen und allen möglichen Weltuntergangsszenarien. Dafür boten wir die rechtlichen Strukturen an. Wir konstruierten Trusts auf den Bahamas, Stiftungen in Liechtenstein, steueroptimierte Finanzvehikel in der Schweiz oder bauten Firmenstrukturen, die so komplex waren, dass niemand eine Spur zu unseren Kunden zurückverfolgen konnte. Wenn darüber hinaus Zeit blieb, entdeckten wir Bedürfnisse unserer Kunden, von denen sie bis dahin selbst noch nichts gewusst hatten, und verkauften ihnen die entsprechenden Produkte. Ich führte überschaubare 20 Spezialistinnen und Spezialisten. Sie trugen dunkle Anzüge, perfekt geschnittene Hemden, elegante Blusen, schöne Schuhe, dezenten Schmuck, waren intelligent, ziemlich nett, mehrsprachig, weit gereist und etwas bieder. Ich gehe nicht auf die einzelnen Personen ein, weil niemand Einfluss auf den weiteren Gang der Geschichte hatte. Ich suchte nicht ihre Freundschaft, aber forderte ihren Respekt und ihre Leistungsbereitschaft. Meine Nähe zu Harper war allen bekannt, was mir eine geheimnisvolle, ja fast unheimliche Aura verlieh. Man verstummte, sobald ich den Mund öffnete; beim Betreten des Sitzungszimmers schauten alle zu mir; die Empfangsdamen setzten das netteste Lächeln auf; Angestellte, vor allem aus dem Personalwesen und den oberen Kadern, die mich bislang systematisch ignoriert hatten, grüßten mich, als wäre ich ihr bester Freund.

Diese Heuchler.

Die veränderte Wahrnehmung meiner Person verursachte einen positiven Rückkoppelungseffekt, der sich sogar körperlich auswirkte. Ich war, trotz meiner fast 1,90 Meter, körperlich gewachsen, zwar nicht messbar, aber ich lief aufrechter, und meine Muskeln spannten sich. Mein Blick ging geradeaus und hielt dem der anderen stand. Ich ließ meine neu gewonnene Gravität wirken. Diese Kombination von Macht und Zurückhaltung machte mich bei Kunden und Mitarbeitern gleichermaßen beliebt. Wer ganz genau hinsah, erkannte bisweilen vielleicht noch den schüchternen und unsicheren Philipp. Zumindest ich sah ihn jeden Morgen beim Zähneputzen.

Ich lernte spannende Menschen kennen. Sportler, Schauspieler, Unternehmer, Politiker, besuchte den Vatikan, die FIFA und den Hauptsitz der Europäischen Kommission in Brüssel. Ich ging mit meinen Kunden in die Oper, ins Theater, zum Formel-1-Rennen oder einfach gut essen. Ich lernte sogar Golf spielen. Mein neuer Vorgesetzter, Managing Director Werner Tuchel, Leiter des globalen Private Banking und Mitglied der Geschäftsleitung, blieb diesbezüglich unmissverständlich:

»Wenn Sie bei mir Erfolg haben wollen, Humboldt, fangen Sie lieber gestern als morgen mit dem Golfspielen an. Es gibt keine bessere Gelegenheit, Geschäfte zu machen als auf dem Golfplatz. Wo hat man denn in dieser verdammten Hektik sonst noch Zeit, einige Stunden ungestört seine Kunden und sein Netzwerk zu pflegen? Also, spätestens im nächsten Sommer laden Sie mich zu einer Runde ein. Ich will dann einen sauberen Schwung sehen und kein Gehacke!«

Werner Tuchel, oder »Wörni«, wie er gerne genannt wurde, war durch und durch Private Banker. Er hatte das Fingerspitzengefühl und das gewisse Etwas bereits mit der Muttermilch aufgesogen, keiner gab seinen Kunden mehr Schmus. Er stammte aus einer steinreichen Familie – altes Geld mütterlicherseits – und bewegte sich sicher auf dem rutschigen Parkett der Eitelkeiten. Er genoss die große Bühne und wusste sich darauf zu bewegen. Außerhalb der

Bank, sagen wir mal, in Thailand an einem Sandstrand, in Rom vor dem Kolosseum oder von mir aus in einem Wiener Kaffeehaus, wäre er niemandem aufgefallen. Tuchel war eine durch und durch durchschnittliche Person. Innerhalb der Bankmauern jedoch blühte er auf wie eine Titanwurz. Die Hierarchie war sein Korsett, das ihn aufrichtete. Sein penetrantes Markenzeichen war das »Namedropping«. Zweifellos kannte er die vielen Stars und Sternchen auch wirklich persönlich. Aus Gründen der Diskretion will ich hier keine Namen nennen. Aber es war ätzend. Ein Gläschen Champagner hier, ein Küsschen dort, judihui und trallala ... Für mich wirkte alles an ihm gekünstelt, einfach nicht authentisch. Er gehörte zu jener Gattung von Männern, die ihre Körpergröße auf- und ihr Gewicht abrundeten. Was man Tuchel lassen musste: Sein Beziehungsnetz war unerreicht und er somit das Gesicht unseres Private Bankings. Ich konnte trotz meiner Vorbehalte viel von ihm lernen, diese Selbstverständlichkeit im Umgang mit anderen Menschen, dieses Fingerspitzengefühl für das Spiel mit der Eitelkeit, die Gabe, seinem Gegenüber das Gefühl zu geben, für ihn oder sie einen kurzen Moment sogar die Erde anhalten zu können.

Meine Nähe zu Harper war ihm mit Sicherheit ein Dorn im Auge. Tuchel blickte jedoch professionell darüber hinweg. Er ließ mich in Ruhe, was ich zu schätzen wusste. Er war ein guter Chef. Darum tat ich ihm auch den Gefallen und lernte golfen.

DIE GOLFRUNDE

Ich arbeitete mich akribisch in mein Pflichthobby ein. Zunächst studierte ich unzählige Videos im Internet, las Bücher über Technik, Material und Psychologie des Sports. Dann kaufte ich mir eine erstklassige Ausrüstung und buchte für den restlichen Sommer, den Herbst und den ganzen Winter einen privaten Golflehrer. Meine Ferien investierte ich in eine teure Golfreise und flog in der kalten Jahreszeit in die Staaten, um in den besten Golfkliniken unterrichtet zu werden. Ich machte rasch Fortschritte und bewies durchaus Talent. Glücklicherweise spielte auch mein Freund Vincent Golf, und ich musste mich nicht immer alleine abmühen.

In einem Punkt hatte Tuchel recht gehabt. Golf war der ideale Sport, um Freundschaften und Beziehungen zu pflegen. Ich verbrachte viel »Quality Time« mit Vincent. Auf unseren gemeinsamen Golfrunden redeten wir über Gott und die Welt. Unsere Freundschaft vertiefte sich nochmals. Vincent war zu Beginn der wesentlich bessere Spieler – Handicap 10.8 –, und ich konnte einiges von ihm lernen. Bald hatte ich ihn ein-, aber nicht ganz überholt. War wahrscheinlich auch besser so. In der Regel stieß nach dem Spiel Martin zum Abendessen dazu. Es gelang uns nicht, ihn zu überreden, auch mit Golf anzufangen – nun ja, jedem das Seine. Martins Begründung leuchtete mir jedoch ein.

»Ich will mit euch befreundet bleiben. Kaum vorstellbar, wenn ich ein niedrigeres Handicap als Vinc hätte. Er wäre akut suizidgefährdet!«, sagte er augenzwinkernd.

»Dream on, du little Dreamer, du«, gab Vincent zurück. »Du würdest dir höchstens das Genick brechen in einem der Löcher, die du selbst rausschlägst.«

»Sprichst du vielleicht von einem deiner legendären Luft-löcher, von denen Philipp mir immer erzählt?«

So konnte das manchmal den ganzen Abend weitergehen. Herrlich.

Wie verlangt, organisierte ich im Frühsommer eine Runde Golf mit meinem Vorgesetzten. Tuchel war guten Mutes und überzeugt, mir eine veritable Lektion erteilen zu können. Sein Ehrgeiz quoll ihm aus allen Poren.

»Also, Humboldt, machen wir es wie üblich – der Ver-lierer bezahlt das Essen, inklusive Wein. Okay für Sie?« Er lächelte mich siegesgewiss an.

»Aber nur eine Flasche. Sonst geht es für mich ans Leben-dige«, antwortete ich bescheiden. Dann legten wir los auf dem ersten Abschlag. Es war ein Par 4, 404 Meter, Wasser-hindernis vor dem Grün, Bunker, nicht speziell schwierig. Das Loch ging an mich. Tuchel benötigte fünf Schläge, ich spielte mit vier ein solides Par.

»Reines Anfängerglück, Humboldt! Was im Golfen zählt, ist Konstanz.«

Als er mit der Zeit realisierte, dass ich weiter schlug als er und sich auch mein kurzes Spiel sehen lassen konnte, begann er mit psychologischen Tricks.

»Achtung, Humboldt, dort rechts gibt es ein Wasserhin-dernis.« Oder: »Ich habe einen ganz steifen Rücken. Bin nicht sicher, ob ich zu Ende spielen kann.«

Ich blieb ruhig und zog mein Spiel durch. Es fiel mir auf, dass Tuchel seine Bälle auch im tiefsten Gras immer schnell wiederfand. Entweder hatte er ein gutes Auge oder er trickste. Beim zweitletzten Loch wollte ich es wissen. Er verzog seinen Abschlag, und der Ball landete auf unwegsamem Gelände. Ich fand den Ball zuerst und steckte ihn mir unauffällig in die Hosentasche. Dann drehte ich Tuchel den Rücken zu und stocherte mit meinem Eisen im Unkraut herum.

Kurze Zeit später rief er mir erleichtert zu: »Wahnsinn! Hier liegt mein Ball. Ein gutes Auge gehört eben auch zum Golf, Humboldt. Nicht nur die Weite zählt.«

Er gewann das Spiel mit einem Schlag Vorsprung. Immerhin überwand er sich zu einem Kompliment. »Ich muss schon sagen, Sie haben rasch Fortschritte gemacht: Wenn Sie so weitermachen, könnten Sie mir eines Tages sogar gefährlich werden.«

Beim anschließenden Abendessen war es dann mit seiner Bescheidenheit vorbei. Er bestellte ohne zu fragen den teuersten Wein auf der Karte – einen Vega Sicilia – und verzog sich, als es ums Bezahlen ging, unauffällig auf die Toilette. Ich regelte alles anstandslos, behielt aber die Rechnung zur Erinnerung …

VITAMIN B

Von dieser Episode einmal abgesehen, verbrachte ich im Private Banking lehrreiche Jahre als Abteilungsleiter. Ich hielt Augen und Ohren offen. Fachlich war ich auf der Höhe meiner Aufgabe. Also investierte ich in meine Soft Skills und arbeitete an meinem Beziehungsnetz. Ich beobachtete die Managing Directors. Wie sie redeten, sich bewegten, sich kleideten, miteinander umgingen; wie sie sich in Krisensituationen und in Boomphasen verhielten; wer ging mit wem essen, wohin, was wurde bestellt; wen mieden sie; wie richteten sie ihre Büros ein und welchen Vereinen gehörten sie an; welche Fußballklubs unterstützen sie und wo spielten sie Golf; welche Automarken fuhren sie und was für Uhren kauften sie? Ich studierte ihre Mimik und Gestik; ihre Stärken und Schwächen; ich las die Biografien von Churchill, Bismarck, Gandhi und Machiavelli. Ich lernte schnell und eignete mir wenige, aber umso wichtigere Prinzipien an: Gehe Konfrontationen mit dem Vorgesetzten oder gleichwertigen Gegnern aus dem Weg – denn die Risiken sind schwer abzuschätzen; greife nur an, wenn du deiner Sache hundertprozentig sicher bist; gehe vorsichtig mit Statussymbolen um, nutze sie zielgerichtet und mit Maß, wecke keinen Neid oder stelle gar deinen Vorgesetzten in den Schatten; sei aber auch nicht zu bescheiden; lege Wert auf qualitativ hochstehende, aber nie extravagante Kleidung; halte dein Büro nüchtern und sachlich; trinke abends mit Kunden und Kollegen immer

Wasser zum Wein, das vermittelt Geselligkeit und Kontrolle zugleich; schreite langsam und aufrecht durch die Gänge – Hektik ist etwas für Schwächlinge.

Ich trat dem exklusivsten Zürcher Golf & Country Club bei, wo viele meiner Kunden ein und aus gingen und fast unser gesamter Verwaltungsrat eine Mitgliedschaft besaß. Ich hielt mich dort dezent im Hintergrund und arrangierte es so, dass ich anscheinend zufälligerweise mit den Topshots am Abschlag stand. Ich biederte mich nicht an, sondern stellte mich auf ihre Nachfrage freundlich vor. Unser Verwaltungsratspräsident, Herr von Fink, erinnerte sich bei einer dieser Begebenheiten sogar an meinen Namen.

»Humboldt, Humboldt? Haben Sie nicht für uns die Übernahme in London geleitet und kümmern sich jetzt um unsere besten Private Banking Kunden? Habe viel Gutes von Ihnen gehört. Sie sind auf meinem Radarschirm. Machen Sie weiter so!«

Ich trat aber nicht nur dem Golfclub bei, was mich übrigens um die 100.000 Schweizer Franken kostete, sondern auch Fachvereinen, einem Business-Club und dem Alumni-Verein der Universität Zürich, ich spendete dem WWF und einigen Klimaschutzorganisationen – das gehörte sich einfach so. Ich war Stammgast in der Oper und dem Schauspielhaus und trat dem Gönnerverein dieser Institutionen bei. Ich erwähnte das nie von mir aus – im Wissen, dass einem sowieso im Programmheft gedankt wurde. Die Kreditkarte der Bank benutzte ich nur auf Geschäftsreisen. Alle meine Ausgaben bezahlte ich sonst privat und lud meine Mitarbeiter zwischendurch auch zum Essen ein. Unauffällig – aber für alle bemerkbar – legte ich meine private schwarze Kreditkarte auf den Tisch. Meine Großzügigkeit sprach sich rasch herum. Ich hatte den Ruf eines Machers und Siegers.

Zwischendurch ging ich sogar mit Esther Mittagessen. Ja, genau die Esther, meine Tischnachbarin während der Anfangszeit bei Falkenstein. Ich hatte ein schlechtes Gewissen. Sie schien sich jedenfalls über meine sporadischen Einladungen zu freuen und erzählte mir gleich noch alle brisanten Neuigkeiten aus Falkensteins Ressort. Es habe sich dort, so Esther, ein regelrechter Misthaufen an illiquiden Produkten angehäuft. Im Falle einer Krise würden die Kunden und die Bank darauf sitzen bleiben. Aber auf sie höre nun mal niemand, und ihr Bericht, den sie jeden Monat schreibe, sei sowieso für die Katz. Ich sprach ihr Mut zu und bat sie, sozusagen als Wertschätzung ihrer Arbeit, mir doch eine Liste der kritischen Produkte zukommen zu lassen. Ihre Augen blitzten verschwörerisch. So etwas sei zwar streng verboten, aber für mich mache sie eine Ausnahme.

Was für ein Schatz!

Ich blieb fleißig und arbeitete viel. Lange Arbeitstage, kurze Erholungszeiten, wenig Schlaf, Mail- und Telefonterror waren die Regel. Es blieb damals keine Zeit, einmal vor einer Blume stehen zu bleiben oder dem Gesang der Vögel zu horchen. Zwischendurch traf ich auch immer wieder wichtige Kunden. Ich wählte vor allem diejenigen aus, die auch mit CEO Harper und Verwaltungsratspräsident von Fink verkehrten. Ich trank Whiskey mit ihnen in den voluminösen Ledersesseln meines Herrenclubs oder spendierte Austern in der Kronenhalle. Beiläufig besprachen wir ihre Portfolios und kamen zum Schluss, dass es an der Zeit sei, einige Produkte zu verkaufen, Gewinne zu realisieren und zu gegebener Zeit bei tieferen Preisen wieder einzusteigen. Esthers Liste diente mir dabei als Grundlage. Ich wollte für den Fall der Fälle gewappnet sein und säuberte unauffällig die Depots meiner Kunden.

Meine Zeit im Private Banking war eine Investition, keine Herzensangelegenheit. Ich war bezüglich Einsatz und Präsenzzeiten ein Vorbild. »Von nichts kommt nichts«, hatte mich mein Vater gelehrt. Da war ich sechs oder sieben Jahre alt. Es ist meine früheste Kindheitserinnerung, in der mein Vater auftaucht. Wir waren Ski laufen, es schneite und mir war bitterkalt. Nach einigen unfreiwilligen Bodenkontakten begann ich fürchterlich zu heulen und wollte die Übung abbrechen. Ich sehnte mich nach der warmen Umarmung meiner Mutter. Ob ich denn nicht so gut Ski laufen wolle wie mein Bruder, fragte mich mein Vater. Ich nickte, mit schnoddriger Nase.

Logo.

Dann müsse ich auch etwas dafür tun. Nicht einfach davonlaufen. Es sei noch kein Meister vom Himmel gefallen, auf den Hintern aber schon. Und dann sagte er die Worte: Von nichts komme halt nichts. Es sei meine Entscheidung. Weiterfahren und investieren oder nach Hause gehen und Ovomaltine trinken. Ich bin ein sehr guter Skiläufer geworden.

Wenn es in meinem Leben eine Konstante gab, dann die Inkonstante. Immer wenn ich glaubte, mein Leben im Griff zu haben, ereilte mich ein Schicksalsschlag. So auch diesmal. Meine Mutter starb unerwartet im Garten an einem Herzschlag, und eine Woche später traf uns die Finanzkrise mit voller Wucht.

DAS SCHWARZE LOCH

Wir hatten es mit einer ausgewachsenen Finanzkrise zu tun. Der aufgeblähte Immobilienmarkt in Amerika krachte zusammen und riss die globalen Aktienmärkte mit sich. Wenn der große Bruder in Übersee nieste, stürmte es halt auch bei uns. Es war ein Desaster. Zahlreiche Bankinstitute mussten ihre Schalter schließen und Konkurs anmelden. Dann ergoss sich die ganze Brühe auf die Realwirtschaft. Kleine und mittlere Betriebe kamen kaum noch an Kredite, da die Banken das Geld selbst brauchten. Unsummen verschwanden in den schwarzen Löchern der Bankbilanzen und kamen nie wieder zum Vorschein. Die Staatsverschuldung vieler Länder stieg sprunghaft an. Die summierten Verluste gingen weltweit in die Billionen. Es war die schlimmste Krise seit dem Schwarzen Freitag von 1929. Die Gier der Banken, ihrer Kunden und das Wegschauen der zuständigen Behörden wurden hart bestraft. Die Party war zu Ende, vorerst zumindest, und Katerstimmung machte sich breit. Es geschah, was immer geschieht in solchen Fällen: Man schob sich die Schuld gegenseitig in die Schuhe und suchte Sündenböcke. Exponierte Köpfe liefen Gefahr, sich unfreiwillig vom restlichen Körper zu verselbstständigen. Und ein solcher Kopf thronte auf dem langen schlaksigen Körper von Managing Director Falkenstein. Als Anlagechef der Bank befand er sich sozusagen im Auge des Hurrikans. In unserem Institut fegte der Sturm in der Person von CEO Bob Harper durch die Gänge.

Harper hatte die wichtigsten Führungspersonen und einige seiner Vertrauenspersonen zu einer Krisensitzung geladen. Zu meiner Überraschung erhielt ich ebenfalls einen Einstellungsbefehl. Der Versuch, mich mit einem Kundengespräch zu entschuldigen, misslang. Harper dulde keine Absenzen, so seine Sekretärin. Also ging ich am Vorabend der zu erwartenden Schlachterei früh zu Bett. Wenn schon untergehen, dann wenigstens ausgeruht und mit Stil. Die Nerven lagen allenthalben blank, niemand wusste, was geschehen würde.

Im Sitzungszimmer der Geschäftsleitung roch es nach Angst. Es herrschte eine gespenstische Stille. Jemand rührte klirrend in einer Kaffeetasse.

»Verdammt noch mal, Falkenstein, machen Sie endlich was! Aber glauben Sie mir, ich sitze nicht tatenlos auf der Schüssel, wenn die ganze Kacke nach oben gespült wird.« Harper schlug mit der Faust auf den Tisch. Die Anwesenden schauten betreten ins Nichts. Die Luft war zum Schneiden.

Nur nicht auffallen.

Der verbale Schlag von Harper mit dem Zweihänder verfehlte seine Wirkung nicht. Falkenstein kauerte wie ein Häufchen Elend in seinem Stuhl. Seine blauen Augen waren über die Zeit kälter geworden und schimmerten wie trüber Wodka. Falkenstein war geschrumpft und hatte sicher zehn Kilo abgenommen. Der Anzug hing lottrig an seinem hageren Körper. Der Stress war ihm anzusehen. Er zwinkerte mit beiden Augen wie ein verrückt gewordener Schmetterling. Seine Stimme klang schrill und unangenehm hoch, fast quietschend. Die Szenerie erinnerte mich an Orwells »Farm der Tiere«.

»Die Märkte sind praktisch illiquid. Wir können die Hedgefonds unserer Kunden nicht mehr bewerten. Absolut unmöglich. Und für die Krise kann man mich nicht verantwortlich machen.«

Diese Bemerkung brachte Harper endgültig zum Kochen. Seine Augen blitzten, und seine Wangenknochen traten gefährlich hervor. Ich sah wieder den Schauspieler Gerard Butler vor mir, der zum finalen Höhepunkt des Actionfilms eine Bande schwer bewaffneter Halunken ihrer gerechten Strafe zuführt. Rücksichtslos. Brutal. Freudig. Nur mit Mühe konnte ich mir ein lautes Lachen verkneifen. Ich dachte an meine Mutter, die gerade verstorben war. Der akute Lachreiz verschwand so schnell, wie er gekommen war.

Harper schlug mit beiden Handflächen vor sich auf den Tisch. Der Knall ließ die eingeschüchterte Führungsgilde erzittern. »Wofür sind Sie denn Managing Directors? Das gilt für alle! Ich bezahle Sie dafür, dass Sie Verantwortung übernehmen, unbequeme Entscheidungen treffen, und nicht dafür, dass Sie bei den ersten Regentropfen zu heulen anfangen.« Er blickte drohend in die Runde. Die hochdekorierten Schönwetterkapitäne waren zu einfachen Schlauchbootfahrern geworden. Und das Luftventil stand weit offen. Harper kam so richtig in fahrt. Seine Züge hatten etwas raubtierhaftes, ja sardonisches angenommen.

»Typen wie sie finden immer Entschuldigungen fürs eigene Nichtstun. Immer ist etwas zu klein oder zu groß, zu hell oder zu dunkel, zu teuer oder zu billig, zu leise oder zu laut, zu warm oder zu kalt, zu schwierig oder zu einfach. Einfach nur schwach, erbärmlich!«

Der Energiepegel im Raum war auf unter null gesunken, in einer Notaufnahme hätten jetzt alle Warnmelder angeschlagen. Ich saß aufrecht und blickte selbstbewusst zu Harper, während alle anderen sich wegduckten. Ich fühlte mich als einfacher Director nicht angesprochen. Natürlich waren auch meine Topkunden von der Krise getroffen worden, ich hatte ihre Portfolios aber, wie bereits erwähnt, anhand Esthers Liste defensiv aufgestellt und heikle Produkte über längere Zeit unauffällig verkauft. So konnte ich getrost auf die Krise warten, die nun eingetroffen war.

Danke, Esther!

Nach einer kleinen Kunstpause holte der Chef zum nächsten Schlag aus.

»Was mir am meisten zu denken gibt, meine Herren, ist die Tatsache, dass ausgerechnet der einzige Director hier am Tisch seine Kunden im Griff hat. Einige unserer wichtigsten Aktionäre und Topkunden machen sich momentan gar keine Sorgen um ihr Geld, weil sie einen Profi an ihrer Seite wissen.« Er zeigte auf mich. Bei aller Genugtuung war mir klar, dass ich soeben viele neue Feinde erhalten hatte. Ich versuchte zu retten, was noch zu retten war.

»Danke, Sir«, sagte ich bescheiden. »Man kann mein Geschäftsfeld mit Großkunden aber nicht mit dem allgemeinen Volumengeschäft vergleichen. Meine Kunden sind sehr gut vernetzt und bekommen die kleinsten Erschütterungen an den Märkten als Erste mit.«

»Da ist ja wieder unser Neunmalklug«, unterbrach mich Falkenstein.

»Halten Sie doch das Maul!«, unterbrach ihn Harper.

»Ich bin ja ruhig«, schrie Falkenstein. Er verhielt sich wie ein angeschossenes Tier, das sein Ende kommen sah.

Harper ignorierte ihn. »Sie alle erinnern mich irgendwie an Kolumbus: Auch der hatte keine Ahnung, wo er hinfuhr, geschweige denn, wo er gelandet war. Einfach eine riesige

Enttäuschung! Genau wie sie, meine Herren! Wir müssen jetzt unsere Bank wieder in ruhiges Fahrwasser bringen. Ich erwarte von jedem Einzelnen der anwesenden Geschäftsleitungsmitglieder Vorschläge, wie wir unsere Bank stabilisieren können. Und zwar schriftlich, bis morgen Abend.«

Als unmissverständliches Zeichen, dass er keine Widerrede dulde, begann er auf seinem Smartphone herumzutippen. Die Runde löste sich rasch auf. Unter normalen Umständen hätten die Managing Directors die Nähe zum CEO gesucht. Heute drängten sich alle gleichzeitig aus der viel zu engen Tür. Ich sah dem Schauspiel belustigt zu. Als ich schließlich ruhig aufstand und meine Mappe unter den Arm nahm, nickte mir Harper mit einem kaum wahrnehmbaren Schmunzeln zu.

Am nächsten Morgen erhielt ich eine Mail von unserem Verwaltungsratspräsidenten.

»Humboldt, kommen Sie am Montagnachmittag zu mir ins Büro. 14 Uhr. Ich will meine Investments mit Ihnen besprechen.

Gruß, von Fink.«

Meine Hände zitterten. Formell war von Fink der Vorgesetzte von Harper. Obwohl man den Verwaltungsratspräsidenten im Tagesgeschäft natürlich nicht gleichermaßen spürte wie den CEO, wurde von Fink innerhalb und außerhalb der Bank respektiert. Er galt als Banker alter Schule und war die graue Eminenz unseres Institutes. Ohne seine Zustimmung wurden keine wichtigen Entscheidungen getroffen. Die Tatsache, dass er schon seine Lehre bei unserer Bank gemacht hatte, machte ihn bei der Belegschaft sehr beliebt. Dass er auch über Leichen gehen konnte, war ein offenes Geheimnis. Ich war auf der Hut.

Die Frage nach seinen Investments war natürlich ein Vorwand. Kein Zweifel. Das ganze Wochenende verbrachte ich zu Hause vor dem Bildschirm. Ich las alles, was ich über die Finanzkrise finden konnte. Analysen, Ursachenforschung und vor allem Lösungsvorschläge. Ich bereitete mich auf das Gespräch mit von Fink vor wie auf die mündliche Abschlussprüfung in meinem Examen. Akribisch schrieb ich mir die wichtigen Details auf, brachte sie in Zusammenhang miteinander und entwickelte eine konsistente Strategie, die man gut und schnell kommunizieren könnte. Von Fink war jemand, so hatte ich gehört, der nicht geduldig war.

Du hast nur eine Chance.

Das Gespräch verlief so, wie ich es erwartet hatte. Nach einer kurzen Aufwärmrunde kam von Fink sofort zur Sache.

»Harper hat ziemlich auf den Tisch geklopft, habe ich gehört.«

»Das kann man so sagen. Er hatte aber auch allen Grund dazu«, antwortete ich freundlich.

Von Fink hatte einen Stapel Papier vor sich auf dem Tisch und legte seine Hand darauf. Seine Lesebrille hing um seinen Hals und lag auf dem kleinen Bauchansatz. Sein gewaltiger kantiger Kopf mit dem dichten grauen Haar verlieh ihm etwas Vertrauenswürdiges. Er hätte gut und gerne den lieben Großvater in einem Charles-Dickens-Roman spielen können. Nur die tickende Wanduhr fehlte noch. Nachdenklich betrachtete er die Papiere vor sich und nahm die oberste Seite zur Hand.

»Hier sind die Vorschläge der Geschäftsleitungsmitglieder zur Bewältigung der Krise. Jeder versucht den Karren an einer anderen Stelle aus dem Dreck zu ziehen. Als

Konsequenz werden wir darin stecken bleiben und langsam absaufen.«

Ich schwieg. Worauf wollte er hinaus?

»Falkenstein will reinen Tisch machen und die faulen Produkte auf den Markt werfen. Er meint, auf weitere Verluste komme es sowieso nicht mehr an. Lieber ein Ende mit Schrecken als ein Schrecken ohne Ende. Sie wissen schon, was ich meine. Tabula rasa will er machen.« Von Fink blickte nachdenklich aus dem Fenster, bis er mich schließlich mit seinen scharfen Augen fixierte. War die Brille nur Understatement? Er nahm den Faden wieder auf. »Für mich bockt Falkenstein wie ein kleines Kind. Ist er Ihrer Meinung nach der richtige Mann für den Job?«

Ich wählte meine Worte mit Bedacht.

»Managing Director Falkenstein hat in den Jahren des Aufschwungs einen guten Job gemacht. Ich kann das bestätigen, da ich ja einige Zeit bei ihm gearbeitet habe.«

»Das weiß ich«, unterbrach mich von Fink ungeduldig. »Aber jetzt trennt sich die Spreu vom Weizen, Humboldt.« Von Fink blickte mich forschend an.

»Ob er für die jetzigen Aufgaben der richtige Mann ist, müssen andere entscheiden.« Ich blieb meiner Strategie treu. Wenn von Fink mich für diese Stelle in Betracht zog, musste er mich vorschlagen. Auf keinen Fall durfte ich mich selbst ins Spiel bringen.

»Nun, was würden Sie denn an seiner Stelle unternehmen?«

Bingo!

Es wurde für einige Sekunden still im Raum. Meine Antwort durfte nicht vorbereitet erscheinen.

»Zunächst einmal Ruhe bewahren. Ein Schnellschuss, aus der Emotion heraus, kann verheerende Folgen haben.

Wir würden die Performance unserer Kunden auf Jahre hinaus zerstören – zu Tiefstkursen verkaufen, um dann später zu Höchstkursen einzusteigen. Absolut fatal. Wir müssen auch rechtlich sauber arbeiten. Daher wäre es gefährlich, alle Produkte nun einfach auf den Markt zu werfen und aufzulösen. Wir hätten eine Klagewelle am Hals.«

»Hm, das stimmt zweifellos.« Von Fink nickte.

Ich fuhr fort: »Es bleibt uns nichts anderes übrig, als die Positionen über einige Jahre zu bewirtschaften und zu versuchen, die Kunden in den Produkten zu halten. Wenn nötig, mit Einzelgesprächen. Die Märkte werden sich auch diesmal wieder erholen, und die Kunden werden es uns später danken, dass wir sie beschützt und ihre Wertpapiere nicht zu Tiefstpreisen verkauft haben. Zudem müssen wir unsere Berater besser ausbilden, damit sie in Zukunft richtig aufklären und die Kunden professionell über die Chancen, aber eben auch über Risiken informieren. Da wurden Fehler gemacht, und wir werden an gewissen Kompensationszahlungen nicht vorbeikommen. Also kurz zusammengefasst: Die Krise professionell abarbeiten und die Zeit nutzen, um uns noch besser aufzustellen, damit wir den nächsten Aufschwung voll mitnehmen können. Am allerwichtigsten: Nerven behalten!«

Von Fink kratzte sich hinter dem Ohr. Er glich einem alten Labrador. Er kramte behutsam eine Pfeife aus seinem Aktenkoffer, der Tabakbeutel lag bereits auf dem Tisch. Gekonnt stopfte er den Kopf und drückte den Tabak mit dem Daumen fest. Das Anreißen des Streichholzes beendete das Ritual, und schon bald wurde von Fink durch die blauen Rauchschwaden nahezu verschleiert. Aus dem Dunst hörte ich seine Stimme.

»Das hört sich für mich nach viel juristischem Fachwissen an. Hat Falkenstein genügend davon?«

Mein ehemaliger Chef begann mir leidzutun. Ich versetzte ihm den Todesstoß.

»Ich weiß nicht, ob Falkenstein Jurist ist«, log ich.

»Aber Sie schon …«

Ich nickte.

»Sie hören von uns, Humboldt.«

Von Fink setzte sich ohne weitere Worte hinter seinen Computer. Das Gespräch war damit beendet, und ich verließ leise das Büro.

HEUTE

»Und was ist mit Ihrer Mutter passiert?«

Philipp blinzelt irritiert zu Armand hinüber. Die Sonne scheint ihm durch das Kirchenfenster in die Augen. »Wie ich gesagt habe – sie ist gestorben, ich habe sie im Garten gefunden«, antwortet er.

»Aber ich nehme an, Sie haben sie doch dort nicht einfach liegen gelassen.«

Philipp spürt, wie ihm das Blut ins Gesicht schießt.

»Verzeihung. Natürlich nicht. Nun ja, ich habe nach dem traurigen Fund gleich meinen Bruder und den Rettungsarzt angerufen. Man konnte nur noch ihren Tod konstatieren. Auf unseren Wunsch durften wir sie über Nacht in ihrem Zimmer behalten. So konnten wir Abschied nehmen. Mein Bruder und ich saßen die ganze Nacht zusammen in der Küche und haben Erinnerungen ausgetauscht. Mir fiel dabei nur Oberflächliches ein, obwohl mir meine Mutter sehr nahestand. Alltägliches eben, meine Mutter in der Küche, die Ferien mit der Familie in Italien, der erste gemeinsame Schulweg. Christian hatte mehr zu erzählen, kannte ihre Lieblingsfarbe, wusste sogar, welche meiner Nachbarn ihr sympathisch waren und welche nicht. Ich schämte mich ein bisschen. Christian öffnete morgens um zwei unsere dritte Flasche Rotwein und tröstete mich, indem er mir sagte, dass meine Mutter mich geliebt habe und sehr stolz auf mich gewesen sei. Vor allem, dass ich mich nach Papas Tod um sie gekümmert habe, habe sie sehr gefreut. Ich solle kein schlechtes Gewissen haben, denn ich sei schon immer der introvertierte Typ gewesen, sobald es emotional wird, zöge ich mich in mein Schneckenhaus zurück. Das sei auch bei Sophie so gewesen.«

Armand bohrt nach: »Gab es eine Beerdigung?«

»Ja, aber diesmal nur im kleinen Rahmen. Wir haben die Verwandtschaft und die engsten Freunde meiner Mutter eingeladen. Mein Bruder hat auch Sophie auf die Einladungsliste genommen. Das habe meine Mutter so gewünscht, meinte er. Wir haben die Urne im Grab unseres Vaters beigesetzt. Nun sind meine Eltern wieder vereint.«

»Besuchen Sie das Grab Ihrer Eltern?«

»Jede Woche. Aber mittlerweile ohne Traurigkeit. Fast jeder wird einmal Vollwaise. Die Frage ist nur, in welchem Alter.«

»Sie haben vorhin Ihren Sohn erwähnt. War er zu dieser Zeit schon geboren?«

Philipp klaubt sich eine Zigarette aus der zerknitterten Packung und zündet sie an. Die Frage bereitet ihm offensichtlich Unbehagen.

»Nein. Meine Kinder, ich habe einen Sohn und eine Tochter, sind erst einige Zeit später auf die Welt gekommen.«

»Hat sich Ihr Verhältnis zu Sophie in der Zwischenzeit normalisiert?«

»Auf jeden Fall.«

»Kennt sie Ihre Kinder?«

»Ich hoffe doch. Sie ist ihre Mutter.«

MANAGING DIRECTOR

Zwei Monate nach meinem Gespräch bei von Fink war Falkenstein Geschichte, ich dagegen Managing Director und jüngstes Mitglied der Geschäftsleitung. Alles in allem hatte ich eine beeindruckende Laufbahn hingelegt, sicher mit den obligaten Hochs und Tiefs. Aber die Richtung stimmte definitiv.

Nun war ich also der globale Leiter der Vermögensverwaltung und verantwortlich für alle Anlagen institutioneller und privater Kunden. Mein neuer Aufgabenbereich war riesig. Ich führte den Aktien-, Obligationen- und Devisenhandel, war für sämtliche Anlagefonds, strukturierte Produkte und das Portfoliomanagement verantwortlich, besaß eine eigene Rechts-, Marketing- und Presseabteilung und produzierte einige der meistgelesenen Kundenpublikationen. Ich machte natürlich nicht alles selbst, trug aber schlussendlich die volle Verantwortung für die Geschäftsfelder. So schnell kann es gehen. Falkenstein war nicht mehr bereit gewesen, mir seine unerledigten Sachen ordnungsgemäß zu übergeben. Nur der kleine Spielzeugporsche stand bei meiner Ankunft einsam auf dem Bürotisch. Ich entsorgte ihn in der Rundablage. Nicht meine Lieblingsmarke. Ansonsten hingen dieselben Bilder wie damals bei meinem Bewerbungsgespräch an der Wand, auch die Möblierung hatte sich nicht geändert, modern, kühl und stilvoll zugleich. Hinzu gekommen waren zwei weitere Flachbildschirme, sodass nun deren vier auf dem Pult standen, zu einem Quadrat angeordnet, auf welchem man die Finanzmärkte auf der ganzen Welt gleichzeitig im Visier hatte. Den Bildschirm links oben stellte ich auf CNN ein, rechts oben zeigte bald darauf den Wetterkanal.

Auch wichtig.

Weiterhin zum Inventar gehörte Frau Huber. Zum Glück konnte ich mich auf Falkensteins langjährige Sekretärin verlassen. Pflichtbewusst und ausgesprochen professionell ging sie mit mir die anstehenden Termine durch und stellte mich den führenden Mitarbeitern vor. Die meisten von ihnen waren mir aus meiner früheren Tätigkeit in Falkensteins Division bekannt. Spontan entschied ich mich, einige in den nächsten Tagen freizustellen.

Frau Huber war, obwohl kaum älter als ich, eine Sekretärin der alten Garde. Sie war um die 40 und nahm ihren Beruf sehr ernst. Für mich war sie im positiven Sinn der klassische Vorzimmerdrache. Sie beschützte mich vor aufdringlichen Mitarbeitern und verwaltete meine Termine so, dass ich zwischendurch zum Arbeiten kam. Sogar meine Kaffeepausen plante sie vorausschauend, nun, da sie mir diesen auch zubereiten durfte. Ich behandelte sie ausgesprochen zuvorkommend. Sie wusste es zu schätzen. Falkenstein war entschieden weniger feinfühlig gewesen.

Der Start war extrem anstrengend und forderte mir alles ab. Im Auge des Hurrikans übernahm ich eine völlig verunsicherte Truppe. Viele hielten mich anfangs für eine komplette Fehlbesetzung. Für einen Schuss in den Ofen, ein Leichtgewicht. Ich belehrte sie eines Besseren. Zunächst führte ich die klassische Säuberungsaktion durch und setzte sämtliche Abteilungsleiter vor die Tür. Sie trugen schließlich die Mitverantwortung für die Sauerei, die ich aufräumen musste. Zudem hatten sie zu Falkensteins engsten Vertrauten gehört. Ich ersetzte sie durch kompetente und vor allem loyale Mitarbeiter, die sich mir verpflichtet fühlten. Dann schaffte ich den unsäglichen Casual Friday ab und erlöste viele Mitarbeiter vom Stress, einmal in der Woche cool sein zu müssen. Auf Krawattenpflicht legte ich zwar keinen Wert, aber ein dunkler Anzug musste schon sein. Die Disziplinarmaßnahmen zeigten rasch Wirkung. Der Kessel auf dem Maschinendeck war unter Volldampf, und die Turbinen drehten auf Hochtouren.

Harper und von Fink redeten mir nicht ins Tagesgeschäft rein. Es war mir aber bewusst, dass sie Resultate sehen wollten, denn beide waren erfolgshungrige Geschäftsleute, für Freundschaften gab es da keinen Platz. Harper erinnerte mich daran. Nach einer Geschäftsleitungssitzung nahm er mich zur Seite.

»Je höher Sie auf der Leiter stehen, Philipp, desto mehr entblößen Sie Ihre Eier. Sie sind umgeben von Schleimern, Heuchlern und Opportunisten. Das Gesocks will sich in Ihrem Glanz sonnen und wünscht sich nur eines: Ihren Tod, natürlich nicht im wörtlichen Sinn. Man will Sie fallen, leiden, weinen sehen. Vergessen Sie das nie, Philipp. Sie haben auf Ihrer Stufe keine Freunde. Behandeln Sie Ihren Staff fair. Zahlen Sie gut und bestrafen Sie hart. Man soll seinen Mitarbeitern zwischendurch vors Schienbein treten, und der Schmerz muss dabei so überwältigend sein, dass allen mit absoluter Gewissheit klar ist, dass Sie ihnen immer stärker wehtun können als umgekehrt. Das wird Ihnen Respekt verschaffen und Ihr Team, ja die ganze Bank zu Höchstleistungen anspornen. Und das ist es doch, was wir wollen – Erfolg, Erfolg, Erfolg!«

Ich nahm mir Harpers Rat zu Herzen. Ich konnte sehr aufmerksam und freundlich sein, zuhören und die Vorschläge meiner Mitarbeiterinnen und Mitarbeiter würdigend zur Kenntnis nehmen, sie loben und den Kredit für gute Resultate weitergeben – ganz Dr. Jekyll eben. Es machte mir aber auch ungemeinen Spaß, den wilden, unfreundlichen, bösartigen, egoistischen, unberechenbaren und ungerechten Mr. Hyde loszulassen und meine Mitarbeiter in Angst und Schrecken zu versetzen.

Der Trend meinte es gut mit mir. Manchmal braucht man einfach Glück. Die Aktienmärkte erreichten die Talsohle, sechs Monate, nachdem Falkenstein seinen Stuhl hatte räumen müssen. Ich hatte die Zeit genutzt, um so viele Abschreibungen und Wertberichtigungen wie nötig zu machen, die Kosten zu drücken und ungeliebte Mitarbeiter loszuwerden. Die Verluste und Kündigungen lastete ich meinem Vorgänger an. Als der Aufschwung dann wieder einsetzte, schlugen die Resultate voll durch. Auf einer wesentlich tieferen Kostenbasis explodierten die Gewinne meiner Division förmlich. Ohne viel eigenes Zutun profitierten wir von den steigenden Märkten. Auch unsere Kunden blickten wieder optimistisch in die Zukunft und begannen zu investieren, als ob es kein Morgen gäbe. Ich erstrahlte in einem noch helleren Licht. Harper bedankte sich bei mir sogar an der Jahrespressekonferenz.

»Many thanks to Philipp. He can walk on water.«

Diese Bemerkung machte mich unantastbar. Ich blieb jedoch wachsam. Jeder Mensch kann schließlich über Wasser gehen; gar nicht so schwierig – das Wasser muss nur gefroren sein. Also muss man bloß aufpassen, dass einem die Eisschicht nicht unter den Füßen wegbricht.

HARTE LANDUNG

Mein Privatleben verschmolz immer mehr mit meiner Arbeit. Zu meinen 70 Stundenwochen kamen zahlreiche Kundenanlässe. Dazu luden mich in der Regel mein ehemaliger Chef und jetziger Kollege Tuchel ein, der immer noch das Privatkundengeschäft leitete. Für meine wiederholten Aufforderungen zu einer Runde Golf fand er hingegen nie Zeit.

»Humboldt, spielen Sie lieber mit jemandem, den Sie besiegen können«, heuchelte er.

Ich hatte meinerseits immer ein offenes Ohr für ihn, obwohl ich seinen Betrug noch nicht vergessen hatte. So auch, als er mich zu einem langen Skiwochenende in die Schweizer Berge einlud.

»Ich fahre für drei Tage mit einigen schneeverrückten Kunden nach St. Moritz. Wir sehen uns dort das Pferderennen an und veranstalten gleich noch ein Skirennen. Ich konnte auch einige der ehemals besten Weltcupfahrer für uns gewinnen. Das wäre doch was für Sie. Habe gehört, Sie sind ein ganz passabler Skifahrer. Aber machen Sie sich keine Hoffnungen, ich habe bis jetzt jedes dieser Rennen gewonnen.«

Hört, hört!

Ich sagte auch diesmal zu. Ich freute mich sehr darauf, wieder einmal ein paar Tage in den Bergen verbringen zu können. Der Anlass war sehr exklusiv. Wir übernachteten im teuersten Hotel in St. Moritz. Eine ganze Etage wurde für uns reserviert, die Suiten waren ein Traum. Zum Pferderennen am ersten Tag wurden Champagner (Dom Pérignon), Kaviar, Hummer und weitere Häppchen gereicht. Pelzmäntel, soweit das Auge reichte. Die Kunden waren ganz nett, international, unterhaltsam, reiche, grau melierte Männer, attraktive junge Frauen. Nur Tuchel nervte wieder einmal gewaltig. Er spielte sich auf, als wäre er der Besitzer der Bank und hätte alle Kunden persönlich eingeladen.

»Liebe Herrschaften, ich hoffe, das Essen, das ich Ihnen offeriert habe, war zu Ihrer Zufriedenheit.« So ging es die ganze Zeit weiter. »Hat Ihnen mein Champagner geschmeckt?« – »Sind Sie mit Ihrem Zimmer zufrieden? Ich habe es eigens für Sie ausgesucht.« – »Ich freue mich so auf mein Skirennen morgen. Als Vorjahressieger bin ich natürlich gefordert. Hahaha.«

Am liebsten hätte ich auf den Tisch gekotzt. Ich entschloss mich, Tuchel eine Lehre zu erteilen. Die Rechnung für unsere Golfrunde war noch nicht beglichen. Es war an der Zeit, Mr. Hyde Auslauf zu gewähren.

Am zweiten Tag begannen die Rennvorbereitungen. Die Pistenbesichtigung stand auf dem Programm, das Wetter war herrlich, aber bitterkalt. Die Unterlage war hart wie Stein. Das Skigebiet Corviglia mit dem St. Moritzer Hausberg Piz Nair zeigte sich von seiner besten Seite. Vorsichtig begutachteten wir die Piste unter professioneller Anleitung prominenter Ski-Cracks. Die Bezahlung war offensichtlich üppig. Ehemalige Weltcupsieger, Weltmeister und Olympiasieger rutschten mit uns den Hang hinunter. Tuchel hatte nicht gekleckert, sondern geklotzt. Das musste man ihm zugutehalten. Der windige und selbstverliebte Private Banker hatte einen auf ihn zugeschnittenen Rennmodus definiert. Es wurde eine Abfahrt veranstaltet. Bei einem Slalom hätte Tuchel ja einfädeln und ausscheiden können. Die meisten Teilnehmer fuhren mit dem Ziel, heil unten anzukommen und einfach Spaß zu haben. Andere, unter anderem Tuchel, gaben schon im Training Vollgas und wollten den Sieg. Ich hielt mich zurück und bremste in der Testfahrt mehrmals ab. Es war mir viel zu steil und eisig. Im Ziel zitterten mir die Knie.

»Na, Humboldt, das ist nichts für zarte Gemüter. Um hier zu gewinnen, braucht man Cojones«, sagte Tuchel beim Apéro.

Oder Rühreier.

Tuchel hatte mir die Entscheidung mit seinem Geplapper erleichtert.

Während des Dinners sprach ein Keynote Speaker über die Dringlichkeit von Klimaschutz und die schädliche Wirkung von Kohlendioxid. Die bekannte Persönlichkeit war eigens für diesen Anlass aus Amerika eingeflogen worden. Dies sei jedoch, so der selbstverliebte Redner, absolut kein Problem, da er die Emissionen seines Fluges schon kompensiert habe. Zudem sei er kraft seiner Popularität geradezu moralisch verpflichtet, sich für die Umwelt einzusetzen. Seine Arbeit, so unser Held, bewirke unendlich mehr Gutes für das Klima, als seine ständige Reiserei ebendiesem schade. Das scheinheilige Gerede begann mich gerade unendlich zu ärgern, als der Kunde links von mir, ein Deutscher aus Berlin, das aussprach, was alle an meinem Tisch dachten.

»Verzeihen Sie, Herr Humboldt, aber der Kerl hat doch nicht alle Tassen im Schrank. Predigt hier Wasser und säuft selbst den teuersten Wein.« Seine Frau legte leicht indigniert ihre Hand auf seinen Arm. Auf den Punkt brachte es schließlich der beleibte Engländer, der mir gegenüber saß. »Das mit dem Emissionshandel leuchtet mir ein. Ich kompensiere mein Übergewicht auch, indem ich meiner Frau ein Fitness-Abo kaufe.« Wir lachten laut. Der Keynote Speaker blickte mit zusammengekniffenen Augen in unsere Richtung.

Nach dem üppigen Abendessen verabschiedete ich mich früh. Ich stellte meinen Wecker auf drei Uhr morgens, erwachte aber bereits um fünf vor drei und schlich mich im Jogginganzug aus dem Zimmer. Von meiner Etage aus gelangte ich mit dem Lift unbemerkt ins Untergeschoss, wo sich der Materialraum mit der Ausrüstung befand. Bis um Mitternacht waren hier noch Kanten geschliffen und Beläge gewachst worden. Ich erkannte die neongelben Skier von Tuchel sofort. Ich nahm einen Schraubenzieher aus der Werkzeugkiste des eigens für uns engagierten Servicemanns und legte die Skier vor mir auf den Tisch. Ich studierte die Bindung von Tuchels Ski und drehte dann großzügig an der Schraube, welche die maximal zulässige Belastung kontrollierte. Ich drehte von über 100 Kilogramm auf 40 runter, auf beiden Bindungen. Tiefer durfte ich nicht gehen, sonst würde sich die Bindung womöglich bereits beim Start lösen. Es sollte aber schmerzhaft sein. Ich stellte alles wieder so hin, wie ich es vorgefunden hatte, und ging zu Bett. Es war eine klare Vollmondnacht, und die eiskalte Luft strömte direkt aus dem Weltall durch das offene Fenster in mein Zimmer. Ich kuschelte mich unter die dicke Daunendecke und schlief noch vier Stunden wie ein Murmeltier.

Der Rest der Geschichte ist rasch erzählt. Es kam, wie es kommen musste. Das Rennen wurde nach dem neunten Fahrer zuerst unter- und dann ganz abgebrochen. Es habe einen fürchterlichen Sturz an der steilsten Stelle der Piste gegeben, wurde uns über Funk mitgeteilt. Im Hotel erfuhren die schockierten Kunden und Mitarbeiter, dass unser Gastgeber aus der Kurve geflogen sei und sich einen mehrfachen Schulterbruch zugezogen habe. So weit hatte ich eigentlich nicht gehen wollen – Tuchel hatte es aber verdient. Der Anlass nahm so ein unrühmliches Ende. Tuchel wurde mit dem Helikopter ins nächste Krankenhaus geflogen. Auf dem Nachhauseweg besuchte ich ihn dort. Er hatte überall blaue Flecken, und sein Gesicht war blutunterlaufen.

»Zum Glück ist nichts Schlimmeres passiert«, sagte ich mit besorgtem Gesichtsausdruck. »Sie hätten sich das Genick brechen können.«

Tuchel grunzte. »Nichts Schlimmeres! Sie sind gut! Als ob eine gebrochene Schulter nicht schlimm genug wäre. Seit meiner Kindheit fahre ich unfallfrei Ski, Goldmedaillen in allen Schulrennen, Skiabzeichen und dann das – vor meinen Kunden! Zudem ist meine ganze Golfsaison am Arsch. Und die Ferien auf den Seychellen mit meiner Frau kann ich gleich auch noch stornieren.«

»Wenn Sie wieder auf den Beinen sind, lade ich Sie zum Essen ein. Sie dürfen auch den Wein auswählen. Diese Rechnung werde ich gerne bezahlen.«

»Danke, Philipp«, antwortete Tuchel mit einem humorlosen Lächeln.

DER KLEINE ELEFANT

Das Leben als Managing Director war hart, aber angenehm. Die Privilegien, die eine solche Position mit sich brachte, konnten sich sehen lassen: First-Class-Flüge, Fünfsternehotels, Spesenpauschale, hoher Lohn, noch höherer Bonus, Limousinenservice mit hauseigenem Fahrer, Kreditkarte ohne Limit, Einladungen zu allen möglichen und unmöglichen Events, Vergünstigungen – als ob es diese noch gebraucht hätte – für Check-ups, Fitness-Abo und, und, und. Ich war wie ein Spitzenathlet, der die olympische Goldmedaille gewonnen hat und dann in ein tiefes Loch fällt.

Mein Leben wurde so eintönig, dass ich mich schon an den nächsten Tag erinnern konnte, bevor dieser überhaupt begonnen hatte. Ich fühlte mich einsam, gefangen in einem Hamsterrad. Arbeit, Arbeit und nochmals Arbeit. Meetings, Meetings und noch mehr Meetings. Reisen, Reisen und noch ein Flug. Rinderfilet, Kalbsfilet und vielleicht einmal ein Cordon bleu. Weißwein, Rotwein, Champagner, manchmal was Härteres. Die eingebildeten Geldsorgen meiner Kunden begannen mich zu nerven. Mein gesamtes Umfeld nahm sich viel zu wichtig. Und daheim erwartete mich nur die Stille, die mit jedem Tag lauter wurde. Wann hatte ich das letzte Mal herzhaft gelacht?

Keine Ahnung.

Martin und Vincent waren meine einzigen Freunde geblieben. Wir sahen uns leider nicht mehr so oft. Das lag einerseits an meinem durchgetakteten Terminkalender. Andererseits waren meine Kumpels mittlerweile in festen Händen, Martin sogar schon Vater. Er hatte umgesattelt und war Gymnasiallehrer geworden, ein Pauker. Vincent war Anwalt geblieben, schwamm und fischte in den trüben Gewässern von Firmengründungen, Übernahmen und Fusionen. Je komplexer, undurchsichtiger und größer die Problemstellung war, desto mehr interessierte er sich dafür. Seine Fingerabdrücke fanden sich auf den Türklinken vieler namhafter Konzerne und bekannter Persönlichkeiten. Es war auch schon vorgekommen, dass wir uns gegenseitig einen Deal zuschoben oder Kunden vermitteln konnten. Vinc bewohnte mit seiner Freundin, einem Unterwäschemodel, eine elegante Penthousewohnung mitten in der Stadt. Ich ließ meine Freunde über meine zunehmende Depression im Dunkeln. Gefühle zu zeigen war noch nie meine Stärke gewesen. Wie immer in solchen Situation zog ich mich zurück. Nach außen spielte ich die Rolle des erfolgreichen und glücklichen Managers.

Reif für den Oscar.

In meinem Innern klaffte dagegen ein dunkles Loch. Sophie fehlte mir. Auch wenn ich 168 Stunden pro Woche gearbeitet hätte, wäre sie in meinen Tagträumen erschienen. Es nutzte alles nichts. Und als ob das nicht schon schlimm genug gewesen wäre, wurde mir meine Einsamkeit gleich noch wortwörtlich unter die Nase gestrichen. Es geschah im Rahmen einer Einladung bei den von Finks. Ich stand damals bereits so weit oben auf der Leiter, dass man meine Anwesenheit schätzte. Wie üblich bei hohen gesellschaftlichen Anlässen, wurde ich von einem Fahrer abgeholt. Man durfte sich ja auch ein oder zwei Gläser genehmigen.

Von Finks Haus erinnerte an ein französisches Palais: Kiesweg, Brunnen mit Amor, antiker Baumbestand, Gästehaus, Nebenflügel für die Bediensteten, innen gewaltige Kronleuchter, schwere Teppiche, eine Treppe wie auf der Titanic. Es war eine Ehre, hier eingeladen zu werden. Mein Problem: Ich war der einzige Single weit und breit. Nicht einmal eine verwitwete Verwandte der von Finks war auszumachen. Nervös zupfte ich an meinem perfekt sitzenden Smoking herum. Die Situation war äußerst unangenehm. Unzählige Male musste ich erklären, dass meine Frau nicht krank sei, sondern dass ich gar keine habe. In der Folge herrschte jeweils betretenes Schweigen, und der Small Talk nahm ein abruptes Ende. Ein so gut aussehender, erfolgreicher Mann – und Single? Da musste doch etwas faul sein im Staate Dänemark. Eine Soiree in den besten Gesellschaftskreisen darf natürlich nicht verglichen werden mit einer normalen Party oder ein paar Drinks in einer gut besuchten Bar. Dort sind Singles durchaus erwünscht, quasi das Salz für den Tequila, der Grund, dass man überhaupt dorthin geht. Nicht so bei einem Sehen-und-gesehen-werden-Anlass der High Society. Als Single fühlt man sich hier wie eine Kreuzung aus »OTTO'S Warenposten« und« Bauer, ledig, sucht«.

Ich machte gute Miene und spielte meine Rolle perfekt. Die Männer zogen sich nach dem Essen ins Raucherzimmer zurück. Die Damen blieben sitzen und tauschten Gerüchte aus. Sehr stereotyp, aber ich schildere ja nur, wie es sich abgespielt hat. Das Raucherzimmer war ein Klassiker: dunkles Eichenholz, schwere Ledersessel, eine massive Bücherwand, kleine Beistelltischchen für die Aschenbecher und Whiskeygläser. Nach kurzer Zeit hing eine dicke Rauchschicht unter der Decke. Ich dachte an Sir Winston

Churchill und zog genüsslich an meiner Cohiba. Die Glut knisterte beruhigend, und ich begann gerade, mich richtig wohlzufühlen, da trat von Fink von hinten an mich heran und klopfte mir auf die Schulter. Ich verschluckte mich und hustete. Er wies mich mit einem kurzen Nicken an, ihm zu folgen. Er wartete am opulenten Flügelfenster auf mich und blickte in die Dunkelheit hinaus, in der einen Hand die obligate Zigarre, in der anderen das tiefe Whiskeyglas. So standen wir einige Zeit schweigend nebeneinander. Von Fink blickte mich vorwurfsvoll an. Seine Brille hatte sich in seiner Fliege verfangen und hing dort schief wie ein sinkendes Schiff. Ich getraute mich nicht, ihn darauf hinzuweisen.

»Humboldt, die Damen im Hause machen sich Sorgen um Sie«, sagte er.

»Ich werde die Zigarre überleben, Herr von Fink«, antwortete ich und nahm einen Schluck Whiskey, um dem Hustenreiz Herr zu werden.

»Vergessen Sie die Zigarre, Mann. Es geht um Ihren Status. Schaffen Sie sich gefälligst eine Frau an! Das sollte in Ihrer Position nicht allzu schwierig sein, würde man meinen. Einfach nicht zu auffällig, nett anzuschauen, erstklassige Ausbildung, gute Manieren, jemanden zum Heiraten. Meine Frau wusste nicht, wo man Sie beim Essen hinsetzen sollte. Sie haben die ganze Tischordnung durcheinandergebracht.«

Ich versprach, mich mit dem Thema auseinanderzusetzen. Dann nahm von Fink einen tiefen Zug und schaute dem Qualm nach, wie er zur Rauchschicht unter der hohen Decke emporstieg und sich in einer sanften Wellenbewegung mit dieser vereinte. Dann ließ er mich ohne weitere Worte stehen. Ich ging nachdenklich zurück zu meinem

158

bequemen Sessel. 20 Minuten später legte ich die Zigarre in den Aschenbecher und sah zu, wie die Zeit die Glut zum Erlöschen brachte. Ich verabschiedete mich höflich von den Gastgebern. Frau von Fink zwinkerte mir aufmunternd zu.

Wo von Fink recht hatte, hatte er recht. Meine Wochenenden waren wirklich öde geworden: schlafen, essen, Zeitung lesen, fernsehen, vielleicht eine Runde Golf, einkaufen, oftmals arbeiten und irgendwo hinfliegen, selten ins Kino oder in die Oper (peinlich alleine), manchmal ein Brunch mit meinem Bruder und seiner Familie (sogar er hatte eine Frau gefunden), manchmal ein Brunch mit Vinc und seiner Freundin (dem Model), manchmal ein Brunch mit Martin und seiner Frau (und den beiden Kindern), manchmal ein Brunch mit allen zusammen (selten).

Also versuchte ich mich in neuen Hobbys. Ich kaufte ein Klavier, malte und schrieb Gedichte. Völlig talentfrei, einfach nur albern. Dann begann ich mir Dinge vorzustellen, die es nicht gab. Erstaunlicherweise empfand ich diese Übung durchaus als inspirierend. Ich saß alleine in meinem Garten und stellte mir vor, wie sich ein Adler auf dem Baumwipfel einer meiner Tannen niederließ und majestätisch seine Flügel ausbreitete. Dann hüpfte eine Hasenfamilie über die Wiese. Oder Sophie brachte mir ein Glas Wein. Am besten gefiel mir der kleine Elefant, der in meinem Pool badete und vergnügt mit seinem Rüssel auf das Wasser schlug. Ich erlaubte ihm sogar, mit mir am Abend fernzuschauen. Wir aßen zusammen Popcorn und tranken Bier. Es war ein afrikanischer Elefant mit sehr großen Ohren. Eines war klar: Ich drehte langsam aber sicher durch.

Dann geschah etwas, was den weiteren Verlauf meines Lebens entscheidend verändern sollte: Ich erzählte Vincent und Martin von meinem neuen Kameraden. Wir standen an der Theke unserer Bar, tranken Bier und quatschten. Vielleicht war ich etwas angeheitert, jedenfalls kam der Elefant zur Sprache. Vincent hatte gerade das Bierglas zum Mund geführt und prustete die ganze Flüssigkeit über die Theke. Martin schaute mich ungläubig an. Einige Sekunden herrschte Stille. Wir warteten, bis die kopfschüttelnde Kellnerin die weit gestreuten Überreste von Vincents Bier aufgewischt hatte. Martin war schockiert.

»Irgendwann drehst du völlig durch, Philipp. Du vereinsamst, wenn du so weitermachst. Immer nur Job, Job, Job. Das kann nicht gut gehen und niemand wird dir Danke sagen.«

Vincent blieb Vincent. »Shit, das hört sich echt durchgeknallt an! Ist das Elefäntchen heute auch hier? Kannst du uns bekannt machen?«

Wir krümmten uns vor Lachen. Als wir uns wieder gefangen hatten, erzählte ich ihnen vom Abendanlass bei den von Finks. Eigentlich war mir ja nicht zum Lachen zumute – und dass der Elefant kein Ersatz für eine richtige Frau war, musste mir niemand erklären. Vincent versuchte es trotzdem – auf seine Art eben.

»Du brauchst eine Freundin, Philipp. Hallo? Erde an Humboldt, bitte kommen! Das kann doch nicht so schwierig sein. Sollen wir ein Inserat für dich aufgeben? Wenn wir deinen Lohn offen legen, wird sich schon die eine oder andere Russin melden.« Vincents Rat kam von Herzen. Ich legte ihm dankend eine Hand auf die Schulter, schüttelte aber den Kopf.

»Ich will ja eine Frau. Aber es ist eben nur die Eine. Und die ist mit ihrer lesbischen Freundin auf und davon.«

Jetzt war es endlich raus. Ich hatte lange dafür gebraucht.

Vincent blickte mich ungläubig an. Zum ersten Mal, seit wir uns kannten, war er wirklich sprachlos. Martins Kiefer fiel nach unten wie eine Bahnschranke.

»Jetzt sag uns nicht, dass du immer noch in Sophie verknallt bist.«

»Genauso wie am ersten Tag. Ich träume von ihr, ich spreche am Morgen beim Zähneputzen mit ihr und sage ihr jeden Abend gute Nacht! So, jetzt wisst ihr Bescheid.«

Lange Zeit herrschte Stille. Dann packte mich Martin an den Schultern und schüttelte mich heftig durch. So hatte ich ihn noch nie erlebt. Er schrie mich richtiggehend an.

»Weißt du eigentlich, wie privilegiert du bist und wie gut es dir geht? An deiner Unzufriedenheit ist nur einer schuld, nämlich du ganz allein! Jeder bekommt, was er verdient. Du musst endlich die Vergangenheit vergessen oder etwas dagegen tun. Du hast genau zwei Möglichkeiten: einen Psychiater aufsuchen oder um Sophie kämpfen. Sonst sitzt du noch in 100 Jahren mit dem Elefanten im Garten. Hast du sie überhaupt einmal gefragt, warum sie dich verlassen hat? Vielleicht bereut sie ja ihren Entschluss.«

»Genau!«, unterbrach Vincent, der nun auch seine Fassung wiedergefunden hatte. »Martin und ich werden in den nächsten Tagen investigativ tätig werden und uns ein bisschen umhören. Wäre ja gelacht, wenn der Pauker und der Anwalt keine Informationen zusammenkriegen würden. ›Operation zum glücklichen Philipp‹ kann beginnen.«

Am Abend lag ich noch lange wach. Ohne Elefant. Es regnete in Strömen. Es war so garstig draußen, dass sogar die Wassertropfen ans Fenster zu klopfen und um Einlass zu betteln schienen. Ich verkroch mich unter meine Decke und dachte nach. Martins Worte hallten noch in meinen Ohren.

Jahrelang hatte ich für meine Karriere gekämpft. Mit harten Bandagen. Aber Sophie, die mir alles bedeutete, hatte ich kampflos ziehen lassen. Hier hatte ich meinen Schwanz eingezogen wie ein verängstigter Zwergpinscher. Ich war es doch, der sie monatelang einfach links liegen gelassen hatte. Wenn mich meine Bankkarriere etwas gelehrt hatte, dann, dass man alles erreichen kann. Man muss es nur wollen. Es war an der Zeit, endlich für die wichtigen Dinge im Leben zu kämpfen. Die ewige Fragerei nach meinem Privatleben ging mir langsam so richtig auf den Sack. Und der Elefant war kein Ersatz für Sophie. Ich musste mit der alten Geschichte abschließen, wenn ich nicht mein restliches Leben lang einem Geist hinterherrennen wollte. So eine Phase der Einsamkeit kann aber auch wertvoll sein. Sie ermöglicht risikofreudiges und rücksichtsloses Denken, welches sonst vielleicht durch oberflächliche Geselligkeit zugedeckt worden wäre. So erkannte ich, dass zwischen mir und meinem Glück nur eine Person stand: Petra. Die Staatsanwältin.

DAS VERSPRECHEN

»Operation zum glücklichen Philipp« war umgehend angelaufen. Vincent und Martin hatten sich in ihrem Bekanntenkreis umgehört und motivierende Neuigkeiten erfahren. Vincent rief mich wenige Tage nach unserem Treffen im Büro an. Frau Huber stellte ihn durch.

»Also hör zu, du verkappter Zoowärter. Bei der Staatsanwaltschaft arbeitet eine ehemalige Freundin von mir. Hat sich wahrscheinlich wieder Hoffnungen gemacht, als ich sie zum Mittagessen eingeladen habe. Musste sie zwar enttäuschen, redselig war sie allemal. Also, halt dich fest! Petra macht bei der Staatsanwaltschaft allem Anschein nach einen guten Job. Sie gewinnt die meisten Fälle und wird deshalb geschätzt. Nun aber die gute Neuigkeit. Sophie ist für meine Kollegin ein unbeschriebenes Blatt. Und das will etwas heißen. Petra hat Sophie ihren Arbeitskollegen nie vorgestellt. Das hört sich für mich nicht nach der großen Liebe an. Da ist Feuer im Dach und nicht im Bett! Mach endlich was, lade Sophie ins Kino ein, geh mit ihr essen. Kann ja echt nicht so schwierig sein. Viel Glück, habe gleich einen Gerichtstermin. Ruf an!«

Am selben Tag erhielt ich eine SMS von Martin. Er war immer noch sehr gut mit unserem ehemaligen Institut an der Universität vernetzt und hatte sich dort umgehört. Sein Text las sich ebenfalls vielversprechend:

»Sophie ist jetzt Titularprofessorin in unserem ehemaligen Institut. Nimmt dort aber kaum am sozialen Leben teil.

Gilt als kühl und distanziert, wirkt fast schon melancholisch. Über Privatleben nichts bekannt. Schreib dich doch bei ihr für eine Vorlesung ein. Deine Chancen stehen gut. Zeig ihr endlich deine Gefühle! Wie soll sie denn wissen, dass du immer noch in sie verknallt bist?! Sophie ist vieles, aber sicher keine Hellseherin.«

Mein Herz hämmerte laut in meiner Brust. Edgar Allen Poe hätte seine wahre Freude an mir gehabt. Dann schrieb ich meinen Freunden eine Kurznachricht:

»Nehme die Sache in die Hand. Werde Sophie kontaktieren. Versprochen. Aber erst nach meiner Geschäftsreise. Keep you posted. Danke für die Unterstützung!«

Die Geschäftsreise war frei erfunden. Ich brauchte aber die Zeit – für Petra. Ich hatte mich entschlossen, das Übel an der Wurzel zu packen. Man ist selbst für sein Leben verantwortlich, niemand sonst.

ANNABELLA

Petra war sehr sportlich. So hatte ich sie gar nicht in Erinnerung. Für meinen Geschmack übertrieb sie es. Sie fuhr jeden Tag und bei jedem Wetter mit ihrem Rennrad zur Arbeit. Über die Kantonsgrenze vom Aargau nach Zürich. Ich fand das lächerlich für eine Staatsanwältin. Ein Gerichtsgebäude ist etwas Ehrenwertes, und man betritt es nicht in verschwitzter Sportbekleidung. Aber das ist meine Meinung. Tut hier auch nichts zur Sache. Ich ging bei meiner Planung akribisch, systematisch und diskret vor. Zunächst besuchte ich regelmäßig ein Café mit Sichtkontakt zur Staatsanwaltschaft. Frühmorgens las ich dort die Tageszeitung. Ich fiel zwischen all den Krawattenträgern nicht weiter auf. Petra kam immer zur gleichen Zeit im Büro an. Sieben Uhr plus, minus fünf Minuten. Pünktlich wie eine Schweizer Uhr. Dann begann ich, sie unauffällig auf dem Weg zur Arbeit zu verfolgen. Immer nur einige Kilometer. Stück für Stück setzte ich so ihren Arbeitsweg zusammen und studierte das Streckenprofil. Anschließend ging ich ins Büro. Niemand sollte eine Veränderung in meinem Tagesablauf bemerken.

Mein Plan stand fest – er war riskant, aber machbar. Mehrmals war ich meine alte Colombo-Liste durchgegangen, hatte mir den Kopf zermartert und jede einzelne Methode mehrfach durchgespielt. Herrlich. Zum Glück hat man im Unglück am meisten Fantasie.

Da ich mir einen Mord mit den eigenen Händen nicht zutraute, landete ich schlussendlich bei »Überfahren«.

Diese Methode passte zu einer Radfahrerin wie die Faust aufs Auge. Die Umsetzung war jedoch nicht ganz trivial. Ich konnte ja nicht einfach mit meinem Range Rover die gute Petra überfahren und dann das Fahrzeug blutverschmiert in die Garage bringen und sagen: »Können Sie bitte meinen Wagen reparieren? Ich habe gerade die lesbische Freundin meiner Traumfrau überfahren.«

Nein. Hier war Fingerspitzengefühl gefragt.

Also kaufte ich mir einen Hund. Einen betagten Beagle. Eine Hundedame. Das älteste Tier im Zwinger. Ich suchte mir ein Heim für ausgesetzte Vierbeiner aus, das über 100 Kilometer entfernt lag, und fuhr dafür ins tiefste Appenzellerland. Unter einem falschen Namen trat ich dort auf. Die Leiterin, Frau Zellweger hieß die nette Person, war sehr erfreut, dass sich doch noch jemand für ihre Seniorin erwärmen konnte. Familien suchten sich in der Regel immer Welpen aus, klärte sie mich auf. Der Beagle sei aber eine ausgesprochen liebe Hündin, jung geblieben, und sie höre auf den Namen Annabella.

Wer kommt denn auf so einen Namen?

Ich sagte nichts, um keine Grundsatzdiskussion über Hundenamen zu eröffnen. Was ich Frau Zellweger verschwieg: Das Band zwischen dem Tier und mir sollte kurz und schmerzlos sein, wie dessen Tod. Auf keinen Fall wollte ich eine Beziehung zu ihm aufbauen. Die Formalitäten gingen rasch über die Bühne, und ich konnte es kaum erwarten, wieder aus dem Tierheim zu verschwinden. Im Nachhinein hätte ich lieber der Besitzerin besser zuhören sollen, aber das ist nun einmal nicht die Stärke eines Managers. Frau Zellweger schwärmte nämlich in höchsten Tönen von Beagles und von Annabella im Besonderen. Von sozialer Kompetenz und ausgesprochener Freundlichkeit war die Rede, von hoher Intelligenz und sogar von Problemlösungskompetenz. Der Beagle sei stets fröhlich, spielbereit und pflege einen harmonischen Umgang mit seinem Herrchen. Wohl drangen die Worte an meine Ohren, schafften es aber nicht bis ins zentrale Nervensystem. Sonst wäre Annabella wahrscheinlich im Tierheim geblieben, und ich hätte einen bissigen Appenzeller Sennenhund mit nach Hause genommen. Einen bösartigen Wadenbeißer. Das Allerletzte, was ich suchte, war ein fröhlicher Vierbeiner mit Problemlösungskompetenz.

Also packte ich den Beagle in den Wagen, und wir machten uns zusammen auf den Heimweg. Ich nannte Annabella einfach nur »Hund«. Es mangelte ihr an nichts. Ich servierte ihr regelmäßig Mahlzeiten, alles nur vom Besten. Wir teilten uns gegrilltes Huhn, Forelle, Aufschnitt, Rinderfilet, Mozzarella und Bier. Die Hündin machte einen glücklichen Eindruck und begrüßte mich jeden Tag überschwänglicher, wenn ich nach der Arbeit oder in einer längeren Pause nach Hause kam, um nach ihr zu schauen. Annabella freute sich dermaßen über meinen Anblick, dass sie einem Derwisch gleich im Kreise herumrannte und dem eigenen Schwanz nachzujagen schien. Der Radius des Kreises wurde dabei immer kleiner, bis sich die Hündin auf den Hinterbeinen hüpfend um die eigene Achse drehte. Die Vorderläufe benutzte sie dabei als Schubhilfe. Niemand hatte sich jemals derartig über mein Kommen gefreut.

Traurig, aber wahr.

Spätabends packte ich »Hund« in den Wagen, und wir fuhren zusammen zu einem abgelegenen Waldstück. Niemand sollte das Tier in meinem Garten sehen und mit mir in Verbindung bringen. Hier im Wald genoss der Beagle den Auslauf in vollen Zügen, ohne sich jedoch je weiter als zehn

Meter von mir zu entfernen. Wahrscheinlich war das kleine Tier schon zu oft verlassen worden und klebte deshalb wie eine Klette an mir. Irgendwie berührte es mich. Deswegen durfte meine kleine Gefährtin auch bei mir im Bett schlafen und auf der Couch mit mir fernsehen. Sie schmiegte sich eng an mich und suchte meine Nähe. Das Fehlen des kleinen Elefanten fiel mir nicht mehr auf. Er war verschwunden. Annabella war jetzt hier. Freundlich, intelligent, herausragende Problemlösungskompetenz.

Ehrlich gesagt, genoss ich diese Tage in vollen Zügen. Aber das Leben ging weiter. Wie auf einer Rolltreppe wurden wir auf die nächste Ebene befördert. Mein Plan duldete nun keinen Aufschub mehr. Jetzt oder nie! Es war bereits November, und ich befürchtete, dass mir einsetzender Schneefall, obwohl mittlerweile im Flachland eher unüblich, einen Strich durch die Rechnung machen könnte. Flugs schritt ich zur Realisierung. Pläne schmieden konnte jeder, diese auch erfolgreich umsetzen jedoch wenige. Res, non verba – das wussten schon die Römer und eroberten die damals bekannte Welt.

Akribisch studierte ich am Wochenende den Wetterbericht. Am Mittwoch der ersten Novemberwoche sollte dicker Nebel über dem Flachland liegen. Perfekt. Schon Jack the Ripper trieb sein Unwesen vornehmlich bei Nebel. Nun war es so weit. Ich spürte ehrliche Vorfreude, ein Kribbeln im Magen und eine nervöse Anspannung. Nur Annabella konnte ich nicht mehr in die Augen sehen. Sie schien das kommende Unheil zu spüren und verkroch sich unter den Esstisch.

Der Montag und der Dienstag zogen sich hin wie ein zäher Kaugummi. Es fiel mir schwer, mich auf das Geschäftliche zu konzentrieren. Alles verlief routinemäßig, die Meetings mit der Finanzabteilung, dem Rechtsdienst, dem Personalchef, meinen mir direkt unterstellten Mitarbeiterinnen und Mitarbeitern, die Terminabsprachen mit meiner Sekretärin, Telefonate mit Private-Banking-Beratern und mein Rapport mit dem CEO. Ich war zerstreut, konnte mich aber wie immer auf meine Sekretärin verlassen. Sie war eine Perle und führte mich mit schlafwandlerischer Leichtigkeit durch die Termine. Zweifellos spürte sie, dass mich etwas beschäftigte, war aber diskret genug, nicht danach zu fragen.

Am Dienstag ging ich früh zu Bett und fiel in einen unruhigen Schlaf. Meine Augen rasten unter den geschlossenen Lidern hin und her, auf und ab. Ich träumte.

Ich sitze in meinem Wagen und rase auf Petra zu. Im Radio läuft REM – »Losing My Religion«. Petra erkennt mich kurz vor dem Zusammenprall und blickt mir ungläubig in die Augen. Ich drücke aufs Gas und lade sie frontal auf die Kühlerhaube. Ihr Helm zersplittert, die Scheibe geht in die Brüche.

Cut.

Einige Sekunden Dunkelheit. Das Rauschen der Bäume in meinem Garten. Annabella liegt tot neben ihrem Fressnapf. Die Überdosis Schlafmittel hat gewirkt. Ich bin traurig und glücklich zugleich. Nur wenigen Menschen ist ein so schmerzloser Tod vergönnt. Ich nehme das Tier in meinen Wagen und fahre ins Zürcher Oberland. In einer unübersichtlichen Kurve lege ich Annabella auf die Straße. Dann lege ich den Rückwärtsgang ein, fahre einige Meter, halte an, schaue in den Rückspiegel, schalte das Getriebe auf Attacke, kontrolliere den Sicherheitsgurt, drücke das Gaspedal durch, überfahre das tote Tier, rase auf eine große Tanne zu und mache eine Vollbremsung. Ein Knall. Blut auf meiner

Zunge. Ich spüre, wie ich zittere, will aber noch nicht aufwachen und kämpfe mich in den Traum zurück.

»Geht es Ihnen gut?« Die Stimme klingt besorgt. Das Fahrercockpit ist in Weiß gehüllt.

»Bin ich im Himmel?« Dann realisiere ich, dass die Airbags tadellos funktioniert haben. Mein Körper schmerzt, und das Blut hämmert im Kopf. Aber ich lebe. »Was ist passiert?«, frage ich die Stimme.

»Ein Hund ist Ihnen vor den Wagen gelaufen. Beim Ausweichmanöver sind Sie gegen den Baum geprallt. Ich habe bereits einen Krankenwagen gerufen. Sie hatten Glück. Mehr Glück als Petra und Annabella!«

Erschrocken drehe ich den Kopf zur Stimme und blicke in die hasserfüllten Augen von Sophie.

Mit einem Schrei katapultierte ich mich aus dem Traum. Der kleine Beagle blickte mich fragend an. Ich stand durchgeschwitzt auf und gönnte mir eine heiße Dusche. Was für eine Wohltat! Dann ging ich zum Kleiderschrank und suchte die passenden Kleider aus. Eine schwarze Jeans, schwarzer Pullover und dunkle Winterwanderschuhe waren angemessen. Nach einem Gassigang um mein Haus – niemand würde um diese Zeit vorbeikommen – füllte ich den Fressnapf für den Hund. Die bereits gemörserte Packung Schlaftabletten spülte ich den Abguss hinunter. Vielleicht war ich ein Mörder, aber deswegen noch lange kein Unmensch. Stattdessen füllte ich den Napf mit Trockenfutter à discretion. Annabella freute sich über den frühen Imbiss, und im Nu war alles aufgefressen. Sie leckte sich mit der Zunge die Schnauze ab und legte sich zu mir aufs Sofa. Sofort war sie tief und fest eingeschlafen. Für mich war an Schlaf nicht mehr zu denken. Nachdenklich lauschte ich der Stille und ging meinen Plan durch. Eine Frontalkollision kam nicht mehr in Frage. Warum hatte ich ausgerechnet diesen Hund mitnehmen müssen? Schicksal oder Dummheit?

Keine Ahnung.

Um fünf Uhr morgens machte ich mich auf den Weg. Ich startete den Motor meines Wagens. Das Garagentor war noch geschlossen. Niemand durfte etwas mitbekommen. Dann ließ ich das Fahrzeug langsam über die verlassene Privatstraße meines Wohnquartiers rollen. Die schwarzen Fenster der kleinen Einfamilienhäuser meiner Nachbarn glichen einem zahnlosen Mund. Wie vorhergesagt, hing an diesem Mittwochmorgen ein dichter Nebel über dem Boden und umhüllte alles wie ein weicher Wattebausch. Vorsichtig fuhr ich über die bestens bekannte Strecke. Zwei Kilometer vor Petras Haus gab es ein kleines Waldstück. Die Ein- und Ausfahrt war kurvig. An einem Ende befand sich ein kleiner Tunnel. Dazwischen lag eine lange Gerade. Die Bäume hielten den Nebel außen vor, sodass die ganze Straße gut überblickbar war.

Ideal!

Ich parkte meinen Wagen auf einem Kiesweg, stieg aus und wartete. Es gab zu dieser Zeit nur wenig Berufsverkehr. Wenn ein Wagen vorbeifuhr, versteckte ich mich im Dickicht. Ich brauchte jetzt Geduld und etwas Glück. Dann sah ich sie. Tief über den Lenker gebeugt, bog sie auf die Gerade ein. Die gelbliche Lichtquelle auf ihrem Helm hüpfte hin und her. Rasch rannte ich zu meinem Wagen und startete den Motor. Ich wartete, bis sie an meinem Versteck vorbeigeflogen war. Sah echt sportlich aus, was sie da veranstaltete. Vom hinteren Fahrgestell blinkte es nun in Rot. Sofort nahm ich die Verfolgung auf, hielt aber noch etwas Abstand.

Geduld. Geduld.

Ich schaute in den Rückspiegel – nichts. Dunkelheit. Wir waren alleine. Nur sie und ich. Ein Duell im Morgengrauen. Die Zeit für meine Satisfaktion war gekommen. Kurz vor dem Tunnel war ich mit Petra auf gleicher Höhe. Sie hatte auf der leicht abschüssigen Strecke weiter an Tempo zugelegt. Ich passte mich ihr an, und wir fuhren für kurze Zeit parallel nebeneinander. Ich zögerte. Doch dann hob Petra den Kopf zur Seite. Genervt durch mein langsames Überholmanöver, streckte sie mir ganz in der Manier einer militanten Radfahrerin den ausgestreckten Mittelfinger ans Fenster der Beifahrertür. Hatte ich bis dahin noch meine Zweifel gehabt, so waren diese nun verflogen.

Jetzt oder nie.

In diesem Moment blickte mir Petra in die Augen. Ich bin sicher, dass sie mich erkannte. Reagieren konnte sie aber nicht mehr. Mein Schlenker mit dem Steuerrad war kaum sichtbar, aber wirkungsvoll. Wir touchierten uns. Der Schlag an meiner rechten Wagenseite war deutlich zu spüren. Petra verlor die Balance und fuhr mit voller Wucht gegen die Wand der Tunneleinfahrt. Es gab einen fürchterlichen Knall und das Rennrad wurde durch die Luft gewirbelt. Ich hielt an und blickte in den Rückspiegel. Petra lag regungslos auf der Straße. Das linke Bein war unnatürlich nach oben gestreckt. Die Haltung des Kopfes erinnerte an »Der Exorzist«.

Erledigt.

Ich machte mich rasch davon und fuhr auf direktem Weg nach Hause. Der Nebel und der späte Sonnenaufgang im November schützten mich vor neugierigen Blicken. Unbemerkt schaffte ich es in meine Garage. Mein Wagen sah jedoch schlimm aus. Die ganze rechte Seite wies hässliche Kratzspuren auf, für die ich nun eine Erklärung suchen musste. Niemand würde den Unfall aktiv mit mir in Verbindung bringen. So fantasievoll würde nicht einmal die Polizei sein. Die Ordnungshüter könnten aber in den lokalen Autowerkstätten nachfragen, ob jemand einen Wagen mit Beschädigungen auf der rechten Seite eingeliefert habe. Streifen- und Dorfpolizisten würden in den nächsten Tagen nach Kratzspuren Ausschau halten.

Ein Alibi musste her.

Zuerst duschte ich ausgiebig und trank einen Kaffee. Meine Hände zitterten wie die Apps auf einem Smartphone. Annabella, die dem Tod noch einmal von der Schippe gesprungen war, lag tiefentspannt auf dem flauschigen Teppich im Wohnzimmer und sah mich schläfrig an. Wäre sie eine Katze gewesen, hätte sie geschnurrt wie ein Kompressor. Ich kraulte sie hinter den Ohren. »Hund« war nun keine Basis mehr für unsere Beziehung und Annabella definitiv zu lang.

»Von nun an rufe ich dich Bella.«

Verspielt schnappte sie nach meiner Hand.

Ich zog meine Bankuniform an und stieg in den Wagen. Es war kurz nach acht Uhr. Frau Huber war sicher bereits im Büro, die erste Sitzung war auf neun Uhr terminiert. Alles bestens. Meine Atmung war ruhig, mein Puls niedrig. Alles lief wie ein Film vor meinem inneren Auge ab. Ich fuhr auf einer wenig frequentierten Nebenstraße ins Geschäft, nur einmal musste ich für einige Hundert Meter die stark befahrene Hauptstraße benutzen. Normalerweise fuhr ich auf der etwas schnelleren Überholspur, an diesem Tag jedoch hielt ich mich so weit rechts wie nur möglich, damit niemandem meine zerkratzte Seite auffiel. Fußgänger gab es hier zum Glück keine. Dann fuhr ich ins Parkhaus unserer Bank. Niemand zu sehen. Ich holte vor meinem Feld mit der Nummer acht großzügig aus und touchierte den Wagen auf der Sieben. Ich fuhr ein bisschen hin und her. Das kratzende Geräusch erinnerte an Kreide auf einer Tafel. Es war David gegen Goliath. Das kleine Stadtauto von Frau Huber tat mir richtig leid. Das Quietschen ging durch Mark und Bein. Mein Herz und meine Zähne (das Quietschen erinnerte mich an den Besuch beim Zahnarzt) schmerzten. Ich stieg aus und betrachtete mein Werk. Das Gefährt auf der Sieben war übel zugerichtet. Ich unterdrückte ein Lächeln und stieg mit reuiger Miene in den Lift.

Im Büro angekommen, winkte ich sofort Frau Huber zu mir. Sie war bereits wieder voll in ihrem Element.

»In 15 Minuten beginnt ihre Telefonkonferenz mit Hongkong. Haben Sie alle Unterlagen?«

Ich nickte. Frau Huber sah mich besorgt an.

»Geht es Ihnen nicht gut, Herr Humboldt? Sie sehen etwas blass aus. Darf ich Ihnen noch etwas bringen? Vielleicht einen Tee?«

So viel Fürsorge konnte schon einmal lästig werden. Frau Huber meinte es aber nur gut mit mir. Ich beschwichtigte sie und setzte eine schuldbewusste Miene auf.

»Danke. Es geht mir gut, Frau Huber. Ich war gestern Abend mit meinen beiden Freunden unterwegs. Sie wissen ja – unser Männerabend. Es ist spät geworden«, log ich. »Und heute Morgen ist mir dann ein peinliches Missgeschick passiert. Beim Einparken habe ich auf mein Smartphone geguckt und dabei Ihren Wagen touchiert. Sieht nicht schön aus. Es tut mir leid. Aber geht natürlich alles auf mich. Darum auch die Blässe. Klassischer Blutsturz.« Ich spürte, wie meine Ohren warm und rot wurden. Ich wechselte schnell das Thema. »Ach ja, Frau Huber. Ich habe mir einen Hund angeschafft. Können Sie mir bitte einen Hundesitter organisieren? Am besten jemanden aus meiner Nachbarschaft. Fragen Sie doch ein bisschen rum. Sie wissen schon.« Dann schaute ich auf meine Bildschirme und blätterte wahllos in meinen Unterlagen. Es klappte – wie immer. Frau Huber verließ mein Büro. Ich glaubte aus dem Augenwinkel ein leichtes Kopfschütteln wahrzunehmen.

Rasch öffnete ich meinen Kalender und schob den Termin mit Martin und Vincent vom Mittwoch- auf den Dienstagabend. Mein Alibi war nun wasserdicht. Auch Frau Huber musste nicht alles wissen. Der Tag nahm seinen üblichen Gang. Über Mittag schlenderte ich durch die beliebte Einkaufsstraße zwischen Bahnhof und See. Heute war hier wenig los. Zu kalt, kaum Touristen. Die spärlich vorhandenen Passanten suchten, tief in ihre Mäntel und Schals eingehüllt, Schutz in einem der vielen Restaurants oder Warenhäuser. Ich war hungrig wie ein Wolf. Es wurde mir bewusst, dass ich zwei Tage lang kaum gegessen hatte. Ich steuerte einen Take-away an und bestellte mir das kalorienreichste Menü. Die Kohlenhydrate entfachten ein veritables Feuerwerk in meinen Synapsen. Ich verschlang das asiatische Fleisch- und Nudelgericht auf einer Bank vorne am See. Zwischendurch warf ich den herumlungernden Möwen etwas zu. Kreischend und keifend neideten sie sich jeden Happen. Kam mir irgendwie bekannt vor.

Meine Gedanken waren bei Sophie. Wie hatte sie die Nachricht von Petras Tod wohl aufgenommen? Wusste sie es überhaupt schon? Gerne hätte ich sie angerufen. Das war aber unmöglich, solange die Todesmeldung nicht veröffentlicht worden war. Vorsicht war die Mutter der Porzellankiste, Columbo ließ grüßen. Auf ein paar Tage mehr oder weniger kam es nun auch nicht mehr an.

Die offizielle Nachricht vom tragischen Tod Petras erhielt ich am Freitag. Von Sophie persönlich. Sie erreichte mich über mein Smartphone zwischen zwei Sitzungen. Ich hatte über all die vielen Jahre dieselbe Nummer behalten. Weinend erzählte sie, dass ihre Freundin im Morgenverkehr angefahren und tödlich verletzt worden sei. Sie sei auf dem Weg ins Krankenhaus gestorben und nicht mehr zu sich gekommen. Ich schluckte leer. Vom Lenker fehle jede Spur. Ich hörte ihr verständnisvoll zu. Dann nahm ich meinen ganzen Mut zusammen.

»Sophie, ich habe dich immer geliebt. Du kannst dich voll auf mich verlassen. Ich bin für dich da. Lass mich wissen, wenn ich dir irgendwie helfen kann. Bei der Beerdigung vielleicht oder wenn du einige Tage bei mir wohnen willst. Ich habe jetzt einen Hund.« Ich biss mir auf die Lippen. Was hat denn der Hund mit der ganzen Geschichte zu tun? Das geht Sophie in ihrer jetzigen Situation doch am Arsch vorbei, dachte ich mir.

»Das ist lieb von dir, Philipp. Gerne komme ich dich und deinen Hund besuchen.« Sie brach ab. Ich hörte ihr Schluchzen. Es zerriss mir fast das Herz.

HEUTE

»Wie alt sind Ihre Kinder jetzt?« Armand sieht mitgenommen aus.

Philipp zögert kurz. Die Frage irritiert ihn. Er hat eine Moralpredigt oder gar eine Verhaftung erwartet. Schließlich ist der Priester in seinem früheren Leben ein Bulle gewesen.

»Unsere Tochter ist acht. Sie besucht die zweite Klasse in der Dorfschule. Der Kleine geht in den Kindergarten, er ist fünf.«

»Sind die Kinder getauft?«

»Nein«, antwortet Philipp. Kommt jetzt die Standpauke? Doch die Angst ist unbegründet.

»Wie heißen denn Ihre Kinder?«

»Michelle Sophie und David Christian. Mein Sohn ist nach meinem Vater und Bruder benannt. Michelle hat uns einfach gefallen.«

»Hm …«, brummt Armand. »Sie haben wirklich einiges auf dem Kerbholz. Kommen Sie mit, Philipp. Wir setzen uns hinter die Kirche auf eine abgelegene Friedhofsbank. Dort sind wir an der frischen Luft und können ungestört zusammen eine Zigarette rauchen.«

»Sind Sie sicher, Armand? Ich habe geglaubt, Sie hätten damit aufgehört?«

Armand hat sich bereits abgewendet. Er scheint es eilig zu haben.

»Nun kommen Sie schon, Philipp. Ich habe fast zehn Jahre auf diesen Moment gewartet.«

Der Priester geht voran, Philipp folgt mit einem Meter Abstand. Der Kies auf dem schmalen Weg knirscht unter ihren Schuhen. Sie setzen sich auf die Holzbank unter einer gewaltigen Eiche. Es ist ein milder Sommerabend. Der Wind raschelt sanft durch die Äste. Eine Libelle steht in der Luft und imitiert den Kolibri. Die beiden Männer rauchen still vor sich hin und betrachten abwechselnd die Glut und den aufsteigenden Rauch, der sich im Wind rasch in nichts auflöst.

»Warum sind Sie eigentlich Priester geworden, Armand? Sie passen irgendwie nicht in diese Kluft. Wissen Sie, an wen Sie mich erinnern?«

»Ja. Und Sie sehen aus wie …«

»Ich weiß.«

Beide lachen. Armand schnorrt sich noch eine Zigarette und wird nachdenklich.

»In der Polizeischule lernte ich meine damalige Freundin kennen. Sie war quasi meine Sophie. Aber wir haben keinen Eiertanz aufgeführt wie ihr zwei.« Philipp droht scherzhaft mit dem Zeigefinger, doch Armand fährt unbeirrt fort: »Bei uns war es Liebe auf den ersten Blick. Sie war ein extrem lebensfroher Mensch, lustig, sportlich, tough. Wehe den Verbrechern, die von ihr geschnappt wurden. Aber ich will Ihnen hier nicht meine Lebensgeschichte erzählen, Philipp. Um es abzukürzen: Meine große Liebe wurde krank. Krebs, wie bei Ihrem Vater. Ich weiß nicht mehr genau, wie man die Ausprägung nannte, auf alle Fälle waren ihre Knochen und das Blut befallen. Sie war chancenlos, aber unglaublich stark. Der Mensch zeigt Charakter, wenn es so weit ist, Philipp. Der Tod sei halt nun einmal der Preis des Lebens, meinte sie. Die Ärzte machten ihren Job und spulten das klassische Programm ab. Bestrahlung, Chemo, schließlich

Morphium. Der Krebs überlebte, sie nicht. Als sie starb, war ich an ihrer Seite. Ein lautes Ausatmen. Mehr nicht. Sie war fortgegangen. Der Körper war zurückgeblieben, aber es war nicht mehr meine Partnerin, meine Liebe. Dort lag nur noch eine tote Hülle. Etwas fehlte, das Wichtigste war entwichen. Aber wohin war sie gegangen? Ich konnte den Verlust nicht akzeptieren. War die Seele nicht doch mehr als nur religiöser Budenzauber, mehr als ein Hirngespinst christlicher Rattenfänger? Ich entschied für mich: Ja, da musste noch mehr sein. Der Glaube bot mir die Antwort, die ich hören wollte: Die Seele hatte das Fleisch verlassen und wartete an einem besseren Ort auf mich. So bin ich zur Kirche gekommen.« Armands Stimme stockt. Das Blättern im Buch seiner Erinnerung fällt ihm schwer.

»Haben Sie gefunden, was Sie gesucht haben, Armand?« Philipp spürt einen Kloß im Hals.

»Ja. Wie sagt man doch so schön – die Wege des Herrn sind unergründlich.«

Die beiden Männer sitzen eine Weile schweigend beisammen. Armand möchte nicht mehr von sich preisgeben. Einige Minuten und Zigaretten später ergreift er wieder das Wort.

»Wie benimmt sich Ihr Sohn, Philipp?«

»Neulich hat der Lausebengel in der Kinderkrippe das Puppenhaus angezündet. Er sagt, es sei ein Versehen gewesen. Die Leiterin ist anderer Meinung.«

»Gab es Konsequenzen?«

»Nein. Wir versprachen, dass wir viel mit dem Jungen reden und auf einen geordneten Tagesablauf achten werden. Aber ich mache mir Sorgen. Bei meinem Kleinen brennen nicht nur Puppenhäuser ab, sondern regelmäßig auch seine Sicherungen durch – Dr. Jekyll und Mr. Hyde. Sie wissen, was ich meine, Armand. Natürlich habe ich mit ihm auf dem Nachhauseweg über den Vorfall gesprochen. Er hat mich nur verschmitzt angelächelt, und ich schmolz dahin, wie es Väter halt tun. Er nahm meine Hand und hüpfte vergnügt neben mir her. Armand, ich habe Angst, dass mein Sohn nach mir kommt. Darum bin ich hier. Ich weiß nicht, was ich tun soll. Ich will nicht, dass meine Sünden zu seinen Neurosen werden.«

Philipp schnippt die Zigarette auf den Boden und überlässt sie ihrem Schicksal. Er betrachtet seine Hände. »Soll ich meinen Sohn auf ein Internat schicken? Oder vielleicht in eine christliche Institution?«

Armand schüttelt vehement den Kopf. »Was Ihr Sohn braucht, ist ein strenger und liebevoller Vater, sicher keine katholische Schule! Und dieser Vater muss sich seiner Vergangenheit stellen und die richtigen Konsequenzen daraus ziehen. Das Verzeihen ist der Weg, alles Schlechte und Gewesene zu verwandeln und neu zu beginnen. Reue und Vergebung fühlen sich an, als ob man die Baumgrenze überwindet und wieder sehen und atmen kann.«

»Ich habe Ihnen alles erzählt, Armand. Ich war ehrlich. Mehr kann ich nicht tun. Ich denke, jetzt darf ich etwas von Ihnen erwarten.«

Die Lippen des Priesters verziehen sich zu einem diabolischen Grinsen. Er drückt seinen Rücken durch und atmet tief aus. Sein mächtiger Oberkörper droht das Hemd zu zerreißen.

»Wenn ich etwas sofort erkenne, Philipp, dann eine Lüge. Ich habe Ihre Ehrlichkeit geschätzt. Ich empfinde Zuneigung, ja Freundschaft zu Ihnen. Aber wir sind noch nicht durch. Also erzählen Sie mir keinen Blödsinn. Sogar Ihre Ohren sind wieder rot geworden.« Philipp sitzt auf der

Bank wie ein ertappter Lausbube. »Ich kann Ihnen nur helfen, wenn Sie mir vertrauen. Es wäre jammerschade, die Übung halbfertig abzubrechen. Man muss seine Verbrechen bekennen, sonst verdrängt man seine Taten lediglich und kann wieder rückfällig werden. Wie sind Sie CEO geworden? Unter welchen Umständen ist Ihre Sekretärin gestorben?«

Philipp zuckt zusammen.

»Wie haben Sie …«

Armand legt ihm die Hand auf die Schulter. »Schon vergessen? Ich habe bei der Polizei gearbeitet, und manchmal liest sogar ein weltfremder Priester die Zeitung. Ich vergesse keine Raubüberfälle. Schon gar nicht diejenigen mit Todesfolgen.«

Armands versöhnliche Miene beruhigt Philipp.

»Sie haben recht, Armand. Die Geschichte ist noch nicht zu Ende. Treffen wir uns nächste Woche wieder? Gleiche Zeit, gleicher Ort?«

Sie schlagen darauf ein.

PHÖNIX AUS DER ASCHE

Beerdigungen sind immer scheiße. Im schlimmsten Fall hat man eine geliebte Person verloren und trauert. Aber auch im besten Fall, wenn man mit eigenen Augen sehen kann, wie ein ungeliebter, vielleicht sogar gehasster Mensch am Stück oder pulverisiert vergraben wird, bringt eine Beerdigung in der Regel viel scheinheiliges Geplapper mit sich. Man ist einfach nur froh, wenn alles vorbei ist. Bei Petras Abdankung war es nicht anders. Mit einer gewissen Genugtuung stellte ich fest, dass die Trauergemeinde überschaubar war. Einige Arbeitskollegen und Verwandte versammelten sich mit verweinten Augen am Grab. Ich erkannte Petras Eltern, gab mich aber nicht zu erkennen. Sie waren damals wegen des Etuis nicht gut auf mich zu sprechen gewesen. Sowieso war ich nur wegen Sophie hier. Vincent hatte übrigens wieder einmal recht gehabt. Die Liebesbeziehung mit Petra war, so hatte mir Sophie bei einem gemeinsamen Spaziergang erzählt, schon seit längerer Zeit beendet. Die Freundschaft sei aber geblieben. Dementsprechend groß war der Kummer meiner Angebeteten. Die Grabrede wollte kein Ende nehmen, und Petra kam für meinen Geschmack zu gut weg. Am Grab hielt ich mich verständlicherweise im Hintergrund. Petras Eltern standen zuvorderst neben Sophie. Ich konnte jedoch während der ganzen Zeremonie weder einen Blickkontakt noch eine Umarmung erkennen. Offensichtlich hatten sich die Spießer einen Schwiegersohn gewünscht. Sophies eigene Eltern waren gar nicht erst erschienen. Sie wohnten in Lausanne und waren beide Intellektuelle mit einem ausgesprochenen Flair für aristokratischen Dünkel. Er war Professor an der Technischen Hochschule, sie freischaffende Schriftstellerin und Klavierlehrerin. Ich konnte mich damals während meiner Beziehung mit Sophie des Eindrucks nicht erwehren, dass sie damals über die Wahl ihrer Tochter unglücklich waren. Ich war froh, dass sie aus welchen Gründen auch immer der Beerdigung fernblieben.

Sophie tat mir leid. Sie sah bleich und müde aus. Ihre Haut schimmerte wie zartes Elfenbein. Die Augenringe waren fast so schwarz wie ihre Haare. Es wäre geschmacklos gewesen, ihre Schwäche auszunutzen. Sie alleine zu lassen, war aber genauso wenig eine Option. Sophie brauchte mich. Aus Petra war Asche geworden, das stand unwiderruflich fest. Ich sah die Urne mit eigenen Augen im Boden verschwinden. Aus dieser Asche sollte nun meine Beziehung zu Sophie neu entstehen, leuchtend und strahlend.

Wie Phönix aus der Asche.

Beim Verlassen des Friedhofes hakte ich mich bei Sophie ein und stützte sie. Für einen kurzen Augenblick glaubte ich, Frau Huber an einem Grabstein stehen zu sehen. Komischer Zufall. Meine strapazierten Sinne hatten mir sicher nur einen Streich gespielt, die Frau trug einen Hut, und die Entfernung war ziemlich groß. Es war zweifellos eine Verwechslung, sagte ich mir. Auch meine Nerven waren in den letzten Tagen äußerst strapaziert worden. Man wird ja nicht einfach mir nichts, dir nichts zum Mörder. Ich widmete mich wieder Sophie. Sie brauchte meine Unterstützung, und ich stand gewissermaßen in ihrer Schuld. Wer könnte denn die Wunden besser heilen, als derjenige, der sie zugefügt hat? Während des drögen Trauermahls saß ich dicht neben Sophie und schirmte sie so gut wie möglich vor den Trauergästen ab. Die meisten hielten Sophie ohnehin lediglich für eine ehemalige Studienkollegin von Petra, und den Eingeweihten war die Situation offensichtlich peinlich.

»Ihr wart so ein schönes …, ich wollte sagen, ähm …, mein herzliches Beileid«, stotterte eine senile Tante von Petra exemplarisch für die anwesenden Moralapostel. Die Situation war für Sophie kaum zu ertragen.

»Ich bin so froh, dass du hier bist, Philipp«, sagte sie dankbar.

Ich war es auch.

Nachdem sich die Trauergemeinde endlich aufgelöst hatte, brachte ich Sophie nach Hause.

»Möchtest du noch kurz mit reinkommen?«, fragte sie mich müde. Mein Herz machte einen Sprung, aber ihr altes Liebesnest wollte ich beim besten Willen nicht betreten.

»Das ist lieb von dir, Sophie. Du brauchst jetzt aber Ruhe. Ich rufe dich morgen an, und wir unternehmen etwas zusammen. Vielleicht hilft dir das, auf andere Gedanken zu kommen.«

Sie griff nach meiner Hand und drückte sie sanft. Ein vertrautes Gefühl durchströmte meinen Körper. Warm und weich, intimer als jeder Kuss.

Wir trafen uns in den folgenden Tagen, Wochen und Monaten immer öfter. Ich verhielt mich wie ein Gentleman und setzte Sophie nicht unter Druck. Aber im Gegensatz zu unserer ersten Liebesphase scheute ich mich nicht mehr davor, ihr meine Gefühle zu offenbaren. Ich erzählte, was mich freute oder ärgerte. Ich telefonierte mehrmals täglich mit Sophie, einfach um zu fragen, wie es ihr gehe oder was sie gerade mache. Die alte Vertrautheit kehrte rasch zurück, aber tiefer und verbindlicher als zuvor. Sophie begleitete mich, sofern es ihr Terminkalender zuließ, auf meinen Geschäftsreisen nach Amerika oder Asien. Die First-Class-Flüge, die Dienstlimousine, die schicken Hotels und teuren Restaurants lenkten sie ab und brachten sie auf andere Gedanken. Sophie brauchte in dieser schwierigen Lebensphase einen sicheren Pol und Geborgenheit. Ich war stolz, ihr dies bieten zu können. Es fühlte sich an, als wäre ich nach einer langen Reise nach Hause gekommen. Sophie besuchte mich nun regelmäßig. Wir kochten zusammen, tranken Wein, gingen spazieren oder schauten einfach fern. Sophie hatte sich sofort in Bella verliebt. Die Zuneigung war gegenseitig, und meine Kleine war jeweils außer sich vor Freude, wenn Sophie vor der Haustüre stand. Mir war, als sei Sophie nie weggewesen. Über die alte Geschichte verloren wir nie wieder ein Wort. Wir waren einfach füreinander geschaffen. Das war uns beiden in den vielen Jahren der Trennung klar geworden. So legte sich die Gegenwart langsam über die dunkle Vergangenheit. Man sagt ja, dass die Zeit Wunden heile. Ich glaube zwar, dass immer kleine Narben zurückbleiben, aber irgendwann bluten sie nicht mehr. Ich hatte Fehler gemacht, aber daraus gelernt.

Als Petras Eltern das Haus ihrer verstorbenen Tochter verkauften, stand Sophie sozusagen von einem Tag auf dem anderen auf der Straße. Die Zeit für diesen Schritt war aus meiner Sicht eh überreif gewesen. Petra war nun mal Geschichte. Ich packte die Gelegenheit beim Schopf. Sie könne ja bei mir einziehen, bot ich Sophie an. Ich erschrak selbst über meinen Mut und die forsche Frage. Ihr Blick deutete jedoch ein Ja an. Sophies Wangen schimmerten in

zartem Rosa, und unsere Augen liefen über wie eine voll-
gelaufene Badewanne. Ich erinnere mich gerne an diesen
Moment: Es war ein herbstlicher Sonntagnachmittag. Wir
verbrachten einen gemütlichen Nachmittag zu dritt, im
Radio lief die Hitparade. Ich umarmte Sophie. Sie zuckte
kurz zusammen, als ich meine Hand auf ihre Wange legte.
Dann küssten wir uns lange und innig.

Der Rest ist schnell erzählt. Vincent und Martin freuten
sich für mich. Vincent brauchte zwar noch einige Zeit, bis
er wieder mit Sophie warm wurde, aber beide gaben sich
Mühe. Martin war nicht so nachtragend und verstand sich
auf Anhieb bestens mit ihr. Von Fink war begeistert. Als
ich Sophie zum ersten Mal zu einem bankinternen Anlass
mitnahm, kriegte er sich fast nicht mehr ein.
   »Eine ganz reizende Frau, Ihre Sophie. Und so gebildet. Das haben Sie gut gemacht, Humboldt. Sie werden es
noch weit bringen.«
   Ich nahm das Kompliment dankend entgegen. Karriere
war für mich aber nicht mehr das Wichtigste. Ich war sehr
zufrieden mit meiner Position. Das Geschäft lief blendend,
und ich verbrachte viel Zeit mit Sophie. Ich hegte keine
Ambitionen mehr. Der einzige Schritt nach oben wäre der
auf den Posten des CEOs gewesen. Das wollte ich mir
aber beim besten Willen nicht antun. Selbstverständlich
behielt ich das für mich, sonst wäre ich bei von Fink in
Ungnade gefallen und auf die eine oder andere Art ent-
sorgt worden. Mein Leben war wunderbar, so wie es war.
Einige Monate später machte es Sophie perfekt. Wir waren
gerade von einer längeren Geschäftsreise zurückgekommen, Singapur, Hongkong, Seoul, Tokio, Sidney und auf
dem Rückweg ein kleiner Abstecher nach Dubai. Sophie

hatte die ganze Zeit über Unwohlsein und Schwindelanfälle geklagt. Nach unserer Rückkehr bat ich sie, einen Termin bei ihrer Ärztin zu machen. Sophie rief mich noch von der Praxis aus an.

»Philipp, du wirst es nicht glauben – ich bin schwanger.«

HEUTE

Die beiden Männer sitzen heute in der Kirche beisammen. Draußen regnet es in Strömen, und die Tropfen hämmern gegen die verzierten Fenster. Einige Kerzen brennen. Ein sanfter Duft von Weihrauch hängt in der Luft. Das übergroße Kreuz mit dem leidenden Jesus wird durch einen Scheinwerfer beleuchtet. Die Stimmung ist feierlich und friedlich. Armand und Philipp wirken vertraut, wie sie in der ersten Reihe vor dem imposanten Altar nebeneinander sitzen. Auf der Bank zwischen ihnen steht ein bereits gut gefüllter Aschenbecher. Sie sind alleine in der Kirche. Armand hat den Gesprächsfaden in die Hand genommen.

»Ich kann mir beim besten Willen nicht vorstellen, dass Ihnen der Mord an Petra einfach am Arsch vorbeigegangen ist, sorry für die etwas derbe Ausdrucksweise. Aber man bringt doch nicht jemanden um und funktioniert im Alltag weiter, als sei nichts geschehen. Seien Sie ehrlich, Philipp, und markieren Sie nicht den Macho.«

Philipp blickt zunächst zu Armand und dann lange Zeit auf die Jesusfigur über dem Altar. Vorsichtig wählt er die richtigen Worte. »Natürlich hat mich meine Tat belastet. Ich denke nicht mehr jeden Tag daran, kann aber jederzeit zu jenen Gefühlen zurückkehren. Zudem habe ich immer noch Albträume und wache durchgeschwitzt auf. Manchmal rufe ich sogar Petras Namen im Schlaf.«

»Wie reagiert Ihre Frau darauf?«

»Na ja«, antwortet Philipp peinlich berührt. »Sophie

interpretiert die Situation verständlicherweise falsch und tröstet mich. Ich lüge sie ja nicht an, wenn ich sage, dass ich von Petra geträumt habe und mich ihr Tod immer noch beschäftigt. Meistens werden wir dann intim.«

Armand will gerade etwas sagen, als sich das Hauptportal der Kirche mit einem lauten Knarren öffnet, gefolgt von einem empfindlichen Windstoß. Die beiden Männer drehen sich um und sehen gerade noch, wie die junge Frau mit beiden Händen die schwere Türe hinter sich zustößt. Dann schüttelt sie kurz ihre langen braunen Haare und trocknet sich die Hände an den engen Jeans. Mit einem breiten Lächeln kommt sie leichtfüßig nach vorne zum Altar. Dann zieht sie ein Smartphone aus der Tasche und hält es Armand hin.

»Verzeihung, dass ich euch störe, aber der Chef will mit dir sprechen, Armand.«

Diesmal ist es der Kleriker, der rot anläuft. Hastig nickt er der jungen Frau zu, nimmt das Telefon und entschuldigt sich bei Philipp. »Bin gleich wieder bei Ihnen. Ich werde es so kurz wie möglich machen.« Dann zieht er sich in eine entfernte Ecke zurück und wählt die ihm bestens bekannte Zahlenkombination. Währenddessen bleiben Philipp und die unbekannte Frau alleine zurück. Kurze Zeit herrscht eine peinliche Stille.

»Schrecklich unhöflich von mir. Ich bin Verena, die Sozialarbeiterin in der Gemeinde, und arbeite eng mit Armand zusammen.« Sie senkt kurz ihren Blick, sammelt sich aber gleich wieder und hält Philipp mit einem entwaffnenden Lächeln die ausgestreckte Hand hin. »Und Sie müssen Philipp sein. Armand hat viel von Ihnen erzählt.«

»Angenehm. Ich bin Philipp.« Er erwidert den Gruß. Zögerlich.

Armand hat viel von ihm erzählt?

Die junge Frau spürt Philipps Irritation und relativiert sofort: »Armand erzählt mir natürlich nie Details aus seinen Gesprächen. Er hat sich aber immer auf die Termine mit Ihnen gefreut. Es kommt selten bis nie vor, dass er so freundschaftlich über jemanden spricht. Sie haben scheinbar einen bleibenden Eindruck hinterlassen.«

Philipp entspannt sich wieder. »Wahrscheinlich. Das beruht auf Gegenseitigkeit. Armand und ich sind uns in den vergangenen Wochen vertraut geworden. Ich habe mich schon seit einer Ewigkeit nicht mehr so intensiv mit jemandem unterhalten.«

»Ja, Armand versteht es, auf andere einzugehen. Aber als Mensch und nicht als Priester.« Mit strenger Miene zeigt sie auf die Kippen im Aschenbecher. »Hat Ihnen Armand das Rauchen erlaubt? Hier in der Kirche?« Dann schüttelt sie lachend den Kopf. »Wahrscheinlich wollte er nur den Rauch einatmen. Er hat vor zehn Jahren damit aufgehört. Zwischendurch zwickt es ihn aber immer noch.«

Nun lacht Philipp laut auf, behält sein Geheimnis aber für sich. Armand scheint ein Mann mit vielen Facetten zu sein. Die junge Frau ist ihm auf Anhieb sympathisch. Mit ihrem hübschen Gesicht und der sportlichen Figur würde sie gut zu Armand passen, denkt sich Philipp. Aber ist er hier nicht in einer katholischen Kirche? Er nimmt sich vor, Armand in dieser Causa auf den Zahn zu fühlen. Als der Priester zurückkommt, nimmt Verena das Telefon wieder an sich und verabschiedet sich.

»Auf Wiedersehen, Philipp, hat mich gefreut, Sie kennenzulernen. Armand, dass du mir aber nicht zu viel Weihrauch einatmest.« Und weg ist sie.

Erschrocken blickt Armand zu Philipp. Dieser schüttelt den Kopf. »Alles okay. Was in der Kirche passiert, bleibt in der Kirche. Auch ich unterstehe dem Beichtgeheimnis. Gab es Ärger mit dem Chef?« Philipp zeigt mit dem Kopf zur Jesusfigur.

Armand nickt müde und wendet sich zum Altar. »Ja, aber mein direkter Vorgesetzter ist leider einige Stufen unter Jesus. Und der Bischof, also mein Chef, hat anscheinend zunehmend Mühe mit meiner Meinung zu gewissen Themen. Er hat in der Gemeinde einige – bei der Polizei würden wir sagen – Spitzel installiert, die ihm brühwarm von meinen Predigten und Gesprächen berichten. Meine Aussagen über die Vertuschung der seit Langem bekannten Kindesmissbräuche und der systematischen Benachteiligung der Frauen in der katholischen Kirche sind ihm anscheinend sauer aufgestoßen. Aber anstatt sich wie ein guter Christ zu benehmen und das Übel an der Wurzel zu packen, hat er mir eine scheinheilige und frömmlerische Rüge erteilt. Aber so war es doch schon immer. Die Kirche arbeitet daran, die Gläubigen angepasst zu halten, damit sie in ihrer Institution gut funktionieren, sogar wenn diese selbst verrückt und dekadent geworden ist. In zwei Wochen wird mich der Bischof besuchen. Mal sehen, was dann passiert.«

»Geht es dabei auch um Verena?«

Armand nestelt sich eine Zigarette aus Philipps angebrochener Packung. »Nein, er weiß nichts über uns. Und dabei soll es auch bleiben. Aber erzählen Sie weiter, Philipp. Ich bin auf das Finale gespannt.«

RUHIGE JAHRE

Nachdem mir Sophie von ihrer Schwangerschaft erzählt hatte, richteten wir mit riesiger Vorfreude das Kinderzimmer ein. Es sollte ein Mädchen werden. Ich sehe die Gegenstände noch vor mir: Bettchen, Wickelkommode, Kuscheltiere mit Spieluhr, Kleidchen und Pyjamas, Schnuller, Pflegeprodukte ... you name it. Sogar Bella schien sich auf den Familienzuwachs zu freuen und kuschelte sich beim Fernsehen nur noch an Sophies Bauch.

Die Geburt unserer Tochter Michelle verlief glücklicherweise ohne Komplikationen. Ich erinnere mich noch, wie die Ärztin bei der Entbindung elegant ihr Handgelenk drehte und von einer Sekunde auf die andere unsere Tochter in den Armen hielt und Sophie das kleine Wesen übergab. Es ist mir bis heute unerklärlich, wie jemand wie ich etwas so Perfektes erschaffen konnte oder zumindest dabei geholfen hat. Etwas später suchte Sophie mit Unterstützung der Krankenschwester das Bad auf. Ich blieb alleine mit unserem kleinen Baby zurück. Michelle war in eine warme Decke gewickelt und blickte mich neugierig an. Noch nie hatte ich ein so schönes Neugeborenes gesehen. Michelles Haut leuchtete zart, war völlig faltenfrei und duftete nach Puderzucker. Ich versank in den Augen meiner Tochter und schwor, alles Unheil von ihr abzuhalten und immer für sie da zu sein.

Ich bin für dich da!

Die Geburt von David drei Jahre später sollte dann etwas komplizierter werden, was im Rückblick wie ein Omen erscheinen mag. Aber das ist natürlich Unsinn. David konnte ja weder etwas für die tagelangen Wehen noch für seine Koliken in den zähen Monaten nach seiner Geburt. Wenn es ihm aber gut ging, gluckste er vor Lachen und war ein sehr aufgeweckter Junge. Während er in diesen Phasen schlief, saß ich oft bis spät in der Nacht an seinem Bettchen und betrachtete den Lausebengel. Nur Kinder können so tief und fest schlafen, ohne Sorgen, behütet und geliebt. Ich spürte ein unglaublich intensives Gefühl von Stolz und Liebe, aber auch von Angst und Zweifel.

Von den ersten gemeinsamen Jahren mit meiner Familie habe ich eine Menge ungeordneter Erinnerungen im Kopf, wie Schubladen voller Schnappschüsse. In der einen sind die Bilder meiner Kinder: Michelle mit einem aufgeschlagenen Ellbogen, wie sie schluchzend Linderung in meinen Armen suchte und ich noch heute ihre Tränen auf meiner Wange spüre; die Angst bei ihrem ersten Bienenstich, da wir zunächst nicht wussten, ob unsere Kleine allergisch reagieren würde oder es sich bei der vermeintlichen Biene eventuell sogar um eine Hornisse gehandelt haben könnte, sodass ich schon den Notarzt verständigen wollte, doch Sophie glücklicherweise die Ruhe bewahrte und die Situation routiniert mit einem in Essig getränkten Wattebausch klärte; wie meine Tochter das Fahrradfahren lernte, ganz vorsichtig, bis sie schließlich voller Stolz die erste Runde ohne Stützräder auf unserem Vorplatz drehte; die ersten gemeinsamen Ferien in den Bergen und am Strand; der erste Tag im Kindergarten, ich mit Tränen der Wehmut, meine Tochter mit Tränen freudiger Aufregung in den Augen; David, der schon als Baby ein richtiger Kerl war, dunkler Schopf, mit

Füßen und Händen, die auf einen künftigen Zweimeter-
riesen hindeuteten; wie er das Fahrradfahren lernte, wild,
ungestüm, ohne doppelten Boden, dafür mit vielen Tränen; mein Sohn hat aber auch meinen Beschützerinstinkt
geerbt, der sichtbar wurde, als ich letzten Sommer mit meinen Kindern alleine in den Park gegangen bin, sie bei der
Eisdiele einen Moment aus den Augen ließ und ein frei
laufender Hund bellend und zähnefletschend auf sie los-
stürmte – David stellte sich spontan vor seine Schwester und
schrie den Köter auf Augenhöhe so laut an, dass sich dieser
eingeschüchtert davonmachte, begleitet von den drohen-
den Worten meines Sprosses: »Päng, päng, ich mach dich
tot.« Ich erinnere mich noch gut daran, wie mir die Knie
gezittert haben. Mein Sohn empfing mich mit einem so fre-
chen Lachen, dass auch ich lachen musste. Nun gut, so ist er
eben. Vom Puppenhaus, das er im Kindergarten angezündet hat, weil er es ungerecht fand, dass es ein Haus gibt mit
mehr Zimmern, als das unsere hat, habe ich schon erzählt.
    In der zweiten Kopfschublade habe ich die Bilder von
Sophie abgelegt: ihre Zahnlücke und das feine Lispeln
brachten mich weiterhin um den Verstand; oder wie Sophie,
für ihr Teilpensum an der Universität zu Hause arbeitend,
am Esstisch vor den aufgeschlagenen Büchern sass, mit
ihrer holzgerahmten Brille, den schwarzen vollen Haaren,
wie sie von den Notizen aufblickte und mich anlächelte;
Sophie früh am Morgen in Löffellage mit Michelle, die es
in der Nacht unbemerkt geschafft hat, in unser Bett zu
schleichen; meine Frau im Garten, beim Gewürzeschnei-
den oder Blumenpflanzen, meist erfolgreich mit ihrem grünen Daumen; die vielen Tränen vor dem Fernseher, weil
Sophie nach der Geburt unserer Tochter näher am Wasser
gebaut war als vorher und sie sogar weinen musste, wenn

ein Superheld auf tragische Weise gestorben zu sein schien, aber man genau wusste, dass dies auf die eine oder andere Weise wieder rückgängig gemacht würde; Sophie bei unserer Hochzeit, schön wie eine Göttin, schlicht gekleidet wie eine Waldfee, den kleinen Anlass mit den engsten Freunden genießend.

In einer dritten, kleinen Schublade liegen die Erinnerungen an Bella. Sie ließ so manchen Scherz – vor allem von unserem Sohn – ohne zu knurren über sich ergehen. Sie macht uns noch heute große Freude.

Natürlich war mir meine Vergangenheit nicht egal. Ich war nicht stolz auf das, was ich getan hatte. Nie wieder durften solche Dinge geschehen. Aber ich bereute nichts. Ich bin glücklich, dass ich damals noch nicht wusste, was noch alles passieren würde. Es wäre mir sonst nicht möglich gewesen, so unbeschwert das Leben zu genießen.

DAS WALKIE-TALKIE

Das Unglück nahte an einem Montagmorgen in der Gestalt von Frau Huber. Ich trat ohne böse Vorahnung aus dem Fahrstuhl und sah sie bereits ganz zappelig vor meinem Büro stehen.

»Herr Humboldt, haben Sie die Neuigkeiten schon gehört?« Sie trat von einem Fuß auf den anderen, als ob sie seit zwei Tagen nicht mehr auf der Toilette gewesen wäre.

»Haben Sie im Lotto gewonnen, Frau Huber?«, antwortete ich nichtsahnend und zwängte mich an ihr vorbei in mein Büro.

»Nein, nein.« Sie verdrehte die Augen und lachte aufgeregt. »Unser CEO wird gegen Ende des Jahres in den vorzeitigen Ruhestand gehen.«

»Er wird was?« Jetzt war ich wirklich baff.

»Ja, sein Posten wird frei! Seine Sekretärin hat es mir gerade erzählt. Es weiß noch niemand davon. Aber sie hat es zufälligerweise mitbekommen. Man ist ja dazu angehalten, die Mails seines Vorgesetzten zu lesen. Und nun kommt das Beste von allem.« Frau Huber zog ihre Mundwinkel bis zu den Ohren und verschränkte die Arme. Mit leicht auf die Seite geneigtem Kopf blickte sie mich mit großen Augen an.

Ich wurde langsam ärgerlich.

»So rücken Sie doch endlich mit der ganzen Geschichte raus, Frau Huber. Wir sind doch hier nicht im Kindergarten.«

Ihre Mundwinkel gingen wieder in die Horizontale. Sie war enttäuscht über meinen fehlenden Enthusiasmus. »Allem Anschein nach bevorzugt der Verwaltungsrat eine interne Lösung. Und Ihr Name steht ganz oben auf der Liste, Herr Humboldt. Sonst sind gemäß meiner Quelle nur noch Herr Tuchel vom Private Banking und Herr Grabowski, Harpers Stabschef, in der engeren Auswahl.«

Ich war echt geschockt. Aber eines Tages hatte dieser Moment kommen müssen. Harper war der dienstälteste CEO. Die Geschäftsführer unserer Konkurrenten waren während seiner Amtszeit gleich mehrmals ausgewechselt worden. Es war ihm nicht zu verübeln, dass er nun etwas früher in Pension gehen wollte. So blieben ihm noch mindestens 20 Jahre, um zumindest einen kleinen Teil seines beträchtlichen Vermögens auszugeben.

»Und jetzt?« Ich hatte beinahe vergessen, dass meine Sekretärin immer noch in meinem Büro stand.

»Und was?«, fragte ich zurück.

Frau Huber blickte mich tadelnd an. »Nun, wie sollen wir die nächsten Wochen planen? Sie haben noch die eine oder andere Auslandsreise im Terminkalender. In Anbetracht der jetzigen Situation scheint es mir aber wichtiger, dass Sie sich in der Nähe unseres Verwaltungsratspräsidenten Herrn von Fink aufhalten. Zudem müssen wir unbedingt ein Abendessen mit Herrn Harper organisieren. Ich bin mir sicher, dass er bei der Wahl seines Nachfolgers ein wichtiges Wörtchen mitreden wird.«

»Nun mal langsam, Frau Huber. Wer sagt denn, dass ich an der Position überhaupt interessiert bin? Wir sind doch ein eingespieltes Team. Es läuft gut, und wir müssen unser Gesicht nicht in jede Kamera halten. Warum etwas ändern? Sollen sich doch die anderen ihre Köpfe einschlagen. Nein, Frau Huber, diesmal halten wir uns schön aus allen Querelen raus.«

Nun zeigten ihre Mundwinkel nach unten. »Aber Herr Humboldt, ich habe immer geglaubt, dass …«, fing sie wieder an.

Ich unterbrach sie schroff. »Frau Huber, Sie sind nicht hier, um zu glauben. Sie sind hier, um Ihren Job zu machen, und sicher nicht, um mich zu belehren. Haben wir uns verstanden?« In den vielen Jahren unserer Zusammenarbeit hatte ich meine Sekretärin nie gemaßregelt.

»Ja, natürlich, Herr Humboldt. Verzeihen Sie.«

Mit gesenktem Kopf trippelte sie aus dem Büro.

In der Sache lag Frau Huber aber richtig. Noch am selben Nachmittag bestellte mich von Fink in sein Büro und klärte mich über die Sachlage auf.

»Ja, ich habe davon gehört«, sagte ich wahrheitsgetreu.

Von Fink hob die Augenbraue. »Kann denn in diesem Drecksladen keiner sein Maul halten«, rief er mit rotem Kopf. So schnell er in Rage geraten war, beruhigte er sich wieder. »Also, Humboldt. Sie sind natürlich auch auf unserem Radar für die Stelle. Überrascht Sie sicher nicht. Wir sind mit Ihrer Entwicklung äußerst zufrieden. Und Ihre Frau Sophie ist reizend. Sehr medienwirksam, sie beide zusammen. Ein bisschen positive Publicity und Glamour kann unserer Zunft nicht schaden. Man traut sich ja in der Öffentlichkeit fast nicht zuzugeben, dass man bei einer Bank arbeitet.« Für einen Augenblick verfinsterte sich seine Miene, und er blickte schwermütig aus dem Fenster. »Nun gut. Es ist, wie es ist. Auf jeden Fall hat Sie uns Harper wärmstens empfohlen. Das will aber noch nichts heißen. Seien Sie sich Ihrer Sache nur nicht zu sicher. Die Konkurrenz ist groß. Wir haben mindestens ein Dutzend geeignete Kandidaten, von denen die meisten sogar besser qualifiziert sind als Sie.«

»Grabowski und Tuchel sind gute Leute«, sagte ich beiläufig. »Ich bin sicher, dass beide für den Job geeignet sind.«

Von Fink schlug mit der Faust auf den Tisch. »Gottverdammt noch mal. Woher haben Sie diese Information schon wieder? Wer konnte seine Schnauze nicht halten?« Er sah mich zornig an.

»Ich habe die Informationen nicht aus erster Hand. Als ich heute Morgen ins Büro kam, waren die News schon bekannt«, sagte ich wahrheitsgetreu.

»Hmm«, brummte von Fink unzufrieden. »Wir haben noch Zeit bis Ende des Jahres und werden uns im Verwaltungsrat genügend Zeit für die Evaluation nehmen. Halten Sie den Ball flach. Wie Sie selbst gesagt haben: Es stehen verschiedene Kandidaten zur Verfügung. Wir melden uns bei Ihnen.«

Grußlos wies er mich zur Tür. Ich verabschiedete mich höflich. Meine unaufgeregte Kenntnisnahme hatte ihn offensichtlich überrascht. Vor fünf Jahren wäre ich tatsächlich noch vor ihm auf die Knie gefallen und hätte um den Posten gebettelt. Jetzt standen die Dinge anders. Meine Prioritäten hatten sich verschoben. Dramatisch. Unwiderruflich. Hinzu kam, dass die Aufgabe eines CEOs mittlerweile der einer eierlegenden Wollmilchsau gleichkam. Eine Bank im herkömmlichen Sinn wurde nicht mehr benötigt. Bereiche wie Zahlungsverkehr, Kreditvergabe, Firmenfinanzierung, Geldschöpfung, Vermögensverwaltung sicher, ja. Aber dafür gab es inzwischen unzählige Konkurrenten, welche die einzelnen Schritte, die früher nur die Banken angeboten haben, schneller und kostengünstiger erledigen konnten.

Diese Entwicklung spiegelte sich in den fallenden Aktien-
kursen der Banken. Und den Kopf dafür hinhalten musste
wer? Genau. 99,9 Prozent der Manager wollten genau aus
diesem Grund zwar eine gute Position und viel Geld verdienen, aber nicht unbedingt als CEO.

Ich musste mir also dringend überlegen, wie ich sicherstellen konnte, dass dieser Kelch an mir vorbeiging. Ich
hatte Sophie schon einmal wegen Ärger im Geschäft vernachlässigt. Diesmal sollte es anders sein. Andererseits war
ich Harper und von Fink auch zu Dank verpflichtet, und
Loyalität bedeutete mir etwas. Es galt subtil vorzugehen,
ohne jemanden vor den Kopf zu stoßen.

Auf das, was nun kam, war ich jedoch nicht vorbereitet.
Die Geister meiner Vergangenheit holten mich ein. Nicht
in Form von Charles Dickens' Weihnachtsgeistern, sondern in Form eines Walkie-Talkies.

Als ich am nächsten Morgen ahnungslos mein Büro betrat,
lag eine helle Sichtmappe auf dem Tisch. Das Blut gefror
mir in den Adern. Ich kann mich nicht mehr erinnern, wie
lange ich auf das oberste Blatt gestarrt habe. Die farbige
Kopie zeigte eindeutig mein seit ewiger Zeit verschollenes
Walkie-Talkie! Die drei Fragezeichen waren so deutlich
zu erkennen wie der Vollmond in einer klaren Nacht. Als
mir schwindelig wurde, gelang es mir gerade noch, in den
Bürosessel zu fallen. Fassungslos starrte ich auf das Bild. Ich
nahm den kleinen Stapel Papier aus dem Mäppchen und sah
mir eine Seite nach der anderen an. Es wurde immer schlimmer. Seite zwei war eine Kopie des schriftlichen Verweises,
der Falkenstein nach der Episode im Nachtclub übergeben
worden war. Die dritte Seite war eine Kopie der Todesan-
zeige von Petra, gefolgt von der Rechnung meiner Werkstatt

für die Reparatur der demolierten rechten Wagenseite. Das Kabinett des Grauens wurde abgerundet von zwei Kalenderausdrucken der Unglückswoche. In der ersten Version war mein Herrenabend am Mittwoch eingetragen, in der zweiten am Dienstag. Das war nun die Quittung dafür, dass ich mir nie eine private Mailadresse zugelegt hatte. Meine ganze Korrespondenz, geschäftlich und privat, lief über meine Geschäftsadresse. Und diese war offensichtlich gehackt worden. Ich war unfähig, einen klaren Gedanken zu fassen. Rasch öffnete ich meine Mailbox – nichts! Kein Bekennerschreiben, keine Drohung, keine Erpressung. Nur der übliche Strom an Informationen. Als ich mich einigermaßen gefasst hatte, verstaute ich die Unterlagen in meiner Aktentasche und versuchte einen klaren Kopf zu behalten.

Ein Ding der Unmöglichkeit.

Der Tag verlief erschreckend normal. Kein Anruf, kein unerwarteter Besuch, kein Garnichts. Es war zum Verrücktwerden. Frau Huber war meine Unruhe nicht entgangen.

»Geht es Ihnen nicht gut, Herr Humboldt?«, fragte sie besorgt. »Sie sind bleich, als hätten Sie einen Geist gesehen.«

»Da liegen Sie nicht einmal ganz falsch«, antwortete ich. »Ein Freund von mir ist schwer erkrankt. Das nimmt mich etwas mit. Ich gehe heute etwas früher nach Hause.«

Wie immer konnte ich mich auf meine Sekretärin verlassen. »Ich werde alle Termine ab 16 Uhr verschieben. Gehen Sie nach Hause und schlafen Sie sich richtig aus. Ihrem Freund wird es sicher bald wieder besser gehen.«

Ich befolgte den Ratschlag. Als Erstes prüfte ich zu Hause den Briefkasten und den Anrufbeantworter. Beide leer wie mein Kopf. Kein Hinweis auf meinen Peiniger. Es blieb mir nichts anderes übrig, als zu warten. Ich verlor gegen Michelle im Backgammon und schüttete später noch ein Glas Rotwein über das Sofa. Am nächsten Morgen wurde ich erlöst.

»Haben Sie meine Unterlagen, die ich Ihnen gestern auf den Tisch gelegt habe, studiert?« Frau Huber war ohne anzuklopfen in mein Büro gekommen und schloss sorgfältig die Türe hinter sich.

»Ich habe keine Ahnung, wovon Sie sprechen«, log ich.

Ohne Aufforderung lehnte sie sich an den Besprechungstisch und kreuzte ihre Beine. Sie trug auffällige schwarze Strümpfe mit einer Naht auf der Rückseite. Für ihr Alter war sie gut erhalten und definitiv auf Attacke eingestellt. Frau Huber schaute mich schmunzelnd an.

»Aber Herr Humboldt, wir wissen beide ganz genau, wovon ich spreche. Das Walkie-Talkie habe ich damals zufälligerweise entdeckt, als mir ein Stapel Papier aus der Hand gefallen war. Brillante Idee, ich beglückwünsche Sie. Die Mails sind mir sozusagen in den Schoß gefallen. Ich kontrolliere Ihre Eingänge ja im Minutentakt. Ihr Verhalten an jenem Novembertag – war es nicht ein Mittwoch? – ist mir sofort aufgefallen. Und als ich Ihnen zur Beerdigung folgte, habe ich nur noch eins und eins zusammengezählt. Sie sind wirklich mit allen Wassern gewaschen, Herr Humboldt. Das würde man Ihnen gar nicht zutrauen.«

Sie sah mich provozierend an. Am liebsten hätte ich ihr eine reingehauen.

»Wenn Sie mich erpressen wollen, muss ich Sie enttäuschen. Das ist doch alles an den Haaren herbeigezogen. Ich will aber keinen Krieg anzetteln. Vergessen wir diese Diskussion. Ich möchte Sie aber nachdrücklich daran erinnern, dass man wegen Erpressung ins Gefängnis kommen kann.«

Lasziv überkreuzte sie nun das andere Bein. »Dann könnten wir uns ja eine Zelle teilen. Wäre sicher ganz amüsant.«

Ich blieb ruhig und schrie sie an. »Hat Ihnen jemand ins Gehirn geschissen? Was wollen Sie denn damit beweisen?« Ich nahm die Unterlagen aus der Mappe und schleuderte sie in den Raum. Wie verwelkte Blätter segelten die Seiten langsam zu Boden. Frau Huber ließ sich nicht aus der Ruhe bringen und hob die Papiere auf. Sie griente, als würden wir über ein Kochrezept oder die Fußballresultate des vergangenen Wochenendes diskutieren.

»Ich denke, man könnte so einiges beweisen. Nehmen wir das Walkie-Talkie. Die drei Fragezeichen – echt niedlich. Ich bin sehr vorsichtig damit umgegangen. Ich bin sicher, es sind Ihre Fingerabdrücke drauf. Schon diese Tatsache würde Ihre Karriere abrupt beenden. Den Chef mit einem Walkie-Talkie ausspionieren? Dafür hätte niemand Verständnis. Schon gar nicht von Fink.« Sie legte eine kleine Pause ein, um das Gesagte sacken zu lassen. »Der Rest sind Indizien. Die Kratzer an Ihrem Wagen, am selben Tag, an dem die Freundin Ihrer Frau rücksichtslos getötet wurde? Ich habe auch Fotos in der Parkgarage gemacht. Die Schäden an ihrem Range Rover passen doch gar nicht zu den Kratzern an meinem Kleinwagen. Einige sicher, aber nicht die großen Dellen. Dann die Lüge mit dem verschobenen Termin? Ich bitte Sie, Herr Humboldt. Die Staatsanwaltschaft sucht doch immer noch nach dem Fahrer, der eine Anwältin aus ihren Reihen auf dem Gewissen hat. Und nach der Geschichte mit dem Walkie-Talkie wird man Ihnen sowieso nicht mehr glauben. Man wird in Ihrer Vergangenheit wühlen und vielleicht noch mehr ausgraben, als Ihnen lieb ist. Und auch wenn man Sie trotz der vielen Indizien freisprechen würde, so wäre der Zweifel gesät – in Ihrer Familie und im Geschäft.«

Meine Gegenwehr brach zusammen. Alle Energie wurde von einem unsichtbaren Schwamm aus meinem Körper gesogen. Ich hatte Frau Huber unterschätzt.

»Was wollen Sie von mir?«

»Ich will nur Ihr Bestes, lieber Herr Humboldt«, sagte sie in einem geschäftlichen Ton. »Unsere Bank braucht Sie als neuen CEO. Und Sie brauchen mich als Ihre Sekretärin. Natürlich zu wesentlich besseren Konditionen, wie es sich gehört für eine solche Position. Persönliche Assistentin des Chief Executive Officer. Wie hört sich das für Sie an? Das war schon immer mein Traum. Falkenstein hat es nicht geschafft. Nicht zuletzt wegen Ihnen, Herr Humboldt. Ich trage Ihnen das nicht nach. Falkenstein war ein selbstverliebtes Schwein. Sie dagegen sind ein wirklich guter Vorgesetzter. Aber Sie schulden mir etwas. Sie haben nicht nur seine Karriere zerstört, sondern bis zu einem gewissen Punkt auch meine.«

»Sie sind krank«, zischte ich.

»Nein. Wir sind krank«, korrigierte sie mich. »Aber zusammen kriegen wir das auf die Reihe. Wir müssen nur geschickt vorgehen und unsere Gegner aus dem Weg räumen.«

DAS FENSTER

Ich stand am Fenster. Es war eine kalte und nasse Nacht. Der Regen peitschte waagerecht durch die Luft. Drinnen war es warm und behaglich. Das Kaminfeuer brannte, der Tisch war gedeckt. Richtig gemütlich.

Dummerweise stand ich auf der falschen Seite des Fensters und war durchgefroren wie eine Gletscherleiche. Das Haus, um das ich seit geraumer Zeit wie ein Spanner herumschlich, gehörte dem Stabschef unserer Bank. Grabowski setzte sich gerade zu seiner Frau an den Tisch zum gemeinsamen Abendessen. Gesittete Unterhaltung. Mineralwasser, kein Wein. Der Fernseher abgeschaltet. Bilder von den beiden bereits erwachsenen Kindern auf dem Kaminsims.

Wie langweilig.

Ich war trotz meines schwarzen Regenmantels klatschnass. Meine Finger waren klamm, und die Zehen schmerzten vor Kälte. Seit über zwei Stunden stand ich hinter der Hecke und studierte jede Bewegung von Grabowski. Er war ein sehr ernst zu nehmender Gegner. Ausgezeichneter Leumund, keine Skandale, seit fast 30 Jahren verheiratet. Ich hatte mich umgehört. Es war kein schlechtes Wort über ihn zu hören. Auch in den sozialen Medien fand ich keine brisanten Informationen. Sehr ungewöhnlich für eine Person in dieser Stellung, es deckte sich aber mit meinen eigenen Erfahrungen. Grabowski hatte sich in unseren gemeinsamen Meetings immer vorbildlich verhalten, war stets gut vorbereitet, und es gelang ihm, die unterschiedlichsten Positionen zusammenzubringen. Ich habe immer gerne mit ihm zusammengearbeitet. Nun musste ich seine Schwächen finden. Frau Huber saß mir im Nacken. Es stand außer Zweifel, dass sie mich verpfeifen würde, wenn ich das Rennen gegen Grabowski verlöre. Also begann ich, meinen Rivalen zu studieren, ihn zu beobachten, Informationen zu sammeln. Doch es war zum Verzweifeln. Grabowski war sauber wie ungebrauchtes Toilettenpapier. Vielleicht einmal abgesehen von seinen Stimmungsschwankungen – aber die hat ja jeder gelegentlich.

Sogar ich.

Private-Banking-Chef Tuchel, muss ich noch erwähnen, war schon beim ersten Gespräch mit dem Verwaltungsrat vom Kandidatenkarussell gefallen. Nach seinem Skiunfall und der Schulterverletzung war er nicht mehr mit demselben Elan bei der Sache gewesen. Die Verletzung hatte sich als langwieriger und gravierender herausgestellt als zunächst vermutet. Seither durfte er weder Golf spielen noch Ski fahren. Der komplizierte Trümmerbruch war nie mehr richtig zusammengewachsen. Dazu kamen häufige Migräneanfälle. Tuchel war launisch geworden und hatte seinen positiven Drang nach vorne verloren. Seine ironischen, bisweilen zynischen oder gar sarkastischen Antworten bei den Hearings vor dem Verwaltungsrat kamen nicht gut an. Seine Stellung als Leiter Privat Banking stand nicht zur Disposition, aber für ganz nach oben reichte es im Moment nicht.

Armer Kerl.

So waren nur noch Grabowski und ich als Topkandidaten übrig geblieben. Nach dem Gespräch mit Frau Huber hatte ich mich noch am selben Tag bei von Fink gemeldet und mein ehrliches Interesse für die Stelle als CEO bekundet. Meiner Meinung nach standen die Chancen 60 zu 40 –

für Grabowski. Er stand für Kontinuität und kannte die Bank wie kein anderer. Er war zehn Jahre älter. Ich verkörperte den Aufbruch und die neue Generation. Nun gab es zwei Varianten für den Verwaltungsrat: Einerseits konnte man den jungen, dynamischen Manager zum CEO befördern und ihm den altgedienten seriösen Stabschef zur Seite stellen. Andererseits könnte man aber auch diesen seriösen und altgedienten Stabschef zum CEO befördern und ihm den jungen dynamischen Manager zur Seite stellen und weiter aufbauen. Die zweite Variante, so wurde mir von Frau Huber zugetragen, die es wiederum von Harpers Sekretärin in Erfahrung gebracht hatte, wurde im Moment leicht favorisiert.

»Sie müssen sich mehr ins Zeug legen, Herr Humboldt. Sonst schwimmen uns die Felle davon«, mahnte mich Frau Huber eindringlich. Dabei legte sie die flache Hand ans Ohr, um mich an das Walkie-Talkie zu erinnern.

Vorsichtig zog ich mich in die Dunkelheit zurück und stieg wieder in meinen Wagen. Zwei Stunden im kalten Regen – für nichts! Ich stellte die Heizung aufs Maximum. Erst als ich den Wagen zu Hause in der Garage abstellte, war ich wieder aufgewärmt. Meine Zehenspitzen kribbelten schmerzvoll. Ich schmiss die nasse Kleidung in den Wäschekorb und schlüpfte zu Sophie ins Bett. Seit der Geburt unserer Kinder spielte ihr Hormonhaushalt verrückt.

»Du zitterst ja vor Kälte, Liebling.«

Ich hatte sie aufgeweckt. Sie drehte sich zu mir und küsste mich lange und intensiv auf den Mund. Dann zog sie mich auf ihre Seite. Für einige Zeit vergaß ich Frau Huber und das Walkie-Talkie.

Ich kam nicht weiter und brauchte dringend Hilfe. Die Zeit wurde knapp und Frau Huber ungeduldig. An einem unserer gemeinsamen Familiensonntage nahm ich Vincent zur Seite und ging mit ihm in den Garten. Es war frostig, und wir rauchten unter dem Vordach eine Zigarette.

»Vincent, ich brauche deine Hilfe.«

»Klappt es nicht im Bett bei dir?«, flachste mein Freund.

Ich trat von einem Fuß auf den anderen, doch die Kälte kroch unerbittlich von meinen Knöcheln an aufwärts. »Mir ist nicht zum Spaßen zumute. Es gibt Probleme im Geschäft. Ich vermute, dass unser Stabschef in kriminelle Aktivitäten verwickelt ist, kann es aber nicht beweisen. Ich brauche einen Detektiv, der ihn für einige Tage, sagen wir zwei Wochen auf Schritt und Tritt beobachtet. Ich kann dem Beschatter den offiziellen Terminkalender der Zielperson zukommen lassen. So weiß er immer, wo er ihm auflauern kann.«

Vincent prustete den Wein in seinem Mund vor sich auf die gefrorene Wiese. »Shit, weißt du, wie teuer dieser Schluck Wein war?« Als er sah, dass ich nicht reagierte, wurde Vincent ernst. »Das ist jetzt kein Witz, oder?«

Ich schüttelte den Kopf. »Nein, es ist mir todernst. Ich kann dir nicht alle Einzelheiten erzählen. Du musst mir einfach vertrauen. Aber wenn ich ihn nicht zu fassen kriege, wird er die ganze Bank und womöglich auch mich nachhaltig schädigen.«

»Und warum kommst du damit zu mir und gehst nicht zur Polizei?«

»Weil ich nichts in der Hand habe. Und die Bullen kann ich nicht bei uns brauchen. Das würde alles nur noch viel schlimmer machen. Du kommst als Anwalt doch mit vielen Leuten aus dem Milieu in Kontakt. Da steht sicher noch jemand bei dir in der Schuld. Die Kosten übernehme ich natürlich. Ich zahle 200 die Stunde.«

Vincent kratzte sich am Kopf. »Dann muss es wirklich ernst sein. Du drehst aber kein krummes Ding? Sorry, ich muss das fragen.«

Ich verneinte und fuhr wahrheitsgetreu fort: »Ich verspreche dir, dem Stabschef wird kein Haar gekrümmt, und ich trage die volle Verantwortung für alles.«

»Ich schau mal, was ich machen kann …«

Zwei Tage später stand Grabowski unter Aufsicht. Frau Huber beschaffte mir jeden Tag seinen aktuellen Terminkalender. Die Chefsekretärinnen hatten Zugriff auf die Kalender aller Geschäftsleitungsmitglieder, um die Termine untereinander besser koordinieren zu können. Wir wussten also über jeden Schritt von Grabowski Bescheid. Ich erzählte dem Detektiv, den mir Vincent organisiert hatte, alles, was ich wusste. Besonders wies ich auf die Gefühlsschwankungen des Stabschefs hin. Vielleicht konnte ja er sich einen Reim darauf machen.

Zwei Wochen hörte ich nichts mehr. Ich schlief kaum noch und war mit meinen Nerven am Ende. Umso aufgeregter war ich beim nächsten Treffen mit dem Schnüffler. Wir trafen uns nach Feierabend in einer schmuddeligen Bar im Rotlichtmilieu. Ich hatte mir eine Baseballmütze gekauft und sie mir tief ins Gesicht gezogen. Über meinem Anzug trug ich einen langen, zugeknöpften Regenmantel. Aus verständlichen Gründen wollte ich nicht zusammen mit dem Detektiv erkannt werden.

»Schießen Sie los.« Ich rutschte ungeduldig auf dem Barhocker hin und her. Im Hintergrund lief altmodische Tanzmusik. Es roch nach Rauch, Schweiß und billigem Parfum.

Der Tresen war klebrig. Mein Gegenüber hatte es nicht eilig und trank zuerst in aller Seelenruhe seinen Ramazzotti auf Eis. Ich fürchtete schon, er sei besoffen oder habe einfach nichts zu erzählen. Schließlich drehte er sich doch noch zu mir.

»Dieser Grabowski macht auf den ersten Blick einen soliden Eindruck. Aber nur auf den ersten.« Der Detektiv grinste, und seine gelben Zähne kamen zum Vorschein. Er beschied der leicht bekleideten Kellnerin mit gehobenem Zeigefinger, Nachschub zu bringen. Ich sah ihn ungeduldig an und nippte an meiner Coke Zero.

»Grabowski hält sich strikt an seinen Terminplan. Nach der Arbeit fährt er direkt nach Hause, wo er den Abend mit seiner Frau verbringt. Essen, Lesen, Nachrichten schauen und dann ab in die Heia. Außer am Donnerstag.« Er nippte an seinem zweiten Ramazzotti. Dabei musterte er die Kellnerin hemmungslos von oben bis unten.

»Was ist am Donnerstag anders?« Ich drückte aufs Tempo. Ich wollte nicht den ganzen Abend in dieser Spelunke verbringen.

»Am Donnerstag fährt Frau Grabowski jeweils voraus ins familieneigene Bergchalet. Ich bin ihr gefolgt, nach Davos Dorf. Sie macht die Einkäufe und richtet das Haus fürs Wochenende. Ein bisschen lüften, Staubsaugen und so weiter. Grabowski schließt sich ihr am Freitag nach der Arbeit an, und sie verbringen ein ruhiges Wochenende. Seine beiden Bälger studieren bereits und wohnen nicht mehr zu Hause. Am Donnerstag hat er demnach sturmfrei.«

Der Detektiv blickte mich erwartungsvoll an. Mit einer rotierenden Handbewegung forderte ich ihn auf weiterzuerzählen. Der Kerl genoss meine Anspannung. Aufreizend langsam gab er seine Informationen preis.

»An den Donnerstagen arbeitet Grabowski etwas länger und gönnt sich einen Schlummertrunk ganz in der Nähe. Er setzt sich eine Schiebermütze auf den Kopf und meint wohl, er sei dann unsichtbar.« Der Detektiv lachte höhnisch. Ich legte meine Baseballmütze auf die Theke.

»Amüsiert er sich mit anderen Frauen?«, fragte ich den Schnüffler.

»Sagen wir mal so, er blickt gern auf Arsch und Titten. Aber für den letzten Schritt fehlen ihm die Eier.« Er lachte laut auf. Ich fand es nur begrenzt lustig.

»Ist das alles, was Sie in zwei Wochen herausgefunden haben?« Das Geplapper ging mir auf die Nerven.

»Langsam, langsam. In meinem Beruf muss man Geduld haben. Unser Freund Grabowski geht sich vielleicht etwas Appetit holen am Donnerstag, um dann hungrig zu seiner Alten in die Berge zu fahren. Mit dem Sex kann er warten, aber nicht mit dem Schnee.« Der Detektiv räkelte sich stolz auf dem Barhocker und bestellte sich seinen dritten Ramazzotti. Wenn er einen Witz machen wollte, so hatte ich jedenfalls die Pointe nicht verstanden.

»Schnee?«

Der Detektiv blickte mich kopfschüttelnd an. »In welcher Welt leben Sie, Herr Humboldt? Ja, Schnee! Eine Linie ziehen. Sich die Nase pudern. Noch nie was von Kokain gehört? Meinen Sie denn, der alte Sack könnte sonst das ganze Arbeitspensum so locker wegstecken, den Stress, die vielen Meetings, die langen Arbeitstage, das viele Geld?«

Ich war baff.

»Grabowski kokst also. Der alte Schweinepriester!«, sagte ich zu mir selbst und bestellte einen Wodka Tonic. Das Kokain würde zumindest die Gefühlsschwankungen erklären. Es war schon vorgekommen, dass der Stabschef bei spätabendlichen Sitzungen fahrig und launig auftrat, um dann nach einer kurzen Pause plötzlich das Zepter zu übernehmen und das Geschehen voranzubringen. Mein Gott, war ich naiv gewesen! Kokain soll ja bekanntlich aus einem klugen einen brillanten Manager machen. Dumm nur, dass es so schnell abhängig macht.

Die Beobachtungen meines Detektives veränderten die Machtkonstellation gewaltig – zu meinen Gunsten. So interessant die Neuigkeiten auch waren, die Zeit drängte. Ich musste eine Lösung finden, die Grabowski aus dem Rennen nahm, ohne ihn ganz zu zerstören. Das hatte ich Vincent versprochen. Zudem würde ich ihn als künftigen CEO an meiner Seite brauchen. Ein loyaler Stabschef, der einem aus der Hand fraß, war essenziell. Ich blieb noch einige Zeit mit dem Schnüffler in der Bar sitzen. Mit der Information alleine konnte ich noch nichts kaufen.

»Wie würden Sie an meiner Stelle vorgehen?«, fragte ich ihn.

Der Detektiv war ein widerlicher Zeitgenosse. Seine Fantasie und Methoden waren zutiefst verdorben – aber kreativ, das musste ich ihm lassen. Sein Vorschlag für den nächsten Schritt war, gelinde gesagt, perfide. Ich stellte ihm dafür einen Check über 20.000 Schweizer Franken aus.

DONNERSTAG

Am nächsten Donnerstag lud ich Grabowski zum Abendessen ein. Wir trafen uns in einem exklusiven Hotelrestaurant mit angesagter Bar. Der Stabschef war neugierig und zugleich etwas misstrauisch. Grundsätzlich eine gute Mischung, wenn man langfristig im Geschäft bleiben will.

»Ich bin gespannt, was es so Wichtiges zu erzählen gibt, Philipp«, sagte er.

Ich probierte den Wein, einen Masseto Jahrgang 2001, und gab ihn mit einem Nicken frei. »Ausgezeichnet.« Ich wartete, bis auch Grabowskis Glas gefüllt war, und prostete ihm zu. Wir gönnten uns einen Schluck. Grabowski war begeistert.

»Ich habe noch nie einen Masseto getrunken. Ein Erlebnis! Ich wusste gar nicht, dass der hier auf der Karte ist.«

»Ist er auch nicht«, korrigierte ich. »Ein kleines Geschenk meinerseits. Der Chef de Service hat eine Ausnahme gemacht, und ich habe die Flasche am Morgen vorbeigebracht. Habe mir vor einigen Jahren eine kleine Kiste davon beschaffen können. Heute ist nur das Beste gut genug für dich.«

»Für mich?« Grabowski blickte mich mit zusammengekniffenen Augen an.

»Natürlich für dich. Ich gratuliere dir zur neuen Position. Ich werde von Fink am Montag mitteilen, dass ich mich aus dem Rennen zurückziehen werde.«

Der Stabschef sagte nichts. Seine Augen verrieten jedoch seine Aufregung. Er nahm einen gierigen Schluck im Gegenwert von mindestens 50 Schweizer Franken. Mit gönnerhafter Miene fuhr ich fort.

»Ich weiß, dass dich diese Neuigkeit überrascht. Ich bin aber zur Überzeugung gelangt, dass der Schritt zum CEO für mich zu früh käme. Ich gewähre daher dir den Vorzug. Wahrscheinlich wärst du sowieso gewählt worden. Herzlichen Glückwunsch!«

Grabowskis Gesicht verzog sich zu einem breiten Grinsen. »Shit, und ich habe immer gemeint, du seist ein skrupelloser Karrierist. Aber so kann man sich täuschen. Wie soll ich dir nur danken?«

Ich wiegelte ab. »Du musst mir nicht danken. Wenn ich in den nächsten Jahren von deiner Erfahrung profitieren kann, ist mir das genug.«

»Die Rechnung heute geht aber auf mich«, sagte Grabowski. »Du hast nicht zufällig noch eine Flasche Masseto mitgebracht?«

Wir ließen es uns schmecken, und ich bat den Kellner, die zweite Flasche Rotwein zu dekantieren. Meine Vorahnung hatte sich bestätigt. Grabowski erwies sich im weiteren Verlauf des Abendessens als ein geselliger Trinker und interessanter Gesprächspartner. So entspannt hatte ich ihn noch nie erlebt. Als ich gegen elf Uhr Anstalten machte, nach Hause zu gehen, bestand Grabowski auf einen Schlummertrunk an der Bar.

»Na komm schon, Philipp. Ich bin heute alleine daheim, und nach deiner Ankündigung kann ich sowieso nicht schlafen. Heute hängen wir noch ein wenig ab. Sei kein Spielverderber.«

Ich war einverstanden, und wir begaben uns hinüber in die wie immer gut besuchte Hyatt Bar. Ich hatte schon mehrmals gehört, dass sich hier die Schönen der Nacht tummelten. Also genau der richtige Ort. Ich schlug Grabowski einen Platz an der Seite vor, wo man eine gute Übersicht hatte und der Geräuschpegel akzeptabel war. Die junge Frau in der Ecke rückte freundlich etwas zur Seite, sodass wir nebeneinander an der Bar Platz nehmen konnten. Wir setzten uns und bestellten zwei Manhattan, extrastark. Wir plauderten unbeschwert über das Geschäft und planten die Zukunft. Ich spendierte auch der jungen Dame einen Drink. Höflich lehnte sie zunächst ab. Ich insistierte jedoch.

»Ich bestehe darauf. Es war sehr freundlich, dass Sie uns Platz gemacht haben. Ist heutzutage nicht selbstverständlich.«

Schüchtern akzeptierte sie schließlich die Einladung und bestellte sich dafür gleich ein Glas Dom Pérignon.

»Ich mag Frauen, die Stil haben«, sagte Grabowski. Die junge Frau errötete leicht, bedankte sich höflich für die Einladung und prostete uns zu. Dann richtete sie dezent den Kragen ihrer schwarzen Seidenbluse, legte ihre tadellos manikürten Hände auf die Bar und wandte sich zu uns.

»Verzeihung, ich wollte vorhin nicht lauschen. Aber ich habe gehört, dass Sie im Bankenbereich arbeiten. Ich promoviere gerade in Finanzwissenschaft und würde danach gerne ein Praktikum bei einem renommierten Institut absolvieren. Können Sie mir vielleicht einen Ratschlag geben, wie ich am besten vorgehen soll? Es ist ja so schwierig, heutzutage eine gute Stelle zu finden – ohne die richtigen Beziehungen.«

Grabowski war ganz Gentleman. »Hier ist meine Karte. Wir sind immer an guten Nachwuchskräften interessiert. Aber ich kann mir nicht vorstellen, dass Sie niemanden kennen aus dem Finanzbereich.«

Ich schob der jungen Frau meine Karte ebenfalls über den Tresen. Sie klimperte unschuldig mit ihren langen Wimpern. Man versank in ihren dunklen Augen wie in einem Moor.

»Doch, natürlich sind einige meiner ehemaligen Kommilitonen in die Finanzbranche gegangen. Ich kann aber mit den jungen Bankern nicht viel anfangen. Die sind alle so, wie soll ich sagen … unreif. Mich faszinieren gestandene Männer. So wie Sie beide.« Sie blickte auf ihr Glas, das schon leer war.

Grabowski drehte bereits im roten Bereich und schaltete auf lustig. »Sie Arme, Ihr Glas ist ja schon wieder leer. Verdunstet halt alles so schnell bei diesen Temperaturen.«

Ich fand den Spruch reichlich abgelutscht, die junge Dame lächelte höflich. Ein halbe Stunde später verließ ich die Bar und flüsterte Grabowski ins Ohr: »Genieß dein Leben, solange du noch kannst. Ab Januar ist Schluss mit lustig.«

Ich blieb noch eine Weile vor dem Gebäude stehen und betrachtete die beiden Turteltäubchen aus sicherer Entfernung durch die übergroße Glaswand. Niemandem außer mir fiel auf, dass sie zusammen die Bar verließen. Ich konnte mir ein Lächeln nicht verkneifen.

DIE DARGEBOTENE HAND

Ich bekam die Fotos am nächsten Morgen. Ein Fahrrad-kurier überbrachte mir die kompromittierenden Unterlagen. Ich riss das Kuvert auf und legte die Bilder vor mir auf den Tisch.

Ekelhaft.

Zum Glück hatte ich nicht gefrühstückt. Schon so war der Brechreiz kaum auszuhalten: Grabowski über einen kleinen Salontisch gebeugt, die Nase tief in eine Linie aus hellem Pulver, der nackte Hintern, weiß wie Schnee, völlig entblößt, schwabbelige Oberschenkel mit Anzeichen von chronischer Cellulitis. Ich musste kurz wegschauen. Auf dem nächsten Bild Grabowski nackt unter der Dusche, fotografiert von außerhalb des Badezimmers. Man erkannte ihn deutlich, kein Zweifel möglich. Dann Grabowski, schlafend auf dem Hotelbett, halb abgedeckt, mit erschlafftem Glied. Den Fotos lag ein handgeschriebener Brief bei.

»Lieber Herr Humboldt.

Vielen Dank für die aufregende Nacht. Es war ein prickelndes Vergnügen! Schade, dass Sie, ohne auf Wiedersehen zu sagen, verschwunden sind. War gar nicht gentlemanlike. Wie Sie wissen, bin ich gerade mitten in meinen Prüfungen. Es fehlen mir leider die finanziellen Mittel, um mich voll darauf zu konzentrieren. Es wäre sehr edel von

Ihnen, wenn Sie mich mit 10.000 Schweizer Franken unterstützen könnten. Die Bilder werde ich dann natürlich unwiderruflich löschen. Ganz ladylike eben. Es ist mir nicht daran gelegen, Ihnen zu schaden. Ich werde den gestrigen Abend und meinen kleinen Hengst immer in guter Erinnerung behalten. Auf der Rückseite des Briefes finden Sie meine Kontoangaben und meine Telefonnummer. Herzlichen Dank für Ihr Verständnis.«

Ich rief Frau Huber zu mir ins Büro und zeigte ihr die Bilder. Nur um sicherzugehen, dass sie nicht plötzlich die Nerven und gleich auch noch ihre Verschwiegenheit verlieren würde.

»Sind Sie jetzt zufrieden?«

Sie nickte und sah die Fotos an. »Unglaublich, das würde man Grabowski gar nicht zutrauen. Ihnen aber auch nicht, Philipp.«

Sie verzog keine Miene. Hatte ich ihr etwa erlaubt, mich mit Vornamen anzusprechen? Ich schluckte meinen Ärger runter und bat Frau Huber, einen Termin mit Grabowski abzumachen. Und zwar sofort.

»Sagen Sie ihm, es sei dringend. Wenn er absagt, insistieren Sie. Es gehe um Leben und Tod.«

Grabowskis Büro befand sich in einem anderen Gebäude, aber in Gehdistanz. Ich ging den Weg daher zu Fuß. Das Kuvert mit den belastenden Dokumenten hatte ich unter den Arm geklemmt. Die frische Luft tat mir gut. Es war halb zehn, und es waren nicht viele Menschen auf der beliebten Einkaufsstraße. Zwischendurch grüßte mich jemand. Ich nickte ohne hinzuschauen. Dann ging ich eilig in das Verwaltungsgebäude, zeigte dem Sicherheitspersonal ordnungsgemäß meinen Personalausweis und stieg in den Lift.

Kurze Zeit später betrat ich Grabowskis Büro. Er sah müde, aber fröhlich aus.

»Na, Philipp, bereust du deine Entscheidung schon?«, begrüßte er mich überschwänglich.

Ich setzte mich grußlos. »Was ist gestern passiert? Willst du mich verarschen? Ich habe dich unterstützt, und du versuchst mir was anzuhängen.«

Er sah mich verständnislos an.

»Äh, ich habe keine Ahnung, wovon du sprichst.«

Ich knallte ihm das Kuvert auf den Tisch. »Davon spreche ich. Das habe ich heute via Kurier bekommen.«

Er nahm die Bilder aus dem Umschlag und blieb einige Minuten regungslos sitzen. Ich ließ den Schock wirken. Grabowski stützte seinen Kopf in die Hände. Ich befürchtete, er würde in Ohnmacht fallen. Ich holte ihn in die Realität zurück.

»Ich habe keine Probleme mit deinen Eskapaden. Du kannst rumvögeln, wo und mit wem du willst, interessiert mich einen Scheiß. Aber warum in Gottes Namen hast du der Frau meinen Namen angegeben? Das nehme ich dir echt übel. Ich bin schließlich auch verheiratet! Hast du wirklich geglaubt, damit durchzukommen?«

Grabowski blickte mich kraftlos von unten an.

»Philipp, ich schwöre, so war es nicht. Ja, ich habe einen Fehler gemacht und mich vergessen. Wem passiert das nicht zwischendurch? Niemand ist perfekt, ich zuallerletzt. Wahrscheinlich hat die Kleine einfach die Visitenkarten durcheinandergebracht. Erinnerst du dich? Wir haben ihr beide unsere Karte gegeben. Unsere richtigen Namen waren für den Rest des Abends kein Thema. Wir haben … Kosenamen verwendet. Die blöde Kuh hat dann unsere Visitenkarten verwechselt und den ganzen Müll einfach dir geschickt. Ich kann mir das nicht anders erklären. Mit Sicherheit wollte ich dir nichts in die Schuhe schieben. Du musst dir keine Sorgen machen, ich werde das klären.«

»Ist das Koks auf dem Foto?«, fragte ich scheinheilig.

Er nickte kraftlos. »Wie, meinst du, kann ich all den Stress bewältigen, den Job, eine perfekte Frau, perfekte Kinder. Ich bin nicht mehr so jung wie du. Da habe ich halt etwas nachgeholfen.«

Grabowski hatte resigniert. Er verheimlichte nichts mehr und vertraute mir. Er lag auf dem Boden, ein schlaffes Bündel, wehrlos.

»Was soll ich nur machen?«, schluchzte er mit weinerlicher Stimme. »Ich bin am Ende. Teure Scheidung, Haus und Kinder ade, Ruf im Arsch, frühzeitige Pensionierung kannst du vergessen.«

Ich legte ihm meine Hand auf die Schulter. Ich war niemand, der nachtrat, und bot ihm meine Hilfe an. »Es darf nicht so weit kommen. Ich regle das für dich.«

Grabowski fing an zu weinen.

»Reiß dich zusammen. Ich werde die kleine Schlampe kontaktieren und ihr das Geld geben. Du kannst es mir bei Gelegenheit zurückzahlen. Ich werde darauf bestehen, dass sie die Bilder löscht. Wir beide wissen leider, dass das nicht viel heißen muss. Wir können nicht kontrollieren, ob und wo sie deinen weißen Hintern sonst noch gespeichert hat. Ich werde sie also darauf hinweisen, dass wir weitere Erpressungen nicht dulden werden und sie bei weiteren Belästigungen mit drastischen Konsequenzen zu rechnen hätte. Ich werde sie einschüchtern. Die junge Frau hat schließlich auch einiges zu verlieren.«

Der Stabschef blickte mich dankbar an. »Das würdest du für mich tun? Wie kann ich dir das danken?«

»Du musst dich nicht bedanken. Du hättest genauso gehandelt. Aber einen Haken hat die Geschichte.«

Ich legte eine kleine Pause ein, um sicherzugehen, dass er meinen nächsten Satz verstand.

»Du kannst nicht mehr CEO werden. Stell dir vor, die Frau sieht dein Bild in einer Zeitung oder im Fernsehen. Sie würde Blut lecken und Hunderttausende von dir verlangen. Immer und immer wieder. Oder sie könnte alles der Presse ausplappern. Du kennst die Schreiberlinge – wer mit denen in guten Zeiten im Lift nach oben fährt, den begleiten sie in schlechten Zeiten auch in den Keller. Du würdest ein Leben in permanenter Angst führen und unsere Bank und deine Ehe in Gefahr bringen.«

Grabowski war hilflos und gebrochen, eine Marionette in meiner Hand.

»Wir sind Freunde«, fuhr ich fort, »daher werde ich mich für dich opfern.«

Grabowski drückte meine Hand und schluchzte wie ein kleines Kind. »Danke, Philipp. Das werde ich dir nie vergessen, ich stehe mein ganzes Leben lang in deiner Schuld.«

Ich klopfte ihm fürsorglich auf die Schulter und verließ ohne weitere Worte das Büro.

SCHNEEMATSCH

Am Montag kommunizierte Grabowski seinen Verzicht.
Die Nachricht ging durch die Bank wie ein Föhnsturm.
Laut raschelten die Gerüchte. Ich spürte die versteckten
Blicke meiner Mitarbeiter, meiner Kollegen, kurz – von
allen und jedermann. Die Rolle als designierter CEO verlieh mir die Gravität eines schwarzen Lochs und schüch-
terte meine Umgebung ein. Die Einladungen und Termin-
anfragen von Leuten, die ich seit Jahren nicht mehr gesehen
hatte, ließ ich von Frau Huber mit freundlichen Worten
auf den Sankt-Nimmerleins-Tag verschieben. Die brisanten Dokumente von Grabowski waren bereits am Freitag im Reißwolf verschwunden. Ich hatte die junge Frau
nicht mehr kontaktiert. Sie war zuvor von meinem Detektiv fürstlich bezahlt worden.

Am Dienstag bestellte mich von Fink in die Verwaltungs-
ratssitzung. Alle Stühle am ehrwürdigen ovalen Tisch waren
besetzt. Ich wurde zwei Stunden lang mit Fragen gegrillt.

»Welche Probleme unseres Institutes gehen Sie als Erstes
an? – Wie wollen Sie die Kostenbasis in den Griff bekommen? – Mit welchen Mitteln gedenken Sie die Ertragssi-
tuation der Bank zu verbessern? – Wie stehen Sie zu den
Gewerkschaften? – Wo sehen Sie unseren Aktienkurs in
zwei Jahren? – Können Sie sich Übernahmen vorstellen? –
Was sind unsere Stärken und Schwächen gegenüber der
Konkurrenz? – Welche Bedeutung messen Sie dem tech-
nologischen Wandel bei? – Gehören Sie einer politischen

Partei an? – Sind Sie jemals mit dem Gesetz in Konflikt gekommen? – Haben Sie Schulden? – Sind Sie gesund? – Wie steht es um Ihre Ehe?«

Ich gab wahrheitsgetreu Auskunft, ließ aber verständlicherweise einige Details außen vor. Die Verwaltungsräte ließen sich nicht in die Karten blicken und machten sich eifrig Notizen. Als ich den Raum verließ, war ich fix und fertig. Ich hatte mein Bestmögliches gegeben. Nun lag mein Schicksal in den Händen des Verwaltungsrates – und von Frau Huber. Diese erwartete mich bereits neugierig im Büro. Kaum hatte ich meinen schwarzen Wintermantel abgelegt, bedrängte sie mich mit ihren Fragen. Sie war zappelig wie ein Fisch auf dem Trockenen.

»Wie ist es gelaufen?« Sie sah mich erwartungsvoll an.

»Ganz gut. Abwarten und Tee trinken. Mehr können wir jetzt nicht machen.«

Frau Huber zwinkerte mir vergnügt zu.

»Kein Tee – Rotwein! Ich habe uns einen Tisch in der Kronenhalle reserviert. Heute Abend gehen wir feiern.«

Die Freude war einseitig.

»Frau Huber, ich habe meine eigene Agenda. Heute passt es mir wirklich nicht.«

»Da bin ich anderer Meinung«, sagte sie streng. »Ich habe einige Meetings abgesagt, und morgen fängt das lange Weihnachtswochenende an, Philipp. Heute besiegeln wir unseren Sieg und unsere Freundschaft.«

Es blieb mir nichts anderes übrig als zuzustimmen.

Das Restaurant war wenigstens gut gewählt. Die Küche traditionell und die Weinkarte ganz in Ordnung. Die Kronenhalle ist zentral gelegen und war gut besucht. So hatte unser Essen nichts Anrüchiges. Für ein Techtelmechtel mit der eigenen Sekretärin würde man sich einen dezenteren Ort suchen. Niemand, der nicht gesehen werden will oder etwas zu verbergen hat, würde in die Kronenhalle gehen. Für den neutralen Beobachter bedankte sich ein Vorgesetzter mit einem vorgezogenen Weihnachtsessen bei seiner rechten Hand.

Vollkommen in Ordnung, sogar höchst anständig.

Einige karrierebewusste Banker kamen im Verlaufe des Abends an unseren Tisch und wünschten etwas scheinheilig schöne Weihnachten. Ich blieb höflich und stellte meine Sekretärin vor, die mir über viele Jahre eine treue Unterstützung gewesen sei. Frau Huber strahlte über das ganze Gesicht und genoss den Abend in vollen Zügen. Sie bestellte sich Austern und Sashimi zur Vorspeise, einen Loup de Mer zum Hauptgang, und zum Nachtisch aß sie Käse und trank einen teuren Sauternes dazu. Ich kämpfte mich lustlos durch einen grünen Salat, ließ mein Entrecôte und den ausgezeichneten Lynch-Bages fast unberührt und begnügte mich zum Abschluss mit einem doppelten Espresso. Frau Hubers Wangen waren gerötet.

»Wann ziehen wir ins neue Büro?«

»Man sollte das Fell des Bären nicht verkaufen ...«

»... solange er nicht ...«

»Unterbrechen Sie mich bitte nicht«, unterbrach ich sie. Sie blickte mich wie eine strenge Mutter an.

»Aber, aber. Warum denn so nervös? Es läuft doch alles prächtig für uns.«

Ich bestellte mir nun auch ein Glas Sauternes. Der kühle süßliche Dessertwein neutralisierte die Galle, die mir am Hochkommen war. Ich achtete auf eine natürliche Körperhaltung. Wir standen den ganzen Abend unter Beobachtung. Niemand sollte meine Anspannung bemerken.

»Frau Huber, auch wenn ich CEO werden sollte, kann ich Sie nicht vom ersten Tag an mitnehmen. Harper hat mich gebeten, seine Assistentin zu übernehmen. Ich habe zugesagt.«

Ihre Miene versteinerte sich.

»Das glaube ich nicht. Du Schweinehund!« Sie setzte ein säuerliches Lächeln auf. Ich blickte mich verstohlen um. Niemand hatte ihren Gefühlsausbruch mitbekommen.

»Sie haben mich falsch verstanden, Frau Huber. Nur für die ersten zwei, vielleicht drei Monate. Dann werde ich Sie nachziehen. Ich kann Harpers Sekretärin ja nicht schon entlassen, bevor ich den Posten überhaupt bekommen habe. Das müssen Sie doch einsehen«, meine Stimme hatte einen flehenden Unterton angenommen.

»Es ist mir egal, wie Sie das anstellen.« Sie siezte mich wieder. »An Ihrem ersten Tag als CEO werde ich in Ihrem Vorzimmer sitzen. Sonst«, ihre Augen funkelten teuflisch, »werden diese Unterlagen breit gestreut.«

Sie griff in ihre Handtasche und wedelte mit dem ominösen Sichtmäppchen vor meiner Nase herum. Ruhig nahm ich ihr die Unterlagen aus der Hand und blickte auf die oberste Seite mit der Kopie des Walkie-Talkies.

Nur keine Szene in der Öffentlichkeit.

Kopfnickend schob ich die Dokumente zurück, und Huber steckte sie in ihre Handtasche. Zweifellos hatte sie die Unterlagen auf einem privaten Server gespeichert, und das Walkie-Talkie konnte irgendwo sein. Ich bestellte die Rechnung. Frau Huber war leicht beschwipst, was ihren emotionalen Ausbruch erklärte. Es schien mir nicht ratsam, länger im Restaurant zu bleiben. Die Situation drohte außer Kontrolle zu geraten. Nachdem ich die Rechnung beglichen hatte, standen wir zusammen auf. Ich verabschiedete mich bei unserem Kellner und nickte den mir bekannten Personen zum Abschied kurz zu. Dann half ich Frau Huber galant in ihren Mantel, und wir verließen die Kronenhalle.

Draußen war es garstig. Die Temperatur lag bei null Grad, die Luft war feucht. Ein schwerer Schneeregen hatte die Straßen und Bürgersteige mit einem dunklen Matsch überzogen. Der Matsch war indes nicht mein Hauptproblem. Ich steckte in einem regelrechten Sumpf, der mich zu verschlucken drohte. Münchhausen hatte es geschafft, sich am eigenen Schopf aus einem solchen zu befreien. Es stand aber auch keine Frau Huber neben ihm, die ihn immer wieder mit einem kräftigen Tritt in den Morast zurückbeförderte. Ich klappte den Mantelkragen hoch und hielt meiner Sekretärin die Hand zum Abschied hin.

Sag auf Wiedersehen, du blöde Kuh, und lass mich in Ruhe.

Frau Huber war leider noch immer in Kampflaune und ließ meine Hand in der Luft stehen.

»Das haben Sie elegant zu lösen versucht im Restaurant. Nur keine Szene machen. Nur nicht auffallen. Immer schön den Saubermann spielen.« Sie blickte mich mit zusammengekniffenen Augen an. »Heute habe ich das letzte Mal gute Miene zum bösen Spiel gemacht. Wenn ich in der ersten Januarwoche nicht befördert und nicht Chefsekretärin im CEO-Office bin, platzt die Bombe.«

Ich war nur noch müde. »Wir drehen uns im Kreis, Frau Huber«, versuchte ich sie zum letzten Mal zur Vernunft zu bringen. »Ich habe Ihnen versprochen, dass Sie mein CEO-Office als Chefsekretärin leiten werden, spätestens im zweiten Quartal. Wenn alles nach Plan läuft, sogar früher. Januar kann ich nicht versprechen. Ich bin ja selbst noch nicht einmal CEO. Sobald ich das bin, werde ich Harpers

Assistentin klarmachen, dass Sie sie beerben werden. So machen wir es. Das ist mein letztes Wort. Punkt. Amen. Gute Heimreise und schöne Weihnachten.«

Ich drehte mich um und lief in Richtung Paradeplatz, um meinen Wagen zu holen. Die Straßen waren verwaist. Man war bereits zu Hause oder nahm in der Wärme den letzten Schlummertrunk. Ich zog die kalte Luft tief in meine Lungen. Meine Anspannung löste sich, die Bewegung tat mir gut. Ich entschloss mich kurzerhand, einen kleinen Umweg durch die verwinkelte Altstadt zu machen. Dort holte sie mich ein. Frau Huber war schwerer abzuschütteln als eine Zecke.

»Philipp, gehen Sie nach Hause zu Ihrer reizenden Frau? Weiß sie eigentlich von Ihren Machenschaften?«

»Ich warne Sie, lassen Sie meine Frau aus dem Spiel.«

»Ich warne Sie, ich warne Sie«, äffte mich Frau Huber nach. »Aber ich werde Vorkehrungen treffen für den Fall, dass unsere kleine Auseinandersetzung im Januar eskaliert. Sie waren immer ein guter Chef, aber ich traue Ihnen nicht über den Weg. Die Beweise werde ich meinem Anwalt übergeben. Mit einem netten Brief dazu, falls mir etwas zustoßen sollte. Vielleicht schreibe ich auch einen Brief an die reizende Sophie.«

Das war definitiv zu viel. »Hör endlich auf damit, du dreckiges Luder!« Ich verlor die Fassung und packte Frau Huber an den Schultern. Sie blickte mich herausfordernd an. Ihre Augen brachten mich vollends zur Raserei. »Halt endlich dein Maul. Halt endlich dein Maul«, keuchte ich, während ich sie an die Wand drückte und mit aller Kraft schüttelte wie ein Barkeeper den Mixbecher. Frau Huber schlug immer und immer wieder mit dem Kopf an die Steinmauer, bis diese sich rot färbte. Erschrocken schaute sie mich an, unfähig zu schreien. Dann verschwanden ihre Pupillen, und sie sank leblos zu Seite. Schnaufend trat ich einen Schritt zurück. Frau Huber fiel mit dem Kopf voran in den Matsch.

Erschlagen. Die Liste war abgearbeitet.

Reflexartig blickte ich mich um. Die Gasse war menschenleer. Ich verharrte in einer Art Schockstarre. Waren es Sekunden oder vielleicht eine Minute? Keine Ahnung. Dann kamen mir die Dokumente in den Sinn. In der Tasche der Toten würden sie die Polizei misstrauisch machen. Ich wollte mich gerade niederknien, als ich Schritte vernahm.

Aus dem Augenwinkel erkannte ich vage den Umriss einer Person. Ich drehte mich rasch ab und rannte davon. Ich rannte, bis mir die Lunge brannte und mir die Füße schmerzten. Dann verlangsamte ich mein Tempo und blieb schließlich ganz stehen. Ich stand wieder vor der Kronenhalle. Völliger Filmriss. Ich versuchte mich zu beruhigen und zündete mir eine Zigarette an. Das Nikotin beruhigte mich. Ich brauchte ein Alibi. Hundert Leute würden bezeugen, dass ich mit Frau Huber das Restaurant verlassen hatte. Was nun? Es war mir unmöglich, klar zu denken. Ich funktionierte wie in Trance. Das Unterbewusstsein steuerte meinen Körper. Hatte mich jemand mit Frau Huber in der kleinen Gasse gesehen? Nein, unmöglich. Die unbekannte Person konnte mich nicht erkannt haben. Es waren nur wenige Minuten vergangen, seit wir das Restaurant verlassen hatten. Der Gehweg war menschenleer. Das Wetter garstig. Rasch lief ich zu einem nahe gelegenen Taxistand, atmete noch einmal tief durch und öffnete die Wagentüre.

»Scheußliches Wetter heute«, sagte der Fahrer.

»Bedeutet sicher gute Geschäfte für Sie«, antwortete ich.
Der Mann nickte zufrieden.

»Mein Wagen bleibt über die Feiertage im Geschäft. Habe heute eindeutig zu viel intus«, sprach ich weiter.

»Wir sind da, damit sich unsere Kunden amüsieren dürfen. Immer nur arbeiten bringt einem irgendwann mal um.«

»Da haben Sie den Nagel auf den Kopf getroffen.«

Wir unterhielten uns angeregt, und der Taxifahrer erzählte mir sein halbes Leben, bis er schließlich vor meiner Einfahrt hielt. Ich bezahlte mit meiner Kreditkarte und legte 100 Franken als Trinkgeld dazu.

»Für Ihre Enkel und alles Gute.«

Der Fahrer bedankte sich überschwänglich und drückte mir seine Visitenkarte in die Hand.

»Falls Sie nach den Feiertagen jemanden brauchen, der Sie wieder zu Ihrem Wagen fährt.«

Ich bedankte mich und sah dem Taxi nachdenklich hinterher, bis die Rücklichter in der Dunkelheit verschwunden waren.

DER TELEFONANRUF

Ich genoss die Weihnachtstage in vollen Zügen. Nicht, weil ich kein schlechtes Gewissen hatte, sondern weil ich davon ausging, dass es für sehr lange Zeit die letzten Tage mit meiner Familie sein würden. Das Schwert des Damokles hing an einem seidenen Faden über unserem Glück. Jederzeit konnte die Polizei vor der Türe stehen und diese vielleicht sogar mit einem Rammbock einschlagen.

Wir verhaften Sie wegen Mordes!

Aber nichts geschah – vorerst. Mein Bruder besuchte uns mit seiner Frau und den beiden Kindern am Weihnachtstag. Er schenkte mir ein altes Panini-Album von der Weltmeisterschaft 1986 in Mexiko. Wir hatten es damals aus Kostengründen zusammen gekauft. Ich war begeistert.

»Das glaube ich nicht. Ich hatte keine Ahnung, dass du das Heft behalten hast. Ich weiß sogar noch, welcher Spieler uns am Schluss gefehlt hat: Lothar Matthäus.«

Mein Bruder und Sophie lachten schallend.

»Schau mal nach«, sagte Christian.

Ich blätterte, bis ich die deutsche Nationalelf gefunden hatte.

»Ich werde verrückt«, rief ich entzückt aus. »Woher hast du denn das Bild bekommen?« Das Album war vollständig und Lothar Matthäus säuberlich eingeklebt.

»Schon einmal etwas vom Internet gehört? Hat mich ein kleines Vermögen gekostet.«

Ich umarmte meinen Bruder. »Die Überraschung ist dir gelungen, Christian.«

Es war ein Weihnachtstag wie aus dem Bilderbuch. Die Kinder übten ihre Geschicklichkeit und ihr Wissen mit verschiedenen Gesellschaftsspielen. Wir Erwachsenen saßen derweil gemütlich am Kaminfeuer, tranken Wein und schwatzten herrlich belangloses Zeug. Der ganze Tag fühlte sich an wie eine lange, ausgiebige Henkersmahlzeit.

Am Sonntag, dem 26. Dezember, war es dann so weit. Ich zuckte erschrocken zusammen, als das Telefon klingelte. Ich war bereit, die volle Verantwortung für meine Taten zu übernehmen. Sophie war schon auf dem Weg zum Hörer.

»Lass nur, Schatz. Ist sicher für mich.« Ich hätte es als feige empfunden, mich hinter meiner Partnerin zu verstecken. Zu meiner Überraschung meldete sich von Fink. Ohne Begrüßung und die üblichen Floskeln bestellte er mich für den nächsten Tag zu sich ins Büro.

»Punkt 0-800 sind Sie bei mir. Nicht 0-759 und auch nicht 0-801. Wir haben etwas Ernstes zu besprechen. Und sagen Sie Ihrer reizenden Frau, dass sie Sie in nächster Zeit nicht mehr so oft sehen wird.«

Das war es nun also. Das Ende. Wie hinterhältig von der Polizei, den Verwaltungsratspräsidenten vorzuschicken. Hielten sie mich etwa für völlig verblödet? Hatten sie vielleicht Angst, bei mir zu Hause vorbeizukommen?

»Wer war am Telefon, Liebling?« Sophie stand in der Küche und kontrollierte die Gartemperatur des Rinderfilets.

»Es war von Fink. Muss morgen rasch ins Büro.« Ich trat hinter sie und gab ihr einen Kuss auf den Nacken.

»Sei so nett und richte ihm einen Gruß von mir aus, ja?«

Sophie drehte sich um und küsste mich aufs Ohr. »Und bleib nicht zu lange weg. Morgen wolltest du doch mit den Kindern zum Schlittschuhlaufen.«

»Ich versuche mein Bestes. Es könnte aber etwas länger dauern.«

So etwa dreißig Jahre.

Am nächsten Morgen schlüpfte ich früh aus dem Bett. Auf Zehenspitzen ging ich ins Ankleidezimmer. Ich nahm eine geräumige Sporttasche aus dem Schrank und füllte sie mit dem Nötigsten: Trainingshose, T-Shirts, Unterwäsche, Pullover, Socken, Toilettenartikel, zwei Büchern (Goethes »Faust« und »Der Zauberberg« von Thomas Mann), Ladekabel für das Smartphone, Badelatschen. Das würde für die erste Woche im Gefängnis reichen. Bekam man eigentlich eine Häftlingsuniform? Ich drückte Sophie sanft einen Kuss auf die Wange und ging nach draußen, wo mein neuer Freund, der Taxifahrer, bereits auf mich wartete. Ich hatte ihn gestern für halb sieben Uhr morgens bestellt. Der Gerichtstermin bei von Fink war um acht Uhr. Das erlaubte mir, noch ein letztes Mal mein Lieblingscafé zu besuchen und dort gemütlich die Zeitung zu lesen. Dort angekommen, blickte ich lange auf den perfekt zubereiteten Cappuccino und schloss bei jedem Schluck genüsslich die Augen. Ich war bereit, die Konsequenzen für mein Handeln zu tragen. Das Weglaufen war nun vorbei. Mein Puls war ruhig.

Um fünf vor acht war ich in von Finks Vorzimmer. Seine Assistentin begrüßte mich kreidebleich. Tränen liefen über ihre Wangen.

»Es ist schrecklich, Herr Humboldt. Frau Huber wurde

am 23. Dezember ermordet und ausgeraubt. Die Polizei ist bei Herrn von Fink.«

»Sie wurde was?«, rief ich ehrlich erstaunt.

»Ermordet und ausgeraubt. Man hat ihre Leiche in einer kleinen Seitenstraße in der Nähe des Büros gefunden. Ihre Manteltaschen waren leer, die Handtasche verschwunden. Man vermutet einen Raubmord.«

Ein Raubmord. Die Unterlagen gestohlen.

Ich bekam feuchte Augen. Freudentränen. Durfte ich wieder hoffen?

Punkt 0-800 betrat ich von Finks Büro. Der Verwaltungsratspräsident saß mit säuerlicher Miene an seinem Besprechungstisch, neben ihm ein schlaksiger Mann mit einem zerknitterten Anzug. Als von Fink meine geröteten Augen bemerkte, stand er auf und drückte mir die Hand.

»Sie haben also schon von der traurigen Geschichte gehört. Schrecklich. Das ist Herr Klopp. Kommissar Klopp?«, korrigierte er sich unsicher. »Er untersucht das Verbrechen und versucht das Geschehen so gut wie möglich zu rekonstruieren.«

»Genaugenommen Oberleutnant Klopp. Wir benutzen bei der Polizei militärische Dienstgrade. Aber bleiben wir bei Herr Klopp. Das reicht vollauf«, sagte der Schlaks.

Wir nickten uns zu.

»Sie sind der letzte Mensch, der Frau Huber lebendig gesehen hat. Können Sie uns schildern, wo und wann Sie sich getrennt haben?«

Spielte der Polizist mit mir? Ich wischte mir die Tränen aus den Augen. Ich war bereit zu spielen – und zu gewinnen.

»Der zweitletzte …«, sagte ich.

Von Fink sah mich fragend an. Der Beamte lächelte.

»Verzeihung. Natürlich. Der zweitletzte.«

»Wir verabschiedeten uns vor dem Restaurant Kronenhalle. Frau Huber und ich haben dort zu Abend gegessen. Ich hatte sie eingeladen, als Dankeschön für ihre tolle Arbeit. Wir haben viele Jahre zusammengearbeitet. Sie war ein Engel.«

Und schmort jetzt in der Hölle.

Der Kommissar schaute auf die Notizen in seinem kleinen Notizbuch.

»Das wussten wir bereits. Wir haben Augenzeugen, die gesehen haben, wie Sie und Frau Huber zusammen in Richtung Büro gelaufen sind, in die Gasse, wo der Mord oder vielleicht auch Unfall passiert ist.«

Der Kommissar musterte mich genau. Er bluffte. Sonst würde ich nicht hier sitzen, als freier Mann.

»Das stimmt so nicht ganz.« Ich achtete auf eine kontrollierte Mimik und Gestik. Ich blickte zunächst zu von Fink, dann drehte ich den Kopf zu Klopp. »Wir haben das Restaurant zusammen verlassen, haben uns dann aber draußen verabschiedet. Ich habe noch eine Zigarette geraucht und bin zum Taxistand am Bellevue gelaufen. Von dort bin ich direkt nach Hause gefahren.«

»Kann das jemand bezeugen?« Der Kommissar blieb hartnäckig.

Ich schüttelte den Kopf.

»Nein.«

Nun schaltete sich von Fink ein.

»Was soll diese Fragerei, Herrgott noch mal! Sie werden doch niemanden aus unseren Reihen verdächtigen? Glauben Sie vielleicht, Herr Humboldt hatte eine Affäre mit seiner Sekretärin? Den Taxifahrer finden Sie sicher auch ohne unsere Hilfe.«

Ich beschwichtigte die Situation.

»Der Oberleutnant macht nur seine Pflicht, Herr von Fink. Ich finde es wichtig und richtig, dass er die Zeit nach dem Restaurantbesuch so präzise wie möglich rekonstruieren will. Da fällt mir gerade ein. Ich bin heute Morgen mit demselben Taxifahrer in die Stadt gefahren, der mich an jenem Abend nach Hause gebracht hat.«

Ich ging ins Vorzimmer zu meinem Mantel und brachte dem Kommissar die Quittung und die Visitenkarte. Die Tasche mit meinen Gefängnisutensilien stieß ich mit dem Fuß so weit in die Garderobe hinein wie nur möglich. »Hier. Ich hoffe, das erleichtert Ihre Arbeit.«

Der Kommissar betrachtete die Quittung und legte dann seine Visitenkarte auf den Tisch. »Wenn Ihnen noch etwas einfällt, melden Sie sich bitte bei uns.«

»Das werde ich tun, Herr Klopp. Wer immer das der armen Frau Huber angetan hat, gehört so rasch wie möglich hinter Gitter.«

Zwei Stunden später bekam ich die Rückmeldung der Polizei. Sie hatten den Taxifahrer ausfindig gemacht. Meine Aussagen seien bestätigt worden, und der Fahrer habe mich in den höchsten Tönen gelobt. Nur selten gebe es noch so freundliche, interessierte und großzügige Kunden. Die Handtasche von Frau Huber blieb verschwunden.

Die unbekannte Person, die mich in der Gasse fast ertappt hatte, musste den leblosen Körper gefunden und die Tasche an sich genommen haben. Die Polizei hatte die falsche Fährte aufgenommen – und ich war entlastet. Das Walkie-Talkie und die von Frau Huber aufgebrachten Indizien beunruhigten mich nicht mehr. Auch wenn man das Gerät in ihrer Wohnung finden würde, was sollte es beweisen? Nichts. Einfach ein Walkie-Talkie. Und die Rechnung meines beschädigten Autos oder der Auszug aus meinem Kalender? Nichts weiter als die gespeicherten Dokumente einer gewissenhaften Sekretärin.

Ich konnte es kaum fassen. Am Morgen war ich mit der festen Überzeugung ins Büro gefahren, den Rest meines Lebens hinter Gittern zu verbringen. Es war anders gekommen. Und diesmal sollte mein Glück von Dauer sein. Ich entschloss mich, kurzfristig bis ins neue Jahr frei zu nehmen und mich um meine Familie und meine Freunde zu kümmern.

Ich lud zu Silvester Vincent und Martin mit ihren Familien zu uns ein. Es wurde eine herrliche, unbeschwerte Party. Mein Glück wurde durch einen Telefonanruf von Finks komplett.

»Lieber Herr Humboldt, Philipp, wir haben uns heute im Verwaltungsrat entschieden: Sie, du, wirst unser neuer CEO. Wir erwarten dich frisch und ausgeruht am 3. Januar im Büro.«

Wir feierten meine Beförderung bis in die frühen Morgenstunden. Als unsere Gäste schließlich aufbrachen, nahm ich Vincent zur Seite.

»Vielen Dank, Vincent, für deine Hilfe mit dem Detektiv. Wir konnten die Sache ein für alle Mal in Ordnung bringen. Dieser Grabowski war wirklich in Schwierigkeiten. Ich habe alles mit ihm geklärt, und er ist mir sehr dankbar. Sein Privatleben und die Reputation der Bank sind nicht mehr in Gefahr.«

Ich drückte meinem Freund eine schwere Weinkiste in die Arme. Er ließ es sich nicht nehmen, den Deckel aufzuschieben.

»Lecker! Lynch Bages, Château Palmer, Château Pétrus, Château Pape Clement, Château d'Yquem. Da hast du dich aber nicht lumpen lassen. Als CEO kannst du es dir ja jetzt leisten.«

»Ich wäre froh, wenn wir die Geschichte für uns behalten würden«, sagte ich.

Vincent lachte. »Keine Angst. Das Bankkundengeheimnis mag löchrig geworden sein wie ein Schweizer Käse. Das Anwaltsgeheimnis dagegen ist wasserdicht.«

Wir umarmten uns zum Abschied.

Seither sind weitere Rückschläge ausgeblieben. Meine alte Colombo-Liste habe ich in der Zwischenzeit verbrannt. Ich benötige sie nicht mehr. Der Fall Huber wurde nach einigen Monaten geschlossen. Der Räuber oder die Räuberin wurde nie gefunden. Tuchel und Grabowski erwiesen sich als zuverlässige Mitarbeiter, und von Fink ist mit mir zufrieden. Mein Job als CEO ist anstrengend. Ich versuche mein Bestes, dass die Familie nicht darunter leiden muss. Aber ich habe dazugelernt. Mit Sophie und Michelle klappt das ganz gut. Mit meinem Sohn etwas weniger. Vielleicht ist das die Strafe für meine Taten. Ich weiß es nicht. Ist es möglich, dass eine böse Tat ähnlich einem Schuldenberg von Generation zu Generation vererbt wird? Dass meine Wut, mein Schmerz im Körper meines Sohnes weiterleben? Ich will verhindern, dass er meinen Weg einschlägt. Darum bin ich gekommen. Darum bin ich hier.

HEUTE

Es ist totenstill in der Kirche. Die Luft ist feucht und kühl. Die Kerzen sind fast heruntergebrannt, was den durch einen kleinen Scheinwerfer beleuchteten Altar umso stärker betont. Armand sieht müde aus. Die Geschichte hat ihn sichtlich mitgenommen.

»Haben Sie nun die ganze Geschichte erzählt, Philipp?«

»Ja. Ich bin ein Sünder, Armand, aber dennoch würde ich es nicht wagen, Sie zu belügen. Auch, weil ich mich freundschaftlich mit Ihnen verbunden fühle.«

»Danke, Philipp. Ich rechne Ihnen die Ehrlichkeit hoch an. Aber Ihr Sündenregister hat sich im Verlaufe unserer Gespräche nun doch üppig gefüllt. Ich will mir nicht vorstellen, wie viele Strafminuten das im Eishockey geben würde.«

Humor wirkt in solchen Situationen oft entspannend. So auch jetzt. Die beiden Männer lachen laut auf. Dann fährt Philipp ernst fort.

»Kann ich meine Schuld irgendwie vergelten? Wie kann ich meinen Sohn retten?«

Armand nimmt sich mit der Antwort Zeit.

»Die Sache ist nicht ganz einfach. Vergeltung oder Erlösung kann man sich nicht einfach kaufen wie ein Auto oder eine Aktie. Ablasshandel ist auch heute zwar noch gang und gäbe, einfach unter anderem Namen. Nennen Sie es Schweigegeld, außergerichtliche Einigung oder Handel mit CO_2-Zertifikaten. Etwas Schlechtes tun und dann einfach dafür bezahlen – totaler Blödsinn! Man kann sich selbst belügen, aber nicht Gott. Ehrliche Reue muss von tiefstem Herzen kommen und mit Taten untermauert werden.«

Philipp hebt entschuldigend die Hände. »Armand, ich will Sie nicht enttäuschen. Aber ich bin nun mal nicht religiös und kann mit Worten wie Erlösung oder Reue wenig anfangen. Ich habe Scheiße gebaut und bin immer mehr oder wenig glimpflich weggekommen. Aber jetzt geht es um meine Familie, vor allem um meinen Sohn, der sich seine Eltern – vor allem seinen Vater – ja nicht ausgesucht hat. Ich kann nicht wegschauen, er ist wie ich: eine tickende Zeitbombe. Wenn er sich ungerecht behandelt fühlt, dreht er durch. Das war bei mir damals nicht anders. Das Puppenhaus hat er angezündet, weil es mehr Zimmer hatte als unser Haus. Und den Hund, der seine Schwester bedroht hat, hätte er ohne mit der Wimper zu zucken in die ewigen Jagdgründe befördert. Die Kindheit vergeht schnell. Die Zeit läuft mir davon.«

»Philipp. Ich sehe dich auch als meinen Freund. In den vergangenen Tagen und Wochen habe ich in unseren Gesprächen auch viel über mich gelernt. Aber lassen wir das. Jetzt reden wir über dich. Ich unterscheide zwischen Tat und Täter, und du bist besser als deine Taten. Du bist ein verdammt guter Vater, und deine Kinder brauchen dich! Deine Opfer können dir nicht mehr vergeben – sie sind tot. Dumm gelaufen, aber es ist nun einmal so. Also musst du nun mit deiner Schuld weiterleben – das ist deine Strafe. Aber du hast durch die Beichte ein Band mit der Vergangenheit geknüpft, das dir erlauben wird, die Zukunft zurückzugewinnen. Auch die Schuldgefühle sind wichtig. Sie werden dich daran hindern, die gleichen Fehler erneut zu machen. Du musst jetzt aber Frieden schließen mit deiner Vergan-

genheit und die Prioritäten richtig setzen. Wie diese auszusehen haben, musst du ganz alleine für dich entscheiden.
Wenn du ehrlich zu dir bist, weißt du bereits, was zu tun ist.
Den letzten Schritt musst du aber selbst gehen.«

»Danke, Armand. Gib mir ein paar Tage Zeit. Ich will
meine Entscheidung zunächst mit Sophie diskutieren. Ich
gebe dir so bald wie möglich Bescheid.«

Armand nickt. »Etwas bleibt uns zum Abschluss noch.
Eine Beichte endet immer mit demselben Ritual.«

»Und das wäre?«

»Das Vaterunser.«

Armand steht auf. Philipp tut es ihm gleich.

»Sprich mir nach, Philipp: Vater unser im Himmel, geheiligt werde dein Name. Dein Reich komme. Dein Wille
geschehe, wie im Himmel, so auf Erden. Unser tägliches
Brot gib uns heute, und vergib uns unsere Schuld, wie auch
wir vergeben unseren Schuldigern. Und führe uns nicht in
Versuchung, sondern erlöse uns von dem Bösen. Denn dein
ist das Reich und die Kraft und die Herrlichkeit in Ewigkeit. Amen.«

»Amen.«

EPILOG

Armand sitzt in seiner kleinen Küche und blickt nachdenklich aus dem offenen Fenster. Eine kühle Brise zieht durch den Raum. Die Spüle ist mit unzähligen Espressotassen, Tellern und einer Bratpfanne gefüllt. Der Priester hat einen warmen Pullover angezogen und bläst den Zigarettenrauch in Richtung Garten. Der Wind weht die dünne Nebelwand gleich wieder zum Absender zurück. Dieser scheint die Nutzlosigkeit seiner Bemühungen nicht zu bemerken. Vor ihm auf dem Tisch liegen ein Blatt Papier, eine angebrochene Zigarettenpackung und eine schwarze Sporttasche. Alles von Philipp. Sein Besuch hat Armand gefreut und aufgewühlt zugleich. Philipp hat die richtige Entscheidung getroffen, ohne Zweifel. Er nimmt den Zettel zur Hand und liest die kurze Mitteilung noch einmal konzentriert durch.

Memo des Verwaltungsrates zuhanden der Managing Directors.

Unser Chief Executive Officer, Philipp Humboldt, hat uns heute mitgeteilt, dass er aus familiären Gründen sein Amt per sofort niederlegen wird. Wir bedauern diesen Schritt außerordentlich. Herr Humboldt hat seine ganze Karriere in unserem Institut verbracht, und wir danken ihm für die geleistete Arbeit. Der Verwaltungsrat hat den Rücktritt von Herrn Humboldt akzeptiert. Um Kontinuität zu gewährleisten, werden Herr Tuchel, Leiter Private Banking, und Herr Grabowski, Chief Operating Officer, ad interim die Geschäfte weiterführen. Der Verwaltungsrat wird den Nachfolger oder die Nachfolgerin von Herrn Humboldt zu gegebener Zeit kommunizieren. Unsere Kommunikationsabteilung wird morgen die Mitarbeiter, Kunden und Aktionäre informieren.

Für den Verwaltungsrat

Georges von Fink

Armand hat etwas Neid verspürt, als ihm Philipp seine Entscheidung mitteilte. Philipp hat den berühmten Schnitt gemacht. Radikal. Während er selbst wichtige Entscheidungen, die ihn persönlich betreffen, immer wieder hinauszögert. War es Pflichtbewusstsein? Bequemlichkeit? Angst? Der Wunsch, aus seinen selbst auferlegten Zwängen auszubrechen, war schon immer da. Einfach irgendwo hinfahren, nur er und Verena. Bis jetzt war er nicht bereit dazu.

Bis jetzt.

Zu lange hat er sich an Regeln gehalten, anstatt seine eigenen zu machen. Die Tasche und die Gespräche mit Philipp könnten das nun ändern.

Armand ist dermaßen in seinen Gedanken versunken, dass er die Schritte hinter sich nicht wahrnimmt. Erst als sich die beiden Hände von hinten um seinen Hals legen, zuckt er erschrocken zusammen und blickt in das lachende Gesicht von Verena.

»Mein Gott, du hast mich fast zu Tode erschreckt.« Armand ist aufgesprungen und wirft hinter seinem Rücken die Zigarette aus dem Fenster. Der Vertuschungsversuch ist grandios gescheitert.

»Armand, Armand, mein Großer!« Verena schüttelt tadelnd den Kopf. »Meinst du im Ernst, ich hätte nicht bemerkt, dass du wieder mit dem Rauchen angefangen hast?

Das häufige Zähneputzen? Die spätabendlichen Spaziergänge um die Kirche? Deine plötzliche Vorliebe für Minzbonbons?«

Armand spürt die Hitze auf seinen Wangen und nimmt seine Freundin in die Arme. Spielend hebt er sie zu sich hoch und küsst sie innig und lang.

»Ist nur vorübergehend. Ich höre wieder auf damit. Versprochen!«

Verena strampelt sich frei und findet wieder Boden unter den Füßen. »Du kannst rauchen, so viel du willst. Mach einfach kein Geheimnis draus. Ist nicht gut für die Psyche, sonst wirst du irgendwann noch zu einem Sozialfall und fällst in meinen Aufgabenbereich.«

Während Armand das Fenster schließt, nimmt Verena das Memo zur Hand und liest es überrascht durch.

»Wahnsinn! Da hat er ja gleich das Kind mit dem Bade ausgeschüttet. Hat Philipp das deinetwegen gemacht, Armand?«

Armand lässt sich Zeit mit der Antwort und wäscht sich in aller Ruhe die Hände. Dann setzt er sich zu Verena an den Tisch.

»Ja und nein. Philipp wusste von sich aus, was zu tun ist. Ich habe ihn bei seiner Entscheidung nur unterstützt. Dass er aber so schnell einen solchen Schritt macht, hat mich auch überrascht. Ich freue mich für ihn. Er hat heute Nachmittag persönlich vorbeigeschaut und mich über seine Entscheidung informiert. Er kümmert sich jetzt hauptamtlich um seine Familie und will viel Zeit mit seinen Kindern verbringen. Zuerst fahren sie jetzt einige Tage in die Berge.«

»Beneidenswert. Das müssen wir auch machen, sobald der ganze Stress mit dem Bischof vorbei ist.« Sie blickt auf die Sporttasche. »Hat die Philipp hier vergessen?«

»Nein. Er hat sie mir geschenkt. Schau mal rein, der Inhalt ist nur eineinhalb Kilogramm schwer.« Armand kann sich ein Schmunzeln nicht unterdrücken.

»Ein Dankeschön von deinem neuen Freund?«

Armand fordert sie mit ausgestreckten Handflächen auf, in die Tasche zu schauen. Verena zieht sie zu sich, öffnet den Reißverschluss und stößt einen lauten Schrei aus. Sie springt auf, wie von einer Tarantel gestochen. Vor ihr liegt die Sporttasche, gefüllt mit Tausendernoten.

»Ach du heilige Mutter Gottes! Armand, sind die echt?« Verena hat noch nie so viel Geld auf einem Haufen gesehen. Armand nickt bedächtig.

»Alles echt. Eine Million Schweizer Franken. Alles in Tausendern. So schwer wie eine große Flasche Mineralwasser. Ein Geschenk von Philipp.«

»Ein Geschenk?« Verena ist baff. Verständlich.

»Für meine Dienste. Armand, hat Philipp zu mir gesagt, du hast dich gut um mich gekümmert und mir zu einem zweiten Leben verholfen. Genauere Details zu seiner Geschichte darf ich dir nicht sagen, aber die willst du auch gar nicht kennen, glaub mir. Ich öffnete also die Tasche in seiner Anwesenheit und habe wahrscheinlich genauso verdattert in die Welt geschaut wie du gerade.« Armand klaubt sich eine Zigarette aus der Packung und zündet sie an. Das erste Mal überhaupt vor Verena.

Kein Thema mehr.

»Philipp hat sich köstlich amüsiert und die Situation in vollen Zügen genossen. Eine Million Schweizer Franken – heute aus seinem Schließfach geholt. Ich habe ihn natürlich gefragt, was ich damit machen soll. Er hat aber nur mit den Schultern gezuckt und gemeint, das überlasse er mir. Ich könne die Tasche der katholischen Kirche übergeben, wo das Geld höchstwahrscheinlich in eine schwarze Kasse fließen werde, ich könne es aber auch für gute Zwecke verwenden oder es an mich nehmen und zusammen mit meiner hübschen Freundin ein neues Leben anfangen.«

»Das ist die verrückteste Geschichte, die ich je gehört habe«, sagt Verena, die sich in der Zwischenzeit wieder an den Küchentisch gesetzt hat. »Morgen kommt doch der Bischof zu Besuch, um mit dir einige Dinge zu besprechen. Gibst du ihm dann das Geld? Ich meine, du kannst diese Tasche unmöglich annehmen. Oder?«

Armand drückt die Zigarette aus und schaut Verena lange an.

»Wie lange sind wir nun schon zusammen?«

Die Antwort kommt postwendend: »Zwei Jahre, drei Monate und zehn Tage.«

»Verena, es waren die schönsten Jahre in meinem Leben. Aber nicht wegen der Kirche, nicht wegen dieses Hauses, nicht wegen Gott, sondern wegen dir. Ich habe Philipp helfen können. Er hat auch mir die Augen geöffnet. Philipp ist kein einfacher Charakter, das kannst du mir glauben. Er war aber immer bereit, die Konsequenzen seines Handelns zu tragen, und hat um seine Familie gekämpft. Ich dagegen habe schon viel zu viel Zeit verschwendet, weil ich nicht öffentlich zu dir, zu uns gestanden bin. Habe mich den Regeln anderer gebeugt. Ich war immer auf der Suche nach dem Glück und habe nicht realisiert, dass ich es schon lange in den Händen hielt.« Armand macht eine Pause und fährt dann mit ruhiger Stimme fort. »Ich habe schon heute Nachmittag mit dem Bischof telefoniert.«

Verena sieht ihn mit wässrigen Augen an. »Das war die richtige Entscheidung. Hat er sich wenigstens über die Spende gefreut?«

Armand schüttelt den Kopf und richtet sich zu seiner vollen Größe auf. Seine Stimme ist dominant und ruhig zugleich. »Ich habe ihm gesagt, er könne sich die Reise sparen. Ob etwas wahr sei an den Gerüchten über uns, fragte mich der Bischof. Ja, natürlich, habe ich geantwortet. Wir seien ein Liebespaar, und du seist das schönste Geschenk, das mir Gott hätte machen können. Zudem heiße es Beichtstuhl. Darum sei auch das zweite Gerücht wahr, ja, die Menschen dürften bei mir sitzen und müssten nicht knien wie ein Knecht. Und wenn er meine, dass ich mich in Zukunft nicht mehr zu Fragen der Gleichberechtigung der Frauen in der katholischen Kirche oder gar den Vertuschungen von Kindesmissbrauch und anderen Schandtaten äußern würde, habe er sich geschnitten, denn ich könne mir sehr gut vorstellen, wieder als Polizist zu arbeiten. Kurz zusammengefasst – ich bat um meine Demission. Meinem Begehren wurde anstandslos stattgegeben. Ich werde noch vor den Weihnachtsferien abberufen. Als Gegenleistung muss ich Ende des Jahres das Haus geräumt haben und werde ab diesem Zeitpunkt keinen Lohn mehr beziehen. Es ist Zeit für mich, erwachsen zu werden und für meine Überzeugungen einzustehen. Willst du mit mir zusammenziehen?«

Verena springt auf und umarmt Armand. Auf den Zehenspitzen flüstert sie in sein Ohr: »Ja, ich will. Aber bist du wirklich bereit dafür, Armand. Bereit für mich?«

Armand drückt Verena fest an sich.

»Ja, ich bin bereit.«

»Und was passiert mit der Tasche?«

»Welcher Tasche?«

DANKSAGUNG

Ich bedanke mich bei meiner Frau Dominique. Wie immer war sie in der Pflicht, sich durch die Rohfassung zu kämpfen. Wie immer durfte sie dafür auch als erste Person das fertige Manuskript lesen. Mein Dank geht zudem an den Gmeiner-Verlag, im Speziellen an meine Lektorinnen Claudia Senghaas und Katja Ernst. Nicht vergessen möchte ich natürlich alle meine Leserinnen und Leser, die das Buch erst lebendig machen.

Andreas Russenberger

Alle Bücher von Andreas Russenberger:

Phillipp Humboldt ermittelt:

1. Fall: Paradeplatz
ISBN 978-3-8392-2746-6

2. Fall: Bahnhofstrasse
ISBN 978-3-8392-0002-5

3. Fall: Langstrasse
ISBN 978-3-8392-0275-3

4. Fall: Geschäftsleitung
ISBN 978-3-8392-0469-6

5. Fall: Bellevue
ISBN 978-3-8392-0673-7

SPANNUNG

GMEINER

WWW.GMEINER-VERLAG.DE
Wir machen's spannend

Saskia Gauthier
Der Fluch der Aargauer Knochen
Kriminalroman
304 Seiten, 13,5 x 21 cm,
Premiumklappenbroschur
ISBN 978-3-8392-0762-8

Kanton Aargau. Mitten im Wald liegt ein Toter. Ein
tragischer Unfall – oder etwa Mord? Lisa Klee, seit
kurzem Assistenzärztin des Rechtsmedizinischen
Zentrums Aargau, stößt bei der Beurteilung des
Todesfalls an ihre Grenzen. Wie kam der Mann ums
Leben? Und welche Rolle spielen die alten Knochen,
die der Mann kurz zuvor unter seiner Hecke gefunden hat? Zusammen mit ihrer Freundin Cynthia
Smith und Staatsanwalt Ben Graf beginnt sie zu
ermitteln, während ein Mörder im Freiamt sein Unwesen treibt.

GMEINER SPANNUNG

WWW.GMEINER-VERLAG.DE
Wir machen's spannend

Wolfgang Bortlik
Die drei schönsten Toten von Basel
Kriminalroman
256 Seiten, 12,5 x 20,5 cm,
Broschur
ISBN 978-3-8392-0767-3

Drei Tote in der Basler Fasnachtswoche, alle drei
wurden nacheinander an einem idyllischen Weiher im
Naherholungsgebiet gefunden. Die Kriminalpolizei
ist überfordert. Geht ein Serienmörder um? Handelt
es sich um Rache? Waren es Morde oder bloß Unfälle? Alles scheint möglich, nichts ist klar. Als sein
Freund Bike-Werner als Verdächtiger einsitzt, mischt
sich Hobbydetektiv Melchior Fischer ein, obwohl er
lieber mit seiner Enkelin an die Fasnacht gegangen
wäre.

GMEINER SPANNUNG

WWW.GMEINER-VERLAG.DE
Wir machen's spannend

Chris Palmer ahnt nichts Böses, als sie die Tür ihres
Hauses am See offenstehen lässt. Doch als die sieb-
zehnjährige Lucie verstört in ihr Leben stürzt, beginnt für die Detektivin ein Albtraum. Lucie gesteht
ihr panisch, auf der Flucht vor einem Mann zu sein,
den sie in Notwehr niedergestochen habe. Palmer
will dem Verletzten helfen. Aber als die Polizei am
Tatort eintrifft, ist Lucie verschwunden – samt Pal-
mers Ersparnissen – und die Detektivin steht unter
Mordverdacht …

GMEINER SPANNUNG

WWW.GMEINER-VERLAG.DE
Wir machen's spannend